GOLDMANN

W0068573

Buch

Die Stunden nach Mittag – das sind dreizehn marokkanische Erzählungen, in denen Paul Bowles, der bei uns vor allem durch seine vier
Romane bekannt geworden ist, beweist, daß er auch ein exzellenter Geschichtenerzähler, einer der ganz großen Meister der Kurzgeschichte
ist; dreizehn beklemmend faszinierende Stories, in denen der Autor
einmal mehr das zentrale Thema fast aller seiner Werke umkreist: die
Erfahrung des »anderen«, die Reise in exotische Welten und ins »innere Ausland der Seele« *(Stern)*.
Wie in seinen großen Romanen erzählt Bowles hier von westlichen
Menschen, die es nach Marokko verschlägt und die mit der fremden
Welt des Orients, von der sie magisch angezogen werden, nicht zurechtkommen. Ihr hilflos ausgeliefert, gehen sie nur allzuoft an der ihnen letztlich unzugänglichen Kultur zugrunde. Andere Geschichten
sind Kif-Erzählungen oder spielen unter Marokkanern selbst: Befremdliche, auf den ersten Blick zuweilen undurchsichtige und zutiefst
verstörende Stories von einer fast grausamen Schönheit; Geschichten, in denen halluzinatorische Welten und die Entgrenzung des
Ichs aufscheinen; Erzählungen, in denen eine Kultur lebendig wird,
in der Magie und Zauberkräfte, Mord, Totschlag und Betrug fast alltäglich scheinen.
Paul Bowles' Erzählungen zeugen von einem tiefen Respekt vor der
fremden Kultur des Orients, aber sie verklären sie niemals unkritisch
und schwärmerisch. Von einer fast kafkaesken Auswegslosigkeit und
Determiniertheit, sind es suggestive Porträts einer ebenso faszinierenden wie oftmals erschreckend gewalttätigen und fremden Welt.

Autor

Paul Bowles wurde 1910 in New York geboren und studierte in Berlin,
Paris und an der Universität von Virginia Musik. Bereits 1929 begann
er erste literarische Texte zu veröffentlichen. Nach ausgedehnten Aufenthalten in Nordafrika, auf Ceylon und in Südamerika lebt Bowles
seit vielen Jahren in Tanger, Marokko.

PAUL BOWLES

Die Stunden nach Mittag

Marokkanische Erzählungen

Aus dem Amerikanischen von
Pociao

GOLDMANN VERLAG

Deutsche Erstveröffentlichung
Die vorliegenden Erzählungen sind dem Band
»Collected Stories 1939–1976«,
Black Sparrow Press, Santa Barbara 1979, entnommen.
Auswahl und Anordnung der Erzählungen: Paul Bowles

Der Goldmann Verlag
ist ein Unternehmen der Verlagsgruppe Bertelsmann

Made in Germany · 9/90 · 2. Auflage
Copyright © 1945, 1946, 1948, 1949, 1950, 1951, 1961, 1962, 1964, 1970,
1972, 1974, 1976 by Paul Bowles
Copyright © der deutschsprachigen Ausgabe
1989 by Wilhelm Goldmann Verlag, München
Umschlaggestaltung: Design Team München
Umschlagfoto: Süddeutscher Verlag, München
Satz: IBV Satz- und Datentechnik GmbH, Berlin
Druck: Elsnerdruck, Berlin
Verlagsnummer: 9398
G.R. · Herstellung: Gisela Ernst/Voi
ISBN 3-442-09398-8

Inhalt

Seit Ende des Krieges waren die Schwierigkeiten von Jahr zu Jahr größer geworden. Obwohl sie sich ihrer Existenz bewußt war, hatte Fräulein Windling von Anfang an beschlossen, ihnen keine Beachtung zu schenken. Zuerst tuschelte man nur hinter vorgehaltener Hand über Massenverhaftungen. »Tausende von Moslems sitzen in Frankreich im Gefängnis«, hieß es. Kurz darauf waren einige ihrer eigenen Freunde verschwunden, wie der junge Bachir und Omar ben Lakhdar, der Postmeister von Timimoun, die eines Morgens plötzlich fortgegangen waren, oder zumindest wurde es ihr so berichtet, denn als sie im folgenden Winter zurückkehrte, waren sie nicht da, und seitdem hatte sie die beiden nie wiedergesehen. Die Menschen setzten einfach ausdruckslose Gesichter auf, wenn sie versuchte, mit ihnen darüber zu sprechen. Als die Feindseligkeiten offen entbrannten, ließen die Nationalisten Züge entgleisen und unterbrachen bei mehreren Gelegenheiten die Lastwagenverbindung durch die Sahara; doch trotz der Unruhen war es noch möglich, zu ihrer Oase zu gelangen. Dort im Süden waren die Kämpfe weit weg, und die langen Stunden einsamer Wüste, die dazwischen lagen, ließen sie noch unwirklicher erscheinen, beinahe als spielten sie sich auf der anderen Seite des Ozeans ab. Wenn die Männer ihrer Oase je vom Virus der Unzufriedenheit aus dem fernen Norden angesteckt würden – und das erschien ihr kaum vorstellbar –, bliebe ihr nichts anderes übrig, als auf ihren Sieg zu hoffen, obgleich sie überzeugt war, daß der Krieg ihnen nichts als Unglück brächte. Es war ihr eigenes Land, für das sie kämpfen, das eigene Leben, das sie verlieren würden, um den Kampf zu gewinnen. Bisher sprachen die Menschen noch nicht davon; das Leben war mühsam, aber friedlich. Jeder wußte von dem Krieg, der im Norden herrschte, und jeder war froh, daß er weit weg war.

Im Sommer unterrichtete Fräulein Windling an der Freiluftschule in Bern, wo sie ihre Schüler mit Geschichten vom Leben der

Menschen in der großen Wüste Afrikas unterhielt. In dem Dorf, das sie besuchte, machten die Bewohner aus dem, was die Wüste ihnen bot, alles selbst, erzählte sie. Sie lebten in einer Welt voller Gegenstände, die sie aus gebranntem Ton, geflochtenem Gras, Palmenholz und Tierfellen selbst gefertigt hatten. Metall gab es nicht. Obwohl sie es den Kindern nicht eingestand, entsprach das nicht mehr ganz der Wahrheit, da die Frauen sich seit einiger Zeit angewöhnt hatten, zum Wasserholen leere Ölkanister zu benutzen statt der Ziegenhautschläuche wie früher. Sie hatte versucht, ihre Freundinnen unter den Frauen des Dorfes von dieser Neuerung abzubringen, indem sie ihnen erzählte, das Blech könnte das Wasser vergiften; sie hatten genickt und sie weiter benutzt. »Sie sind eben faul«, entschied sie. »Die Ölkanister sind leichter zu tragen.«

Wenn die Sonne unterging und die kühle Luft aus der tiefer liegenden Oase mit ihrem beißenden Geruch von Holzfeuern bis zum Hotel und ins Innere ihres Zimmers heraufdrang, ließ sie liegen, was immer sie gerade tat, schlüpfte in ihren Burnus und stieg die Treppe zum Dach hinauf. Dort lag die Decke, auf der sie jeden Morgen ein Sonnenbad nahm; sie streckte sich darauf aus, das Gesicht nach Westen gewandt, und spürte noch die Hitze der untergegangenen Sonne unter ihrem Körper. Es gehörte zu ihren täglichen Freuden, zuzusehen, wie das Licht in der Oase unter ihr wechselte, wenn Dunst und Rauch der abendlichen Feuer das Tal allmählich auslöschten. Dann kam immer der Augenblick, da nur eine schwache Umrißlinie blieb, die, geometrisch und exakt, die Masse von Lehmromben, aus denen das Dorf bestand, mit einer bestimmten Gruppe hoher Dattelpalmen am Dorfeingang verband. Die Häuser selbst waren schon in tiefes Dunkel getaucht, und schließlich verschwand auch die höchste Palme; und wenn der Mond nicht schien, sah man jetzt nur noch den sterbenden Himmel, die scharfen Zacken der Felsen auf der Hamada und eine milchige Dunstschicht, die über dem Tal hing, ohne jedoch bis zu dem Felsvorsprung, auf dem das Hotel stand, hinaufzureichen.

Vielleicht zweimal pro Winter lud eine Gruppe von Frauen aus dem Dorf Fräulein Windling ein, mit in die endlose Weite der Dünen zu kommen, um Feuerholz zu sammeln. Das grelle Licht hier draußen war grausam. Nirgendwo im Sand gab es auch nur die Spur eines Zweiges oder Stammes; trotzdem entdeckten die Frauen, die barfuß über die Kämme der Dünen wanderten, unweigerlich die Stellen, an denen Wurzeln unter dem Sand vergraben lagen; dann bückten sie sich, legten sie frei und gruben sie aus. »Der Wind hinterläßt ein Zeichen«, sagte sie, doch Fräulein Windling war nicht sicher, ob sie in der Lage gewesen wäre, das Zeichen zu erkennen, und konnte sich kaum vorstellen, wie es zu einer Verbindung zwischen den unsichtbaren Wurzeln im Sand und dem Wind in der Luft kommen sollte. »Was bei uns verlorenging, haben sie sich erhalten«, dachte sie.

Ihre erste Begegnung mit der Wüste und deren Menschen war eine überwältigende Erfahrung gewesen; tatsächlich erschien es ihr, als habe sie niemals wirklich gelebt, ehe sie hierherkam. Sie war davon überzeugt, daß jeder Tag, den sie hier verbrachte, ihre Widerstandskraft vergrößerte. Sie beneidete die Einheimischen um ihre robuste Gesundheit, obwohl ihre eigene ebensogut war, doch weil sie weiß und gebildet war, glaubte sie, daß ihr Körper einfach minderwertig war.

Alle Arbeit im Hotel oblag einem stillen Mann mit traurigem Gesicht namens Boufelja. Er war schon da gewesen, als sie vor vielen Jahren zum ersten Mal gekommen war; für Fräulein Windling gehörte er zu dem Ort wie die zerklüfteten Felsen jenseits des Tals. Oft saß sie nach dem Mittagessen an ihrem Tisch neben dem Kamin und spielte allein Karten, bis die Holzscheite keine Wärme mehr verbreiteten. Es gab zwei sehr junge französische Soldaten aus der Festung gegenüber dem Hotel, die im Speisesaal aßen. Sie tranken viel Wein, und es ärgerte sie, mitansehen zu müssen, wie sich ihre Gesichter immer mehr röteten, während sie dort saßen. Am Anfang hatten die Soldaten den Finger an die Mütze gelegt und ihr Gelächter lange genug unterbrochen, um »Bonjour, Madame« zu sagen, wenn sie hinausgingen, aber das taten sie nicht mehr. Sie war froh, wenn sie gegangen waren, und genoß den Moment, bevor das Feuer ganz erlosch und unter den Windstößen, die durch den großen Kamin fegten, noch einmal aufglühte.

Fast immer frischte am frühen Nachmittag der Wind auf und blies gleichmäßig und stark, pfiff durch die unzähligen Palmen der

Oase unten, heulte im Türspalt und verschluckte die entfernteren Geräusche des Dorfes. Das war die Stunde, in der sie eine Patience legte oder einfach dasaß und die verkohlten Holzscheite betrachtete, die vor ihren Augen in Stücke zerfielen. Später überquerte sie eilig die Terrasse, eine hochgelegene, helle Welt, wie das Deck eines großen Schiffes, das durch den Wüstennachmittag segelte, trat in ihr Zimmer, um einen Pullover und den Gehstock zu holen, und brach zu ihrem Spaziergang auf. Manchmal ging sie in südlicher Richtung, dem Flußtal folgend, am Fuß der stummen Felsklippen entlang und durch gewundene Schluchten bis zu einem verlassenen Dorf, das an einer besonders heißen Stelle in einer Biegung des Tals gebaut worden war. Die nackten Felswände warfen die Hitze zurück, so daß die Glut ihr bei jedem Atemzug die Kehle versengte. Oder sie ging noch weiter bis dorthin, wo die Höhlen mit den in Stein geritzten Tieren und Symbolen waren.

Wenn sie die lange Straße ins Dorf, das tief im grünen Schatten des dichtesten Palmenhains lag, zurückkam, bemerkte sie regelmäßig in einer Kurve der Straße, kurz vor dem Hügel mit den Geschäften und dem Dorf, dieselbe Gruppe von Jungen. Sie hockten hinter den federartigen Zweigen einer riesigen Tamariske im Sand und unterhielten sich ruhig. Wenn sie an ihnen vorbeikam, grüßte sie, und die Jungen erwiderten den Gruß jedesmal, verstummten einen Augenblick, bis sie vorüber war, und nahmen dann ihr Gespräch wieder auf. Soweit sie es beurteilen konnte, hatten sie nie eine Bemerkung über sie gemacht, und doch schien es ihr dieses Jahr manchmal, als würde sich ihr Tonfall unmerklich verändern, wenn sie vorbei war, es kam ihr vor wie ein Wechsel der Tonart. Zeugte ihr Verhalten von Spott? Sie wußte es nicht, doch da es das erste Mal in all diesen Jahren in der Wüste war, daß sich eine solche Frage überhaupt stellte, verbannte sie den Gedanken entschlossen aus ihrem Kopf. »Eine neue Generation verlangt eine neue Technik, wenn man Kontakt aufnehmen will«, dachte sie. »Es ist an mir, sie zu finden.« Trotzdem tat es ihr leid, daß es keinen anderen Weg ins Dorf zurück gab als diese Hauptstraße, an der sie sich ständig versammelten. Schon die geringe Spannung, die dadurch erzeugt wurde, daß sie an ihnen vorbei mußte, beeinträchtigte ihre Freude an den Spaziergängen.

Eines Tages machte sie sich schockiert und beschämt klar, daß sie nicht einmal wußte, wie die Jungen aussahen. Sie hatte sie immer nur als Gruppe aus einiger Entfernung wahrgenommen; wenn sie nahe genug heran war, um sie zu grüßen, senkte sie stets den Kopf und blickte auf die Straße. Die Erkenntnis, daß sie Angst hatte, sie anzuschauen, war unannehmbar; dieses Mal sah sie einem nach dem anderen aufmerksam in die Augen, als sie sich ihnen näherte. Gemessen nickend ging sie vorbei. Ja, es waren freche Gesichter, dachte sie – ganz anders als die ihrer Eltern. Das respektvolle Verhalten, zu dem man sie angehalten hatte, war nichts als eine grobe Täuschung. Doch für sie war nur wesentlich, daß sie gewonnen hatte: Es machte ihr nichts mehr aus, jeden Tag an ihnen vorbei zu müssen. Mit der Zeit gelang es ihr sogar, sie voneinander zu unterscheiden.

Da gab es einen, bemerkte sie, jünger als die übrigen, der immer ein wenig abseits von ihnen saß, und es war dieser schüchterne Junge, der eines frühen Morgens, als sie hereinkam, in der Hotelküche stand und mit Boufelja sprach. Sie tat, als hätte sie ihn nicht bemerkt. »Ich gehe nach oben, um eine Stunde an der Maschine zu arbeiten«, sagte sie zu Boufelja. »Danach kannst du heraufkommen, um das Zimmer zu machen.« Damit wandte sie sich ab, um zu gehen. In der Tür warf sie einen Blick auf das Gesicht des Jungen. Er betrachtete sie, und er sah nicht weg, als ihre Blicke sich trafen. »Wie geht es dir?« fragte sie. Etwa eine halbe Stunde später, sie tippte gerade ihren zweiten Brief, hob sie den Kopf. Der Junge stand auf der Terrasse und beobachtete sie durch das offene Fenster. Er kniff die Augen zusammen, denn der Wind war heftig; sie sah, wie die Wipfel der Palmen sich hinter ihm beugten. »Wenn er zuschauen will, soll er zuschauen«, sagte sie sich und beschloß, ihn nicht zu beachten. Nach einer Weile ging er fort. Während Boufelja ihr das Mittagessen servierte, fragte sie ihn nach dem Jungen. »Wie ein alter Mann«, sagte Boufelja. »Zwölf Jahre, aber sehr ernst. Wie ein alter, alter Mann.« Er lächelte, zuckte dann die Achseln. »Gott hat ihn so gewollt.«

»Natürlich«, sagte sie und rief sich sein wachsames, unglückliches Gesicht ins Gedächtnis zurück. »Ein junger Hund, den jeder getreten hat, aber er hat nicht aufgegeben.«

In den folgenden Tagen erschien er öfter auf der Terrasse und sah zu, wie sie tippte. Manchmal winkte sie ihm oder rief: »Guten Morgen!« Ohne zu antworten, wich er einen Schritt zurück, so daß er außerhalb ihres Blickfeldes war. Dort blieb er stehen. Dieses Verhalten ärgerte sie, und eines Tages, bei gleicher Gelegenheit, sprang sie auf und ging zur Tür. »Was ist?« fragte sie und versuchte beim Sprechen zu lächeln.

»Ich habe nichts getan!« sagte er mit vorwurfsvollem Blick.

»Das weiß ich«, antwortete sie. »Warum kommst du nicht herein?«

Hastig, wie hilfesuchend, sah der Junge sich auf der Terrasse um, dann senkte er den Kopf und trat durch die Tür. Hier blieb er mit noch immer gesenktem Kopf stehen und wartete; es war ein erbärmlicher Anblick. Aus ihrem Gepäck holte sie eine Tüte Bonbons und bot ihm eines an. Dann richtete sie einige einfache Fragen an ihn und stellte fest, daß sein Französisch viel besser war, als sie erwartet hatte. »Sprechen die anderen Jungen auch so gut Französisch wie du?« fragte sie.

»*Non, Madame*«, sagte er und schüttelte bedächtig den Kopf. »Mein Vater war Soldat. Soldaten sprechen gut Französisch.«

Sie versuchte sich die Mißbilligung, die sie empfand, nicht anmerken zu lassen, denn sie verabscheute alles, was mit Militär zu tun hatte. »Ich verstehe«, sagte sie etwas schroff, wandte sich wieder ihrem Schreibtisch zu und kramte in den Papieren. »Jetzt muß ich arbeiten«, sagte sie und setzte dann mit wärmerer Stimme hastig hinzu: »Aber du kannst morgen wiederkommen, wenn du willst.« Er wartete einen Augenblick und sah sie mit unverminderter Nachdenklichkeit an. Dann breitete sich langsam ein Lächeln über sein Gesicht und er legte das Bonbonpapier, zu einem winzigen Rechteck gefaltet, auf die Ecke ihres Schreibtischs. »*Au revoir, Madame*«, sagte er und ging durch die Tür. In der Stille hörte sie das kaum vernehmbare, dumpfe Tappen seiner nackten Fersen auf dem Terrassenboden. »In dieser Kälte«, dachte sie. »Das arme Kind! Wenn ich ihm je etwas kaufe, dann ein Paar Sandalen.«

Seitdem kam der Junge jeden Tag, wenn die Sonne hoch genug stand, um die reglose Morgenluft zu erfüllen, verstohlen über die

Terrasse an ihre Tür, blieb ein paar Sekunds stehen und sagte dann mit verlorener Stimme, die wegen der großartigen Stille draußen noch kleiner und leiser wirkte: »*Bonjour, Madame!*« Sie bat ihn herein, und sie schüttelten sich feierlich die Hand, worauf er in stets derselben langsamen und gemessenen Art die Rückseite der Finger zum Mund führte. Manchmal versuchte sie sein Gesicht zu ergründen, während er dieses Ritual vollführte, um zu sehen, ob sich vielleicht eine Spur von Spott darin spiegelte, statt dessen entdeckte sie einen Ausdruck solch überzeugender Ergebenheit, daß sie erschrak und schnell den Blick abwandte. In einer Schrankschublade bewahrte sie immer etwas Brot oder ein paar Kekse auf; wenn sie das geholt hatte und er aß, fragte sie ihn nach Neuigkeiten über die Familien in seinem Viertel des Dorfes. Aus disziplinarischen Gründen bot sie ihm nur jeden zweiten Tag ein Bonbon an. Er saß neben der Tür auf einer zerschlissenen alten Kameldecke und beobachtete sie unablässig, ließ sie keine Sekunde aus den Augen.

Sie wollte wissen, wie er hieß, war sich jedoch bewußt, daß die Einheimischen dieser Gegend mit ihren Namen sehr geheimnisvoll taten und Fremden nur selten verrieten, wie sie wirklich hießen; es war eine Eigenheit, die sie respektierte, denn sie wußte, daß dieses Verhalten in ihrer eigenen prähistorischen Religion wurzelte. Also unterdrückte sie die Frage, in der Gewißheit, daß die Zeit kommen würde, da er ihr genügend vertraute, um ihr seinen Namen aus freien Stücken zu verraten. Und dieser Augenblick kam unerwartet eines Morgens, als er gerade einige Legenden über den großen, vor langer Zeit verstorbenen Moslemkönig erzählt hatte, dessen Name Salomon war. Plötzlich hielt er inne, zwang sich, ihr unverwandt und ohne zu blinzeln in die Augen zu sehen und sagte: »Und ich heiße auch Slimane, genauso wie der König.«

Sie versuchte ihm das Lesen beizubringen, doch er schien unfähig zu lernen. Manchmal, wenn sie das Gefühl hatte, daß er kurz davor war, zwei Dinge zusammenzufügen und vielleicht am Ende eine Verbindung herzustellen, die ihn befähigen würde, das Prinzip zu verstehen, machte sich ein Ausdruck der Resignation und Passivität in seinem Gesicht breit, und er brach willkürlich seine

Anstrengung ab, sah sie nur an und schüttelte immer wieder den Kopf, um zu zeigen, daß es zwecklos sei. In solchen Augenblicken war es schwer, nicht die Geduld zu verlieren.

Im folgenden Jahr beschloß sie, den Unterricht nicht fortzusetzen und Slimane statt dessen als Führer, Träger und Begleiter einzuspannen – eine Rolle, die, wie sie bald merkte, seiner Natur eher entsprach als die eines Schülers. Es machte ihm nichts aus, wie weit sie gingen oder wieviel Ausrüstung er zu tragen hatte, im Gegenteil, für ihn war ein großer Ausflug ein ganz besonderes Ereignis, und was immer sie ihm auflud, trug er mit dem Habitus eines Menschen, dem eine Ehre zuteil wird. Es war wahrscheinlich ihre schönste Zeit in der Wüste, jener Winter der Kameradschaft, in dem sie gemeinsam ungezählte Streifzüge durch das Tal unternahmen. Während die Wochen vergingen, wurden die Ausflüge ausgedehnter, und der Aufbruch wurde immer weiter vorverlegt, bis sie schließlich gleich nach dem Frühstück starteten. Den ganzen Tag lang, während sie in der prallen Sonne und gelegentlich im Schatten des durchbrochenen Saums der Palmen, die das Flußbett einfaßten, dahinwanderten, unterhielt sie sich lebhaft mit ihm. Zuweilen merkte sie, daß er ihr erzählen wollte, was ihm im Kopf herumging, und sie ließ ihn reden, solange seine Begeisterung anhielt, erweckte sie sogar bisweilen, wenn er fertig war, mit wohlüberlegten Fragen zu neuem Leben. Gewöhnlich aber war sie diejenige, die das Gespräch bestritt, während sie hinter ihm herging. Jedesmal wenn sie mit dem rechten Fuß auftrat, stieß sie die Stahlspitze ihres Gehstocks in den steinigen Grund, und dabei schilderte sie das Leben Hitlers bis ins kleinste Detail und erklärte ihm, warum er von den Christen verabscheut wurde. Sie hielt dies für notwendig, da Slimane einem ganz anderen Eindruck erlegen war und in der Tat glaubte, die Europäer hätten eine ebenso hohe Meinung von dem untergegangenen Führer wie er und die anderen Dorfbewohner. Sie erzählte viel vom Leben in der Schweiz, betonte bei vielen Gelegenheiten beiläufig Sauberkeit, Ehrlichkeit und die gute Gesundheit ihrer Landsleute. Sie sprach von Jesus, Martin Luther und Garibaldi, wobei sie darauf achtete, Jesus und den moslemischen Propheten Sidna Isa sorgfältig auseinanderzuhalten, sei es auch nur, um eine Diskussion darüber zu eröffnen, konnte sie doch keinen Augenblick der islamischen Lehre zustimmen, wonach der Erlöser ein Moslem war. Slimanes respektvolle Haltung, die an Anbetung grenzte, veränderte sich nie, außer wenn sie unvorsichtigerweise auf das Thema Islam zu sprechen kam; was sie dann auch sagte (und an diesem Punkt schien er automatisch nicht länger zuzuhören), er schüttelte nur unaufhörlich den Kopf und rief: »Nein, nein, nein, nein! Ungläubige wissen nichts vom Islam! Schweigen Sie, Madame, ich bitte Sie, denn Sie wissen nicht, was Sie sagen. Nein, nein, nein, nein!«

Vor langer Zeit schon hatte sie ihr altes Versprechen eingelöst und ihm Sandalen gekauft; diesem Geschenk waren andere gefolgt. In regelmäßigen Abständen war sie mit ihm in Benaissas Laden gegangen, um ein Hemd, eine weite schwarze Baumwollhose, wie sie die Chaamba-Kameltreiber tragen, und zuletzt einen neuen weißen Burnus zu kaufen, wohl wissend, aber ohne sich jedoch daran zu stören, daß das ganze Dorf die Tatsache eines solch wertvollen Geschenkes diskutieren würde. Es war ihr klar, daß es diese regelmäßigen Geschenke waren, die Slimanes Vater davon abhielten, ihm den Umgang mit ihr zu verbieten. Trotzdem erhob er manchmal Einwände, wie Slimane berichtete. Slimane selbst jedoch, da war sie sicher, wollte nichts, erwartete nichts.

Jedes Jahr, wenn der März zu Ende ging, wurden die Tage unerträglich heiß und selbst die Nächte stickig. Obwohl es einer riesigen Willensanstrengung bedurfte, den Schritt zu tun, der den erneuten Kontakt mit der Außenwelt brachte, widmete sie sich zwei bis drei Tage dem Waschen ihrer Wäsche und den Reisevorbereitungen. Wenn die Woche kam, für die sie die Abreise festgesetzt hatte, begab sie sich hinüber zur Festung, meldete ein Gespräch mit dem Café in Kerzaz an und bat den Besitzer, den Fahrer des nächsten Lastwagens, der nach Norden fuhr, zu einem Umweg zu veranlassen, damit sie ihn an einer Stelle, die nur etwa drei Kilometer vom Dorf entfernt lag, abpassen konnte.

Am Nachmittag nach ihrem letzten Ausflug durch das Tal war Fräulein Windling mit Slimane ins Hotel zurückgekehrt; sie stand auf der Terrasse und betrachtete die orangefarbenen Sandberge hinter der Festung. Slimane hatte die Pakete ins Zimmer getragen und abgestellt. Sie wandte sich um und sagte: »Hol mir die große

Blechdose.« Als er sie unter dem Bett hervorgezogen hatte, brachte er sie, mit dem Ärmel den Staub abwischend, und sie ging voraus aufs Dach. Sie saßen auf der Decke; die Glut der untergegangenen Sonne erhitzte ihre Gesichter. Ein paar Fliegen schwirrten noch umher, attackierten hin und wieder ihren Nacken. Slimane reichte ihr die Dose, und sie gab ihm eine Handvoll Kekse mit Schokoladenüberzug. »So viele auf einmal?«

»Ja«, sagte sie. »Du weißt doch, daß ich in vier Tagen nach Hause fahre.«

Er starrte einen Augenblick auf die Decke hinunter, bevor er antwortete. »Ich weiß«, murmelte er. Er war wieder still. Dann rief er mißmutig: »Boufelja sagt, es sei heiß hier im Sommer. Es ist nicht heiß! In unserem Haus ist es kühl. Es ist so wie die Oase, da, wo das größte Becken ist. Dort wäre es Ihnen niemals zu heiß!«

»Ich muß Geld verdienen. Das weißt du doch. Nächstes Jahr will ich wiederkommen.«

Traurig sagte er: »Nächstes Jahr, Madame. Nur Moulana weiß, was nächstes Jahr sein wird.«

Ein paar Kamele knurrten, während sie sich am Fuß der Festung im Sand wälzten; das Licht verblaßte zusehends. »Iß deine Kekse«, sagte sie und steckte selbst einen in den Mund. »Nächstes Jahr fahren wir mit dem *caid* nach Abadla, *incha' Allah!*«

Er seufzte tief. »Ach, Madame!« Sie merkte, zunächst mit einem Anflug von Mitgefühl, beim genaueren Nachdenken jedoch mit Mißbilligung, die Qual, die seiner Stimme eine ungewohnte Eindringlichkeit verlieh. Es war die Eigenschaft, die sie am wenigsten an ihm ausstehen konnte, dieses leicht theatralische Selbstmitleid. »Nächstes Jahr bist du ein Mann«, sagte sie mit Bestimmtheit. Dann, mit unsicherer Stimme und einem hoffnungsvollen Unterton: »Wirst du dich an all die Dinge erinnern, die wir besprochen haben?«

Sie schickte ihm von Marseille aus eine Postkarte und zeigte ihrer Klasse Photographien, die sie voneinander und dem *caid* aufgenommen hatten. Die Kinder waren beeindruckt von dem riesigen Turban des *caid*. »Ist das ein Beduine?« fragten sie.

Als sie das Büro der Botschaft verließ, war ihr klar, daß dies das letzte Jahr war, in dem sie in die Wüste zurückreisen konnte. Da waren nicht nur die offen zur Schau getragene Unfreundlichkeit und das Mißtrauen des Beamten: Zum ersten Mal hatte er sie auch eine Reihe von Fragen beantworten lassen, was sie höchst beunruhigend fand. Er wollte wissen, welche Fächer sie an der Freiluftschule unterrichtete, ob sie jemals journalistisch tätig gewesen war und wo genau sie sich nach ihrer Ankunft in der Sahara aufhalten würde. Um ein Haar hätte sie erwidert: Ich lasse mich treiben. Ich mache keine Pläne. Doch dann hatte sie nur die Oase genannt. Sie wußte, daß Franzosen älteren Schweizer Damen, die wollene Strümpfe trugen, keinen Respekt entgegenbrachten; dies machte sie in ihren Augen nur um so verächtlicher. Dennoch waren sie diejenigen, die in der Sahara das Sagen hatten.

An dem Tag, an welchem das Schiff im afrikanischen Hafen anlegte, regnete es. Sie wußte, daß die terrassierten grauen Hügel der Stadt vor ihr lagen, doch sie blieben im Dunst unsichtbar. Die zerlumpten, europäischen Kleider der Hafenarbeiter trieften vor Nässe. Später erschien ihr die ganze vom Regen durchtränkte Stadt düster, und die Menschen, die durch die Straßen gingen, wirkten unglücklich. Die Veränderung, selbst gegenüber dem vergangenen Jahr, war enorm. Es stimmte sie trübsinnig, in dem großen, kalten Café zu sitzen, wo sie nach dem Abendessen ihren Kaffee einnahm, deshalb kehrte sie ins Hotel zurück und ging schlafen. Am nächsten Tag bestieg sie den Zug nach Perrégaux. Es regnete beinahe den ganzen Tag. In Perrégaux nahm sie ein Zimmer in einem Hotel unweit des Bahnhofs; dort blieb sie und lauschte dem Regen, der neben ihrem Fenster durch die Regenrinne prasselte. »Dieser Ort wäre als Modell für die Hölle geeignet«, schrieb sie an eine Freundin in Basel, bevor sie an diesem Abend zu Bett ging. »Ein lebendiges Beispiel für den sozialen Niedergang, der durch die der Stadt aufgezwungene kulturelle Vermischung entsteht. Die Bevölkerung heruntergekommen und feindselig geworden nach Generationen unbarmherziger Ausbeutung. Morgen nehme ich die Schmalspurbahn nach Süden, in ein glücklicheres Land, und ich vertraue darauf, daß meine Freundin, die Sonne, mir irgendwann im Lauf des Tages ihre Aufwartung macht. Seien Sie herzlich gegrüßt von Ihrer Maria.«

Als der Zug gen Süden kroch, über ein hochgelegenes Plateau

hinweg, blieben die Wolken zurück, und die Sonne eroberte die Landschaft. Fräulein Windling saß aufmerksam an der verschmierten Fensterscheibe, eingehüllt in eine immer stärker werdende Traurigkeit. Solange es regnete, hatte sie geglaubt, der Regen sei der Grund für ihre Niedergeschlagenheit: Das graue Licht der Wolken verlieh der Landschaft einen ungewohnten Ausdruck, indem es Formen und Entfernungen veränderte. Doch nun begriff sie: Je vertrauter und erkennbarer die Konturen der Wüste wurden, desto bewußter wurde ihr, daß sie keinen Grund für ihr Hiersein hatte, denn es war das letzte Mal.

Zwei Tage später, als der Lastwagen hielt, um sie aussteigen zu lassen, stand Boufelja neben dem Felsblock in der Sonne und winkte; er hatte einen Mann aus dem Dorf mitgebracht, der das Gepäck tragen half. Sobald der Lastwagen verschwunden war und die Staubwolke über die Hamada davongeweht, war die Stille da; es schien, als könnte kein Geräusch lauter sein als das Knirschen ihrer Schuhe auf dem Sand.

»Wie geht es Slimane?« fragte sie. Boufelja antwortete wortkarg. »Es geht ihm gut. Es heißt, er hätte versucht wegzulaufen. Aber er ist nicht weit gekommen.« Gleichgültig, ob sein Bericht der Wahrheit entsprach oder nicht, sie beschloß jedenfalls, nicht davon zu sprechen, es sei denn, Slimane erwähnte die Sache von selbst.

Sie empfand eine merkwürdige Erleichterung, als sie den Rand des Plateaus erreichten und sie auf der anderen Seite des Tals das Dorf erkannte. Erst als sie alle ihre Freunde im Dorf besucht, mit ihnen ihre Probleme erörtert, hier ein paar Pillen und dort ein paar Süßigkeiten verteilt hatte, war sie überzeugt, daß während ihrer Abwesenheit keine tiefgreifende Veränderung stattgefunden hatte. Sie ging zum Haus von Slimanes Eltern: Er war nicht da. »Sag ihm, er soll mich besuchen«, trug sie seinem Vater auf, als sie das Haus verließ.

Am dritten Morgen nach ihrer Ankunft erschien Slimane; lächelnd stand er in ihrer Tür. Nachdem sie ihn begrüßt und aufgefordert hatte, Platz zu nehmen und mit ihr Kaffee zu trinken, überhäufte sie ihn mit Fragen, um zu erfahren, was sich während ihrer Abwesenheit im Dorf abgespielt hatte. Einige seiner Freunde seien weggegangen, um Patrioten zu werden, erzählte er, und sie töteten die Franzosen wie die Fliegen. Ihr Herz sank, aber sie sagte nichts. Während sie ihn lächelnd beobachtete, konnte sie sich sogar an dem Gedanken freuen, daß er trotz allem zugänglich gewesen war; sie hatte bewiesen, daß es möglich war, echte Freundschaft mit einem jungen Menschen hier zu schließen. Doch schon als sie sagte: »Wie glücklich bin ich, dich wiederzusehen, Slimane«, mußte sie wieder daran denken, daß ihre gemeinsame Zeit jetzt begrenzt war, und ein schmerzlicher Zug flog über ihr Gesicht, als sie den Satz beendete. »Ich werde vor ihm kein Wort darüber verlieren«, beschloß sie. Wenn wenigstens er die Illusion einer unbegrenzt vor ihnen liegenden Zeit hätte, würde er irgendwie seine Aura von Reinheit und Unschuld bewahren können, und sie würde in der kurzen Zeit, die ihnen verblieb, weniger Qualen erleiden müssen.

Eines Tages gingen sie ins Tal, um den *caid* zu besuchen, und besprachen mit ihm den lange geplanten Ausflug nach Abadla. Ein anderes Mal gingen sie zum Grab von Moulay Ali ben Said, wo es eine heiße Quelle gab. Es war eine winzige Oase am Ende einer Kette von hohen Dünen; vielleicht fünfzig Palmen standen um den verfallenen Schrein. Im Schatten der Felsbrocken unter den Mauern befand sich eine verwahrloste Zisterne, in die das dampfende Wasser tröpfelte. Am Fuß einer kleinen Tamariske breiteten sie Decken über den Sand und packten ihr Mittagessen aus. Ehe sie zu essen anfingen, tranken sie ein paar Hände voll Wasser, und Slimane behauptete, es sei heilig und darum berühmt. Über ihnen rauschten und seufzten die Palmen im Wind.

»Allah hat uns Wind geschickt, damit wir es beim Essen kühl haben«, sagte Slimane, nachdem er sein Brot und die Datteln verzehrt hatte.

»Hier ist es immer windig«, antwortete sie unachtsam, »und es wird immer windig sein.«

Er richtete sich kerzengerade auf. »Nein, nein!« rief er. »Vierzig Tage nach der Wiederkehr von Sidna Isa wird es keine Moslems mehr geben, und die Welt wird untergehen. Alles wird sterben, Himmel, Sonne und Mond. Auch der Wind. Alles.« Er musterte sie mit einem Ausdruck derartiger Genugtuung, daß sie merkte, wie sich in ihrem Inneren einer ihrer gelegentlichen Wutanfälle zusammenbraute.

»Ich verstehe«, sagte sie. »Stell dich einen Augenblick neben die Quelle. Ich will ein Photo von dir machen.« Sie hatte nie verstanden, warum die Moslems Jesus diesen Pyrrhussieg zugestanden hatten, quasi am Ende der Schöpfung: Seine Inkonsequenz wurmte sie. Über den verfallenen Tank hinweg beobachtete sie, wie Slimane die traditionelle steife Pose eines Menschen annahm, der photographiert wird, und plötzlich kam ihr eine Idee. Zu Heiligabend in zwei Wochen würde sie eine Krippe bauen. Sie würde Slimane einladen, am Kamin mit ihr zusammen zu essen, und um Mitternacht würde sie ihn hineinbitten, um ihr Werk anzuschauen.

Sie machte noch ein paar Aufnahmen von Slimane; sie sammelten die Ausrüstung zusammen und kehrten, den heißen Nachmittagswind im Gesicht, zum Dorf zurück. Manchmal wirbelte Sand auf, wie unsichtbare Stacheln brannte er auf der Haut. Diesmal ging Fräulein Windling voraus, und sie marschierten schnell. Das Bild der von Kerzen erleuchteten Krippe erschien ihr auf dem Heimweg über den felsigen Erg immer wieder; es stimmte sie unaussprechlich traurig, denn für sie war es unausweichlich mit der Tatsache verbunden, daß alles zu Ende ging. Sie kamen zum nördlichsten Punkt des Dorfes, wo der Erg vom wandernden Flußtal gekreuzt wurde. Als sie langsam über den feinen Sand bergauf kletterten, hörte sie sich flüstern: »Es ist das Richtige. »*Richtig* ist nicht das Wort«, dachte sie dann, ohne daß ihr jedoch ein besseres einfallen wollte. Sie würde eine Krippe bauen, weil sie Weihnachten liebte und das Fest mit Slimane teilen wollte. Sie erreichten das Hotel kurz nach Sonnenuntergang; sie schickte Slimane nach Hause, um in Ruhe ihren Plan zu skizzieren.

Doch erst als sie anfing, die Krippe tatsächlich zusammenzubauen, merkte sie, wieviel Arbeit es kosten würde. Früh am nächsten Morgen bat sie Boufelja, eine alte Holzkiste aufzutreiben. Sie hatte noch keine halbe Stunde gearbeitet, als sie Slimanes Stimme aus der Küche hörte. Schnell schob sie alles unter das Bett und trat hinaus auf die Terrasse.

»Ich habe zu tun, Slimane«, sagte sie. »Komm heute nachmittag wieder.« Und am Nachmittag eröffnete sie ihm, daß sie im Moment keine längeren Ausflüge unternehmen könnten, da sie bis zum Tag nach Weihnachten jeden Vormittag zu arbeiten habe. Er nahm die Information mürrisch auf. »Ich weiß«, sagte er. »Sie bereiten sich auf den heiligen Tag vor. Ich verstehe.«

»Wenn der heilige Tag kommt, werden wir ein Fest feiern«, versprach sie ihm.

»Wenn Allah will.«

»Tut mir leid«, sagte sie lächelnd.

Er zuckte die Achseln und sagte: »Auf Wiedersehen.«

Nachmittags gingen sie weiterhin in die Oase oder tranken Tee auf dem Dach, doch die Vormittage verbrachte sie mit Nähen, Hämmern und Schnitzen in ihrem Zimmer. Als sie das Fundament fertig hatte, mußte sie die Figuren formen. Vom Fluß trug sie eine große Masse feuchten Lehms in ihr Zimmer. Es dauerte zwei Tage, bis sie eine Heilige Jungfrau zustande gebracht hatte, mit der sie zufrieden war. Aus einem Stück Musselin bastelte sie ein einigermaßen naturgetreues Zelt, das Mutter und Kind in seinem winzigen Nest aus weißen Hühnerfedern beherbergen sollte. Zerkleinerte Tamariskennadeln bildeten den Teppich im Inneren des Zeltes. Davor streute sie Sand und steckte dann die langen Beine des Kamels aus Lehm tief hinein; ein Tier schritt hinter dem nächsten über die Düne, und auf jedem saß aufrecht einer der Heiligen Drei Könige, und seine weiße Dschellaba fiel in langen, spitz zulaufenden Falten über die Flanken des Kamels. Die Heiligen Drei Könige kamen mit Säcken voller Mandeln und winzigen Likörpralinen, die in buntes Silberpapier gewickelt waren. Als sie fertig war, stellte sie die Krippe mitten im Zimmer auf den Boden und häufte Mandarinen und Datteln davor. Mit einer Reihe brennender Kerzen dahinter und je einer auf jeder Seite würde sie aussehen wie ein moslemisches Heiligenbild. Sie hoffte, daß Slimane die Szene erkannte; möglicherweise wäre er dann eher von ihrer poetischen Wahrheit überzeugt. Sie wollte ihm nur klarmachen, daß der Gott, mit dem er so vertraut war, derselbe Gott war, den die Ungläubigen verehrten. Doch das war kein Gedanke, den sie je auszusprechen versucht hätte.

Eine weitere Überraschung für diesen Abend war die neue Blitzvorrichtung ihrer Kamera, die Slimane noch nicht gesehen hatte. Sie wollte eine stattliche Anzahl Bilder von der Krippe machen und von Slimane, wie er sie betrachtete; diese würde sie vergrößern, um sie ihren Schülern zu zeigen. Sie kaufte einen neuen Turban für Slimane; er trug schon seit mehr als einem Jahr keinen mehr. Dieser nun war ein Männerturban und wunderschön: zehn Meter weichster ägyptischer Baumwolle.

Heiligabend verschlief sie, durch den verhangenen Himmel getäuscht. In jedem Winter gab es ein paar düstere Tage in der Oase; sie waren selten, doch dies war einer davon. Während sie noch im Bett lag, hörte sie das Rauschen des Windes, und als sie aufstand, um aus dem Fenster zu sehen, fand sie draußen keine Welt mehr – nur einen trüben rosagrauen Dunst, der alles verbarg. Der umherfliegende Sand wirbelte unaufhörlich gegen die Scheibe, lag in langen Verwehungen auf dem Boden der Terrasse. Als sie zum Frühstück ging, zog sie die Kapuze ihres Burnus tief ins Gesicht. Sie trat auf die Terrasse, und der Wind traf sie mit der Wucht eines festen Körpers. Unter ihren Schuhen knirschte der Sand auf dem Zementfußboden. Im Speisesaal hatte Boufelja die Läden verriegelt; er grüßte sie freudig aus der Dunkelheit, glücklich, sie zu sehen.

»Ein sehr schlechter Tag für Ihr Fest, Mademoiselle«, bemerkte er, als er die Kaffeekanne auf den Tisch stellte.

»Morgen ist das Fest«, sagte sie. »Es beginnt heute abend.«

»Ich weiß, ich weiß.« Er hatte etwas gegen die Feste der Ungläubigen, weil die Stunde ihres Beginns oder Endes so ungenau festgelegt waren. Die Feste der Moslems begannen exakt entweder bei Sonnenuntergang oder eine Stunde vor Sonnenaufgang, oder wenn zum ersten Mal der neue Mond in der Abenddämmerung am westlichen Himmel auftauchte. Die Ungläubigen dagegen begannen ihre Feste, wann es ihnen beliebte.

Sie verbrachte den Vormittag mit Briefeschreiben in ihrem Zimmer. Um die Mittagszeit war es draußen noch dunkler und mehr Sand wirbelte auf; der Wind rüttelte an dem Hotel auf seinem Felsen, als wollte er es über die Wipfel der Palmen ins Flußbett hinabschleudern. Mehrmals stand sie auf und ging zum Fenster, um in die rosafarbene Leere jenseits der Terrasse zu starren.

Sie liebte Stürme, obgleich sie wünschte, dieser wäre erst nach Weihnachten gekommen. Sie hatte sich eine echte Wüstennacht vorgestellt – kalt, sternenfunkelnd und erfüllt vom Gekläff der Hunde in der Oase. Es könnte noch so kommen, es verblieb genügend Zeit, dachte sie, während sie den Burnus über den Kopf streifte, um zum Essen zu gehen.

Bei diesem Wind war der Kamin nicht nur segensreich: Außer der Hitze, die er abgab, sorgte er für die einzige Beleuchtung im Speisesaal, doch der Rauch, den er ausstieß, brannte ihr in den Augen und im Hals. Die Fensterläden klapperten und schlugen hin und her; sie übertönten sogar den Lärm des Windes.

Sobald sie die Mahlzeit beendet hatte, verließ sie den Speisesaal und eilte in ihr Zimmer zurück, wo sie den ganzen, langsam dunkler werdenden Nachmittag verbrachte, indem sie weiter Briefe schrieb und auf das völlige Erlöschen des Tageslichts wartete. Slimane würde um acht kommen. Es blieb genug Zeit, alles in den Speisesaal zu tragen und die Krippe in der dunklen, unbenutzten Nische aufzubauen, die Boufelja kaum betreten würde. Doch als es soweit war, merkte sie, daß der Ansturm des Windes stärker war, als sie sich vorgestellt hatte. Wieder und wieder lief sie zwischen dem Speisesaal und ihrem Zimmer hin und her, jeden Gegenstand sorgsam in ihren Burnus gehüllt. Immer wenn sie an der Küche vorüberkam, befürchtete sie, Boufelja könnte die Tür öffnen und sie entdecken. Sie wollte ihn nicht dabeihaben, wenn sie Slimane die Krippe zeigte; er konnte sie morgen beim Frühstück sehen.

Durch das Heulen des Windes geschützt, gelang es ihr, alle Teile in die hintere, finstere Ecke des Speisesaals zu bringen, ohne Boufeljas Aufmerksamkeit zu erwecken. Lange vor der Essenszeit war die Krippe fertig; man mußte nur noch die Kerzen anzünden. Sie legte eine Schachtel Streichhölzer auf den Tisch daneben und lief zurück in ihr Zimmer, um sich zu frisieren und umzuziehen. Der Sand war durch ihre Kleidung gedrungen; er rieselte aus ihrer Unterwäsche und klebte wie Zucker auf der Haut. Ihre Uhr zeigte einige Minuten nach acht, als sie hinausging.

Der Tisch war nur für eine Person gedeckt. Sie wartete, während die Fensterläden klapperten und schlugen, bis Boufelja mit der Suppenterrine erschien.

»Was für ein schlimmer Abend«, sagte er.

»Du hast vergessen, für Slimane zu decken«, sagte sie. Doch er achtete nicht darauf. »Er ist dumm!« erklärte er und fing an, die Suppe zu servieren.

»Warte!« rief sie. »Slimane kommt. Ich kann nicht anfangen, bevor er da ist.«

Boufelja begriff noch immer nicht. »Er wollte in den Speisesaal kommen«, sagte er. »Und er weiß, daß es zur Essenszeit verboten ist.«

»Aber ich habe ihn eingeladen!« Sie sah auf den einzelnen Suppenteller auf dem Tisch. »Sag ihm, er soll hereinkommen, und leg noch ein Gedeck auf.«

Boufelja schwieg. Er legte die Kelle in die Suppenterrine zurück. »Wo ist er?« fragte sie und fuhr, ohne seine Antwort abzuwarten, fort: »Habe ich dir nicht gesagt, daß er heute abend mit mir essen würde?« Denn plötzlich befürchtete sie, in ihrem Streben nach Geheimhaltung tatsächlich vergessen zu haben, Boufelja von der Einladung zu erzählen.

»Sie haben nichts gesagt«, antwortete er. »Ich wußte nichts davon. Ich habe ihn nach Hause geschickt. Aber er wird nach dem Abendessen wiederkommen.«

»O Boufelja«, rief sie. »Du weißt doch, daß Slimane niemals lügt.«

Er sah vorwurfsvoll auf sie hinunter. »Ich wußte nichts von Mademoiselles Plänen«, sagte er gekränkt. Einen Moment lang glaubte sie, er habe die Krippe entdeckt, doch dann sagte sie sich, daß er sie darauf angesprochen hätte, wenn es so wäre.

»Ja, ja, ich weiß. Ich hätte dir Bescheid sagen sollen. Es ist meine Schuld.«

»Das ist wahr, Mademoiselle«, sagte er. Und während er die restlichen Gänge servierte, hüllte er sich in würdevolles Schweigen, das sie, da sie sich noch immer über ihn ärgerte, nicht zu brechen gedachte. Erst am Ende der Mahlzeit, als sie ihren Stuhl zurückgeschoben hatte und das Spiel der Flammen im Kamin betrachtete, beschloß er zu sprechen: »Mademoiselle nehmen Kaffee?«

»Ja, gern«, sagte sie und versuchte ihrer Stimme eine Spur von

Begeisterung zu verleihen. »*Bien*«, murmelte Boufelja und ließ sie allein im Raum. Als er mit dem Kaffee zurückkehrte, war Slimane bei ihm, und sie lachten, wie sie sah, ganz als hätte es kein Mißverständnis wegen des Abendessens gegeben. Slimane blieb einen Augenblick in der Tür stehen, stampfte mit den Füßen und schüttelte den Sand von seinem Burnus. Als er hereinkam, um ihr die Hand zu schütteln, rief sie: »O Slimane, es ist meine Schuld! Ich habe vergessen, Boufelja Bescheid zu geben. Es ist schrecklich!«

»Es gibt keine Schuld, Madame«, sagte er feierlich. »Dies ist ein Fest.«

»Ja, es ist ein Fest«, wiederholte sie. »Und der Wind bläst immer noch. Horch!«

Slimane wollte keinen Kaffee; Boufelja aber gab ihrem Drängen nach und ließ zu, daß sie ihm eine Tasse einschenkte, die er am Kamin stehend trank. Sie verdächtigte ihn heimlicher Genugtuung darüber, daß es Slimane nicht gelungen war, mit ihr zu essen. Als er seinen Kaffee ausgetrunken hatte, wünschte er ihnen eine gute Nacht und ging in sein kleines Zimmer neben der Küche, um sich hinzulegen.

Eine Weile saßen sie da und sahen ins Feuer, ohne zu sprechen. Der Wind fegte durch die Leere draußen, die Läden klapperten. Fräulein Windling empfand Zufriedenheit. Zwar war der erste Teil der Feier mißlungen, doch der Rest des Abends konnte trotzdem noch schön werden.

Sie wartete, bis sie sicher war, daß Boufelja zu Bett gegangen war, dann griff sie in ihre Handtasche und holte einen kleinen Plastikbeutel mit Pralinen heraus, den sie auf den Tisch legte.

»Iß!« sagte sie unbeschwert und nahm selbst eine. Zögernd streckte Slimane die Hand aus, um nach dem Beutel zu greifen. Als er eine Praline im Mund hatte, begann sie zu sprechen. Sie wollte ihm von der Geburt Christi erzählen, ein Thema, das sie auf ihren gemeinsamen Ausflügen schon mehrmals angeschnitten hatte, aber nur oberflächlich. Dieses Mal hatte sie das Gefühl, sie sollte ihm die ganze Geschichte erzählen. Sie war darauf gefaßt, daß er sie unterbrechen würde, wenn er merkte, daß es eine religiöse Geschichte war, doch er hielt nur seinen unbeteiligten Blick auf sie gerichtet, kaute mechanisch und bedeutete durch ein gelegentliches Nicken, daß er ihr folgte. Sie vertiefte sich immer mehr in ihre Erzählung und begann mit beiden Armen zu gestikulieren. Slimane nahm noch eine Praline und hörte weiter zu.

Sie sprach eine Stunde oder länger, ihres eigenen Wortschwalls wie aus der Ferne gewahr. Als sie ihm von Bethlehem erzählte, beschrieb sie in Wirklichkeit Slimanes Dorf, und das Haus von Maria und Joseph war das unten im *ksar*, in dem Slimane zur Welt gekommen war. Der Nachthimmel wölbte sich über dem Oued Zousfana, und seine Sterne leuchteten auf die kalte Hamada nieder. Die Heiligen Drei Könige in Burnus und Turban kamen auf ihren Kamelen über den Erg, hielten am Rand der großen Düne an und blickten auf das Tal, in dem das dunkle Dorf lag. Als sie fertig war, schneuzte sie sich die Nase.

Slimane war wie in Trance. Sie sah ihn an, wartete, daß er etwas sagte, und als er es nicht tat, musterte sie ihn genauer. Seine Augen hatten einen melancholischen, leeren Ausdruck, und obwohl sie noch auf ihr Gesicht gerichtet waren, hätte sie schwören können, daß er etwas ganz anderes sah als sie. Sie seufzte, sie wollte nicht die Entscheidung auf sich nehmen, ihn da herauszuholen. Wenn es nicht so unwahrscheinlich gewesen wäre, hätte sie am liebsten geglaubt, daß der Junge auf irgendeine Art von der poetischen Wahrheit der Geschichte gefesselt war und sie in seiner Vorstellung noch einmal Revue passieren ließ. »Das kann nicht sein«, sagte sie sich; wahrscheinlicher war, daß er bloß dasaß, ihr schon längst nicht mehr zuhörte und nur vage mitbekommen hatte, daß ihre Geschichte zu Ende war.

Dann sagte er: »Sie haben recht. Es war der König der Menschen.«

Fräulein Windling hielt den Atem an und beugte sich vor, er aber fuhr fort: »Später schickte Satan eine Schlange mit zwei Köpfen. Und Jesus tötete sie. Satan war böse auf ihn. Er sagte: ›Warum hast du meinen Freund getötet? Hat er dir vielleicht etwas zuleide getan?‹ Und Jesus sagte: ›Ich wußte, woher er kam.‹ Und Satan zog einen schwarzen Burnus an. Das ist wahr«, setzte er hinzu, als er einen Ausdruck, den er für reine Ungläubigkeit hielt, in ihrem Gesicht entdeckte.

Sie setzte sich sehr gerade hin und sagte: »Slimane, wovon re-

26

dest du? Es gibt keine solche Geschichten über Jesus. Und auch nicht über Sidna Isa.« Sie war nicht sicher, ob letzteres stimmte; immerhin wäre es möglich, dachte sie, daß es solche Legenden unter diesen Menchen gab. »Weißt du, das sind Geschichten, die nichts mit der Wahrheit zu tun haben.«

Er hörte sie nicht, denn er hatte bereits zu sprechen begonnen. »Ich rede nicht von Sidna Isa«, sagte er entschieden. »Er war ein islamischer Prophet. Ich rede von Jesus, dem Propheten der Ungläubigen. Jeder weiß, daß Satan ihm eine Schlange mit zwei Köpfen schickte.«

Sie horchte einen Augenblick auf den Wind. »Ah«, sagte sie und nahm noch eine Praline; sie hatte nicht vor, weiter darüber zu streiten. Wenig später kramte sie wieder in ihrer Tasche und förderte den Turban zutage, verpackt in rotes und weißes Seidenpapier.

»Ein Geschenk für dich«, sagte sie und reichte es ihm. Er nahm es mechanisch, legte es auf seinen Schoß und ließ den Blick darauf ruhen. »Willst du es nicht öffnen?« fragte sie.

Er nickte zweimal und riß das Seidenpapier auf. Er sah den Ballen weißer Baumwolle und lächelte. Als sie bemerkte, daß sein Gesicht endlich zum Leben erwachte, sprang sie auf. »Komm, legen wir ihn dir an!« rief sie. Er reichte ihr ein Ende, das sie strammzog, indem sie bis zur Tür zurückwich. Dann hielt er das andere Ende an der Stirn fest, kam langsam und gleichmäßig sich um die eigene Achse drehend auf sie zu und bestimmte so die Form des Turbans, der sich um seinen Kopf wand. »Großartig«, sagte sie. Er trat an die Reihe dunkler Fenster, um sich zu begutachten.

»Kannst du sehen?« fragte sie.

»Ja, die Umrisse kann ich erkennen«, sagte er. »Er ist sehr schön.«

Sie kam in die Mitte des Raumes zurück. »Ich will ein Photo von dir machen, Slimane«, sagte sie und bemerkte, wie sogleich ein Ausdruck des Erstaunens in sein Gesicht trat. »Willst du mir einen Gefallen tun? Geh in mein Zimmer und hole die Kamera.«

»In der Nacht? Sie können in der Nacht photographieren?«

Sie nickte und lächelte geheimnisvoll. »Und bring mir die gelbe Schachtel auf dem Bett mit.«

Ohne den Turban abzusetzen, zog er den Burnus über, griff nach ihrer Taschenlampe und ging hinaus. Der Wind schlug die Tür zu. Sie hoffte, daß der Krach Boufelja nicht aufgeweckt hatte; einen Augenblick horchte sie, doch da war nichts, nur das Heulen des Windes, der durch den Gang draußen fegte. Dann lief sie in die dunkle Nische des Raumes und griff nach den Streichhölzern. Eilig zündete sie alle Kerzen um die Krippe an, steckte ein Kamel fester in den Sand und ging um die Ecke zurück zum Kamin. Sie hatte nicht geglaubt, daß die Kerzen so viel Licht spenden würden. Das andere Ende des Raumes war jetzt heller als der Teil, in dem sie sich befand. Kurz darauf ging die Tür auf und Slimane stürzte herein, die Kamera um die Schulter gehängt. Er legte sie vorsichtig auf den Tisch. »Da war keine gelbe Schachtel auf dem Bett«, sagte er. Dann fiel sein Blick auf das seltsam flackernde Licht an der gegenüberliegenden Wand, und er trat in die Mitte des Raums. Sie begriff, daß dies der Moment war. »Komm«, sagte sie, nahm seinen Arm und schob ihn sanft um die Ecke, bis er die Krippe, von zahlreichen unruhigen Flämmchen erhellt, endlich sah. Slimane sagte kein Wort; er hielt inne und stand vollkommen reglos da. Nach einem Moment des Schweigens zupfte sie ihn vorsichtig am Ärmel. »Komm, sieh's dir an«, drängte sie. Sie gingen weiter; als sie vor der Krippe standen, hatte sie den Eindruck, er hätte die Hand ausgestreckt und sie berührt und das kleine in Gold gekleidete Jesuskind aus seinem Bett von Federn genommen, wenn sie nicht dagewesen wäre. Doch so stand er schweigend da und schaute. Nach einer Weile fragte er: »Haben Sie das alles aus der Schweiz mitgebracht?«

»Natürlich nicht!« Es war ein wenig enttäuschend, daß er die Gegenwart der Wüste in dem Bild gar nicht bemerkt hatte, nicht spürte, daß es aus seiner Umgebung stammte und nicht importiert war. »Ich habe es hier gemacht«, sagte sie. Sie wartete einen Augenblick. »Gefällt es dir?«

»O ja«, sagte er gefühlvoll. »Es ist schön. Ich dachte, es käme aus der Schweiz.«

Um sicherzugehen, daß er alles verstand, erklärte sie ihm nacheinander die Figuren, wobei ihre Stimme ein so ungewohntes Timbre von Ehrfurcht annahm, daß er einmal erstaunt zu ihr aufblickte. Es war fast so, als sähe auch sie die Krippe zum ersten Mal. »Und die Heiligen Drei Könige kommen vom Erg herunter, um das Kind zu sehen.«

»Warum haben Sie die Mandeln hierhergelegt?« fragte Slimane und berührte eine mit dem Zeigefinger.

»Es sind Geschenke für das Jesuskind.«

»Aber was werden Sie damit machen?« bohrte er weiter.

»Sie wahrscheinlich aufessen, später«, antwortete sie knapp. »Nimm eine, wenn du magst. Du sagst, es war keine gelbe Schachtel auf dem Bett?« Sie wollte die Photos machen, solange die Kerzen noch gleichmäßig hoch brannten.

»Da lagen nur ein Pullover und einige Papiere, Madame.«

Sie ließ ihn bei der Krippe zurück, durchquerte den Raum und streifte ihren Burnus über. Im Gang war es stockdunkel; kein Anzeichen, daß Boufelja erwacht war. Sie wußte, daß in ihrem Zimmer große Unordnung herrschte, und suchte mit dem Strahl der Taschenlampe den Boden ab, bevor sie eintrat. Im Durcheinander überall verstreuter Gegenstände in dem kleinen Zimmer schien die Chance, irgend etwas zu finden, sehr gering. Der schwache Strahl glitt nacheinander über die nichtssagenden Formen, die durch das Übereinanderstapeln unterschiedlichster Dinge entstanden waren; das Licht huschte über den Boden, am Bett entlang, hinter den verschlissenen Vorhang vor der Kleiderablage. Plötzlich fiel ihr etwas ein, und sie leuchtete unter das Bett. Da lag die Schachtel, genau vor ihr; sie hatte sie mit der Krippe zusammen versteckt.

»Ich darf nicht stolpern«, dachte sie, als sie den Gang entlanglief. Sie zwang sich, langsamer zu gehen, betrat den Speisesaal und schloß sorgfältig die Tür. Slimane lag auf den Knien in der Mitte des Raums und hielt einen kleinen Gegenstand in der Hand. Erleichtert stellte sie fest, daß er sich vergnügte. »Es tut mir leid, daß es so lange gedauert hat«, rief sie. »Ich wußte nicht mehr, wo ich sie hingelegt hatte.« Sie zog den Burnus über den Kopf; jetzt hängte sie ihn an einen Nagel beim Kamin, griff nach der Kamera und der gelben Schachtel und ging zu ihm.

Als er zu ihr aufsah, gewahrte sie auf seinem Gesicht einen schwachen Anflug von Schuldbewußtsein, der sie veranlaßte, mit den Augen den Boden abzusuchen, bis sie einen Gegenstand entdeckte, der demjenigen in Slimanes Hand ähnelte. Es war einer der Heiligen Drei Könige, am Rumpf von seinem Reittier abgebrochen. Der, den Slimane in der Hand hielt, war noch intakt, doch dem Kamel fehlte der Kopf und fast der ganze Hals.

»Slimane! Was tust du da?« rief sie mit unverhohlenem Zorn. »Was hast du mit der Krippe gemacht?« Sie trat um die Ecke und betrachtete die Krippe. Es war kaum mehr übrig als eine Reihe von Kerzen und ein Haufen Sand, übersät von Mandarinenschalen und Dattelkernen; hie und da war ein sorgfältig gefaltetes Stück violettes oder rosafarbenes Silberpapier in den Sand gesteckt. Alle drei Könige waren in Slimanes Schlacht auf dem Boden einbezogen worden, das Zelt war zerstört, um an die darin aufgestapelten Mandeln heranzukommen, und die Säckchen waren ihrer Pralinen beraubt. Nirgendwo war eine Spur vom Jesuskind oder seinem Kleid aus Goldlamé zu entdecken. Sie lachte kurz und sagte: »Nun, das ist wohl das Ende. Wie?«

»Ja, Madame«, sagte er ruhig. »Werden Sie jetzt die Photos machen?« Er stand auf und legte das zerbrochene Kamel zu dem übrigen Abfall in den Sand auf dem Fundament.

Fräulein Windlings Stimme klang ruhig. »Ich wollte ein Photo von der Krippe machen.«

Er wartete einen Augenblick, als horchte er auf ein entferntes Geräusch. Dann sagte er: »Soll ich meinen Burnus anziehen?«

»Nein.« Sie nahm die Blitzvorrichtung aus der Schachtel. Als sie fertig war, schoß sie ein Photo, ohne daß er Zeit hatte, sich in Positur zu stellen. Sie sah, wie sein Erstaunen über den unerwarteten Blitz sich in Überraschung verwandelte, daß es schon vorbei war, und dann in Unmut, weil sie ihn unvorbereitet erwischt hatte. Doch sie tat, als hätte sie nichts bemerkt, und ließ den Deckel zuschnappen. Er beobachtete sie, während sie ihre Sachen einsammelte. »Ist es fertig?« fragte er enttäuscht. »Ja«, sagte sie. »Es wird ein sehr gutes Bild.«

»*Incha' Allah.*«

Sie wiederholte den frommen Spruch nicht. »Ich hoffe, das Fest hat dir gefallen«, sagte sie.

Slimane lächelte breit. »O ja, Madame. Sehr. Vielen Dank.«

Sie ließ ihn auf den Kamelplatz hinaus und schloß hinter ihm ab. Schnell ging sie in ihr Zimmer zurück; sie wünschte, es wäre eine klare Nacht wie andere Nächte, in denen sie draußen auf der Terrasse stehen und die Dünen und Sterne betrachten konnte oder auf dem Dach sitzen und den Hunden lauschen, denn trotz der späten Stunde war sie nicht müde. Sie räumte alles vom Bett und streckte sich darauf aus, überzeugt, daß sie lange Zeit wach liegen würde. Denn es hatte sie erschüttert, dieses Chaos, das Slimane während der wenigen Minuten ihrer Abwesenheit angerichtet hatte. In den langen Jahren ihrer Freundschaft hatte sie sich angewöhnt, ihn fast so zu sehen wie sich selbst, wenngleich sie wußte, daß er nicht so gewesen war, als sie ihn kennenlernte. Nun erkannte sie die gefährliche Eitelkeit im Zentrum dieser Einbildung: Sie war davon ausgegangen, daß seine Beziehung zu ihr auf irgendeine Art automatisch zu seinem Besten gewesen war, daß er als Folge seiner Bekanntschaft mit ihr unweigerlich einen Reifungsprozeß durchgemacht hatte. Über ihrem Verlangen zu sehen, daß er sich veränderte, hatte sie vergessen, wie Slimane in Wirklichkeit war. »Ich werde ihn nie verstehen«, dachte sie hilflos, in der Gewißheit, daß sie, weil sie sich ihm so nahe fühlte, nie imstande sein würde, ihn objektiv zu betrachten.

»Das ist die Wüste«, sagte sie sich. Hier dient Nahrung nicht zur Dekoration; sie ist da, um gegessen zu werden. Sie hatte Nahrung ausgebreitet, und er hatte sie gegessen. Jedes Argument, das ihn deshalb kritisierte, mußte falsch sein. Und so lag sie da und machte sich Vorwürfe. »Zu viele hehre Vorstellungen«, dachte sie, »und zu wenig Herz.« Schließlich schläferte sie das Geräusch des Windes ein.

Als sie im Morgengrauen erwachte, sah sie, daß auch dieser Tag düster sein würde. Der Wind hatte nachgelassen. Sie stand auf und schloß das Fenster. Der frühe Morgenhimmel war wolkenverhangen. Sie fiel zurück aufs Bett und schlief wieder ein. Später als sonst stand sie auf, zog sich an und ging in den Speisesaal. Boufeljas Gesicht war merkwürdig ausdruckslos, als er ihr guten Morgen wünschte. Sie nahm an, daß es die Erinnerung an das Mißverständnis vom vergangenen Abend war, die ihn beschäftigte – oder vielleicht war er verärgert, daß er die Reste der Krippe hatte wegräumen müssen. Als sie Platz genommen und die Serviette auf ihrem Schoß ausgebreitet hatte, taute er so weit auf, daß er sagte: »Frohes Fest!«

»Danke sehr. Sag mir, Boufelja«, fuhr sie mit verändertem Tonfall fort, »als du gestern abend nach dem Essen Slimane hereinbrachtest, weißt du, wo er da gewesen war? Hat er es dir gesagt?«

»Er ist ein dummer Kerl«, sagte Boufelja. »Ich habe ihm gesagt, er soll nach Hause gehen und später wiederkommen. Meinen Sie, das hat er getan? Natürlich nicht. Er ist die ganze Zeit vor der Küchentür im Hof hin- und hergegangen, im Dunkeln.«

»Ich verstehe!« rief Fräulein Windling triumphierend. »Dann hatte er also gar nichts gegessen?«

»Ich hatte nichts für ihn«, begann er, wie um sich zu verteidigen.

»Natürlich nicht«, sagte sie bestimmt. »Er hätte nach Hause gehen und dort essen sollen.«

»Ah, sehen Sie?« grinste Boufelja. »Dasselbe habe ich ihm auch gesagt.«

Im Geiste sah sie vor sich, wie die ganze Geschichte abgelaufen war: Slimane hatte seinen Vater beiläufig davon unterrichtet, daß er mit der Schweizer Dame im Hotel essen würde, der alte Mann hatte zweifellos eine verächtliche Äußerung über sie gemacht, und Slimane war weggegangen. Undenkbar, nachdem ihm der Zutritt zum Speisesaal verwehrt worden war, wieder zurückzugehen und sich dem Spott der Familie auszusetzen. »Armer Junge«, murmelte sie.

»Der Kommandant möchte Sie sehen«, sagte Boufelja – einer seiner abrupten Themenwechsel. Sie war überrascht, denn in all den Jahren hatte der Hauptmann nie ein Zeichen gegeben, daß er von ihrer Existenz überhaupt Notiz nahm; das Hotel und die Festung waren wie zwei verschiedene Länder. »Vielleicht wegen des Festes«, deutete Boufelja mit versteinertem Gesicht an. »Vielleicht«, sagte sie unsicher.

Als sie das Frühstück beendet hatte, begab sie sich zu den Toren der Festung. Der Wachtposten schien sie zu erwarten. Einer der beiden jungen französischen Soldaten war im Hof damit beschäftigt, einen Stuhl anzustreichen. Er grüßte und sagte, der Kommandant sei in seinem Büro. Sie stieg eine lange Treppe hinauf und blieb dann einen Augenblick stehen, um das Tal im ungewohnt grauen Licht zu betrachten und festzustellen, wie völlig anders als sonst es an diesem trüben Tag aussah.

Aus dem Inneren rief eine Stimme: »*Entrez, s'il vous plaît!*« Sie öffnete die Tür und trat ein. Der Kommandant saß hinter seinem Schreibtisch; sie hatte das unbehagliche Gefühl, diese Szene bei einer anderen Gelegenheit und an einem anderen Ort schon einmal erlebt zu haben. Und plötzlich war sie überzeugt zu wissen, was er sagen würde. Sie griff nach der Lehne des freien Stuhls vor seinem Schreibtisch. »Nehmen Sie Platz, Mademoiselle Windling«, sagte er, stand halb auf, machte eine Handbewegung und setzte sich rasch wieder hin.

An der Wand hinter ihm hingen mehrere topographische Karten mit blaßlila und grünen Kreidemarkierungen. Der Kommandant blickte auf seinen Schreibtisch und dann auf sie und sagte mit klarer Stimme: »Es ist eine unglückliche Fügung, die mich zwingt, Sie an diesem Tag zu mir zu bitten.« Fräulein Windling nahm auf dem Stuhl Platz; sie beugte sich leicht vor und schien den Ellbogen auf den Tisch stützen zu wollen, schlug jedoch statt dessen die Beine übereinander und verschränkte starr die Arme. »Ja?« sagte sie angespannt und wartete auf die Nachricht. Er sprach ohne Zögern, und sie war sich bewußt, daß sie ihm dafür dankbar war – selbst in diesem Augenblick. Er informierte sie einfach, daß die gesamte Region für Zivilpersonen gesperrt worden war; dieser Befehl gelte für französische Staatsbürger ebenso wie für Ausländer, sie solle sich daher nicht diskriminiert fühlen. Der letzte Satz war von einem schiefen Lächeln begleitet. »Das heißt, Sie werden morgen den Lastwagen nehmen müssen«, fuhr er fort. »Der Fahrer ist bereits über Ihre Abreise verständigt. Vielleicht in einem anderen Jahr, wenn die Unruhen vorbei sind...« (»Warum sagt er das?« dachte sie, »wenn er weiß, daß alles zu Ende und die Zeit der Freundschaft vorbei ist?«) Er erhob sich und streckte ihr die Hand entgegen.

Sie konnte sich nicht erinnern, wie sie das Zimmer verlassen hatte und die lange Treppe in den Hof hinuntergelangt war, doch nun fand sie sich außerhalb des Wachttors an der Festungsmauer wieder, die Hand auf der Stirn. »Schon«, dachte sie. »Es kam so schnell.« Und dann fiel ihr ein, daß ihr keine Zeit bleiben würde, ihre Fehler im Umgang mit Slimane zu korrigieren, so daß es wirklich stimmte, daß sie ihn nie verstehen würde. Sie trat an die Brüstung, schaute einen Augenblick auf den Saum der Oase hinab und ging dann ins Zimmer zurück, um zu packen. Sie arbeitete den ganzen Tag im Zimmer, zog Kisten heraus und zwang sich, ihre ganze Konzentration auf die Entscheidung zu richten, was sie mitnehmen und was sie für immer zurücklassen sollte.

Während des Mittagessens strich Boufelja um ihren Stuhl herum. »Ah, Mademoiselle, so viele Jahre waren wir zusammen, und nun ist es vorbei.« »Ja«, dachte sie, aber es war nichts daran zu ändern. Seine Jammerei machte sie nervös, und sie war kurzangebunden mit ihm. Dann plagte sie ihr Gewissen, sie sah ihm in die Augen und sagte langsam: »Ich bin sehr traurig, Boufelja.« Er seufzte. »Ah, Mademoiselle, ich weiß.«

Bei Einbruch der Dämmerung war die Wolkenwand über der Wüste abgezogen und der westliche Himmel teilweise klar. Fräulein Windling war fertig mit Packen. Sie trat auf die Terrasse, sah die rosafarbene Glut auf den Dünen und stieg die Treppe zum Dach hinauf, um den Sonnenuntergang zu betrachten. Langgezogene Stränge flammender Sturmwolken trieben am Himmel. Mechanisch folgte ihr Blick den Windungen des Flußtals, das sich in der dunkelnden Hamada im Süden verlor. »Es liegt in der Vergangenheit«, rief sie sich in Erinnerung; dies war schon die neue Ära. Die Wüste draußen sah so aus wie immer. Doch der Himmel, zerrissen, rot und schwarz, war wie ein Aufruf, der soeben über dem Land angeschlagen worden war, um den Ausbruch des Krieges zu verkünden.

Es war ein Verrat, dachte sie, als sie die Treppe wieder hinunterstieg und mit der Hand über die vertraute, rauhe Lehmwand fuhr, um sich abzustützen, und natürlich waren die Franzosen an allem schuld. Doch darüber hinaus empfand sie eine irrationale und unangenehme Gewißheit, daß das Land selbst an dem Verrat beteiligt war, daß es darauf wartete, durch den Kampf verwandelt zu werden. Sie ging in ihr Zimmer und zündete die kleine Öllampe an; sie setzte sich und hielt die Hände über die Flamme, um sie zu wärmen. Irgendwann hatte sich etwas verändert. Die Menschen wollten nicht länger in einer Welt leben, die sie kannten. Der Druck der Vergangenheit war zu übermächtig geworden, hatte seine Hülle gesprengt.

Am Nachmittag hatte sie Boufelja zu Slimane geschickt, um ihm die Neuigkeiten zu berichten und ihn zu bitten, sich bei Tagesanbruch im Hotel einzufinden. Während des Abendessens sprach sie nur über die Einzelheiten des Aufbruchs und der Reise; als Boufelja versuchte, das Gespräch auf eine emotionale Ebene zu ziehen, reagierte sie nicht. Seine Trauer war unerträglich; sie war es nicht gewohnt, ihrer Verzweiflung Ausdruck zu verleihen. Die Hunde bellten die halbe Nacht.

Am Morgen war es kalt. Ihre Hände schmerzten, als sie die nassen Gegenstände um die Waschschüssel auf dem Tisch zusammensuchte, und irgendwie trieb sie sich dabei einen Splitter tief unter den Daumennagel. Mit Hilfe einer Nadel bekam sie Teile davon heraus, doch das meiste ließ sich nicht entfernen. Vor dem Frühstück ging sie hinaus.

Sie stand auf dem steinigen Gelände zwischen Hotel und Festung und blickte hinab in das unschuldige Antlitz des Landes. Die mit einem Vorhängeschloß versehene Benzinpumpe, in frischem roten und orangefarbenen Anstrich prangend, warf das erste Sonnenlicht zurück; einen Augenblick lang wirkte sie wie das einzig Lebendige in der Landschaft. Fräulein Windling drehte sich um. Über der dunklen, unregelmäßigen Masse von Palmen erhob sich das terrassierte Dorf friedlich unter seinem morgendlichen Rauchschleier. Einen Augenblick schloß sie die Augen und ging dann ins Hotel.

Sie spürte, wie steif sie auf ihrem Stuhl saß, während sie Kaffee trank, und wußte, daß sie Boufelja gegenüber formell und distanziert wirkte, doch nur auf diese Art war es ihr möglich durchzuhalten. Einmal kam er, um ihr zu sagen, daß Slimane eingetroffen war und den Esel samt dem Eseltreiber für das Gepäck mitgebracht hatte. Sie dankte ihm und stellte die Kaffeetasse ab. »Mehr Kaffee?« fragte Boufelja. »Nein«, antwortete sie. »Trinken Sie noch eine Tasse, Mademoiselle«, drängte er, »er ist gut an einem kalten Morgen.« Er goß ihr ein, und sie trank die Tasse halb aus. Es klopfte am Tor. Einer der jungen Soldaten hatte den Auftrag, sie mit dem Jeep zum Haltepunkt des Lastwagens zu bringen.

»Das geht nicht!« rief sie aus und dachte an Slimane und den Esel. Der junge Soldat machte ihr klar, daß es sich nicht um ein Angebot handelte, sondern um einen Befehl. Slimane stand neben dem Esel vor dem Tor. Als sie mit ihm zu sprechen begann, rief der Soldat: »Will er mitkommen, der *gosse?* Er kann uns begleiten, wenn er will.« Slimane rannte los, um das Gepäck zu holen, und Fräulein Windling ging rasch hinein, um ihre Rechnung zu bezahlen. »Sie brauchen sich nicht zu beeilen«, rief der Soldat ihr nach. »Wir haben jede Menge Zeit!«

Boufelja stand in der Küchentür. In diesem Moment kam ihr zum ersten Mal in den Sinn, sich zu fragen, was aus ihm werden würde. Wenn das Hotel geschlossen war, hätte er keine Arbeit mehr. Als sie die Rechnung beglichen und ihm ein weit größeres Trinkgeld gegeben hatte, als sie sich leisten konnte, nahm sie seine beiden Hände und sagte: »*Mon cher* Boufelja, wir werden uns bald wiedersehen.«

»Ah, ja«, seufzte er und versuchte zu lächeln. »Sehr bald, Mademoiselle.«

Sie gab dem Eseltreiber etwas Geld und setzte sich neben den Soldaten in den Jeep. Slimane hatte das ganze Gepäck herausgetragen, stand hinter dem Jeep und trat gegen die Reifen. »Hast du alles?« rief sie. »Alles?« Am liebsten hätte sie selbst nachgesehen, aber sie brachte es nicht fertig, noch einmal ins Zimmer zurückzugehen. Boufelja verschwand; dann kam er eilig wieder heraus, außer Atem, mit einem Packen alter Zeitschriften in den Händen. »Ist schon gut«, sagte sie. »Nein, nein, ich will sie nicht.« Der Jeep rollte bereits den Hügel hinab. In unglaublich kurzer Zeit, so schien es ihr, hatten sie die Felsen erreicht. Als Fräulein Windling versuchte, ihre Aktentasche aus dem Wagen zu heben, schmerzte der Splitter unter dem Daumen so sehr, daß ihr Tränen in die Augen stiegen und sie mit einem Aufschrei losließ. Slimane warf ihr einen überraschten Blick zu. »Ich habe mich an der Hand verletzt«, erklärte sie ihm. »Es ist nichts.«

Das Gepäck war im Schatten aufgestapelt. Auf einem Felsblock unweit des Jeeps saß der Soldat Fräulein Windling gegenüber; von

Zeit zu Zeit suchte er am Horizont nach Anzeichen für den Lastwagen. Slimane inspizierte den Jeep von allen Seiten; dann kam er und setzte sich in ihre Nähe. Sie sprachen nicht viel miteinander. Sie hätte nicht mit Sicherheit sagen können, ob es an dem Soldaten lag oder daran, daß ihr Daumen ununterbrochen schmerzte, doch sie saß schweigend da und wartete, wollte nicht reden.

Es dauerte lange, bis der Motor in der Ferne hörbar wurde. Als der Lastwagen noch kaum mehr als eine Staubwolke zwischen Himmel und Erde war, stand der Soldat schon und hielt Ausschau; einen Augenblick später sprang Slimane auf. »Er kommt, Madame«, sagte er. Dann beugte er sich zu ihr, näherte sein Gesicht dem ihren und flüsterte: »Ich will mit Ihnen nach Colomb-Béchar.« Als sie nicht antwortete, denn sie sah im Geist die ganze Geschichte ihrer Freundschaft vom Ende bis zum Anfang vor sich abrollen, sagte er lauter, flehentlicher: »Bitte, Madame.«

Fräulein Windling zögerte nur einen Augenblick. Sie hob den Kopf und betrachtete aufmerksam das glatte braune Gesicht so dicht vor ihr. »Natürlich, Slimane«, sagte sie. Es war klar, daß er mit dieser Antwort nicht gerechnet hatte; seine Freude war ansteckend, und sie lächelte, als sie beobachtete, wie er zu dem Haufen von Gepäckstücken rannte und anfing, sie in die Sonne zu tragen und im Staub neben der Piste aufzureihen.

Später, während sie durch die Hamada ratterten, sie vorn neben dem Fahrer und Slimane auf der Ladefläche hockend, zusammen mit einem Dutzend Männer und einem Schaf, überdachte sie ihre unverantwortliche Entscheidung, ihm diesen absurden Ausflug nach Colomb-Béchar zu gestatten. Sie wußte nur eins: Sie wollte, daß ihre gemeinsame Geschichte so endete. Ein paarmal drehte sie sich halb auf ihrem Sitz um und warf durch die schmutzige Scheibe einen Blick auf ihn. Da saß er, im Rauch und Staub, das Gesicht fast ganz unter der Kapuze des Burnus verborgen, und lachte wie die anderen.

In Colomb-Béchar hatte es geregnet; die Straßen hatten sich in große Pfützen verwandelt, die den bedeckten Himmel widerspiegelten. Bei der Garage fanden sie einen mürrischen Negerjungen, der ihnen behilflich war, das Gepäck zum Bahnhof zu tragen. Ihr Daumen schmerzte etwas weniger.

»Es ist eine kalte Stadt«, sagte Slimane, als sie die Hauptstraße entlanggingen. Am Bahnhof gaben sie das Gepäck zur Aufbewahrung, traten dann nach draußen und blieben stehen, um zuzuschauen, wie ein Auto von einem offenen Güterzug entladen wurde: Sein Dach war noch weiß vom Schnee aus den Bergen. Es war ein düsterer Tag, und der Wind kräuselte die Oberfläche der Wassertümpel auf dem überschwemmten, brachliegenden Gelände. Sie gingen in ein Restaurant und aßen ausgiebig zu Mittag.

»Wirst du auch wirklich morgen nach Hause fahren?« fragte sie ihn einmal besorgt beim Nachtisch. »Du weißt, wir haben uns deinem Vater und deiner Mutter gegenüber sehr schlecht verhalten. Sie werden mir nie verzeihen.« Ein Schleier schien über Slimanes Gesicht zu fallen. »Das macht nichts«, sagte er knapp.

Nach dem Essen gingen sie in den Park und betrachteten die Adler in ihren Käfigen. Ein feiner Regen trieb mit dem Wind dahin. Der Schlamm auf den Wegen wurde tiefer. Sie gingen zurück ins Zentrum der Stadt und setzten sich auf die Terrasse eines großen, schäbigen modernen Cafés. Der Tisch am hintersten Ende war teilweise vor dem feuchten Wind geschützt; sie sahen auf ein leeres, von Abfällen übersätes Grundstück. Nicht weit entfernt lagen die rostigen Überreste eines alten Busses, verstreut wie die Knochen eines in der Wüste verendeten Kamels. Eine hohe, frisch gefällte Dattelpalme lag quer über der größeren Hälfte des Geländes. Fräulein Windling wandte sich ein wenig um, betrachtete die feuchte, orangefarbene Faser des Stumpfes und empfand ein sinnloses Mitleid mit dem Baum. »Ich nehme eine Coca-Cola«, erklärte sie. Slimane sagte, er wolle auch eine.

Lange saßen sie so da. Der feine Nieselregen sprühte draußen an den Arkaden vorbei und fiel geräuschlos zu Boden. Sie hatte erwartet, von Bettlern angesprochen zu werden, doch keiner ließ sich blicken, und nun, da die Zeit gekommen war, das Café zu verlassen und zum Bahnhof aufzubrechen, empfand sie Dankbarkeit, daß der Tag so leicht vergangen war. Sie öffnete ihre Brieftasche, nahm dreitausend Francs heraus und gab sie Slimane. »Das wird genug sein für alles. Aber du mußt heute noch deine Fahrkarte nach Hause kaufen. Bevor du den Bahnhof verläßt. Paß sehr gut darauf auf.«

Slimane verstaute das Geld im Inneren seiner Kleidung, brachte den Burnus wieder in Ordnung und bedankte sich. »Du verstehst, Slimane«, sagte sie und hielt ihn mit der Hand zurück, denn er schien schon aufstehen zu wollen. »Ich gebe dir jetzt kein Geld, weil ich alles, was ich habe, für die Reise brauche. Doch wenn ich wieder in der Schweiz bin, werde ich dir hin und wieder etwas schicken. Nicht viel. Ein bißchen.«

Panik überflog sein Gesicht; sie war erstaunt.

»Sie haben meine Adresse nicht«, wandte er ein.

»Nein, aber ich werde es an Boufeljas Haus schicken«, sagte sie in der Hoffnung, ihn zu beruhigen. Er beugte sich vor, seine Augen funkelten. »Nein, Madame«, sagte er entschieden. »Nein. Ich habe Ihre Adresse, und ich werde Ihnen meine schicken. Dann haben Sie die Möglichkeit, mir zu schreiben.«

Eine Auseinandersetzung darüber schien unnötig. Fast den ganzen Nachmittag hatte ihr Daumen kaum weh getan, nun, da der Tag sich neigte, schien der Schmerz wieder zuzunehmen. Sie wollte aufstehen, den Kellner suchen und bezahlen. Es nieselte noch immer; zum Bahnhof war es ziemlich weit. Doch sie merkte, daß Slimane noch etwas loswerden wollte. Er beugte sich auf seinem Stuhl vor und starrte zu Boden. »Madame«, begann er.

»Ja?« sagte sie.

»Wenn Sie wieder in Ihrem Land sind und an mich denken, werden Sie nicht froh sein. Das stimmt, nicht wahr?«

»Ich werde sehr traurig sein«, antwortete sie und erhob sich.

Slimane stand zögernd auf und schwieg einen Augenblick, ehe er fortfuhr: »Traurig, weil ich die Süßigkeiten aus dem Bild aufgegessen habe. Das war sehr schlimm. Verzeihen Sie mir.«

Der schrille Klang ihrer eigenen Stimme, mit der sie »Nein!« rief, überraschte sie. »Nein!« rief sie noch einmal. »Das war gut.« Sie spürte, wie die Muskeln in ihren Wangen und Lippen sich zum Weinen verzogen; sie packte ihn heftig am Arm und sah in sein Gesicht. »*Oh, mon pauvre petit!*« schluchzte sie und bedeckte dann ihr Gesicht mit beiden Händen. Sie spürte, wie er leicht ihren Ärmel berührte. Ein Lastwagen fuhr auf der Hauptstraße vorbei und ließ die Erde erzittern.

Entschlossen wandte sie sich ab und suchte in ihrer Handtasche

nach einem Taschentuch. »Komm«, sagte sie und räusperte sich.
»Ruf den Kellner.«

Frierend und durchnäßt kamen sie am Bahnhof an. Der Zug
wurde gerade zusammengestellt; die Fahrgäste durften den Bahnsteig nicht betreten und saßen im Inneren des Gebäudes auf dem
Fußboden. Während Fräulein Windling ihre Fahrkarte kaufte,
holte Slimane das Gepäck. Er blieb lange Zeit fort. Als er dann
kam, hatte er den Burnus über die Schulter zurückgeworfen, grinste triumphierend und trug drei Koffer übereinander auf dem
Kopf. Ein Mann in einer abgetragenen europäischen Jacke folgte
ihm mit dem Rest. Als er näherkam, sah sie, daß er einen Zettel
zwischen den Zähnen trug. Das alte Abteil roch nach Lack. Durch
das Fenster konnte sie über einem fernen Streifen kargen Landes
im Westen ein paar Fetzen wäßrigblauen Himmels erkennen. Slimane wollte das Gepäck auf die Sitze stellen, damit niemand in das
Abteil kann. »Nein«, sagte sie. »Leg es ins Gepäcknetz.« Es gab
kaum andere Fahrgäste im Waggon. Als alles verstaut war, blieb
der Träger im Gang stehen, und sie sah, daß er noch immer den
Zettel zwischen den Zähnen hatte. Er zählte die Münzen, die sie
ihm reichte, und ließ sie in der Tasche verschwinden. Dann
drückte er Slimane hastig den Zettel in die Hand und verschwand.

Fräulein Windling bückte sich ein wenig und versuchte, ihr Gesicht in dem schmalen Spiegel, der über den Sitzen angebracht
war, zu erkennen. Das Licht reichte nicht aus; die Öllampe über
ihr erhellte nur die Decke, und ihre Halterung warf einen bleier-
nen Schatten auf alles darunter. Plötzlich ruckte der Zug an und
machte eine Reihe polternder Geräusche. Sie nahm Slimanes Kopf
mit beiden Händen und küßte ihn auf die Stirn. »Bitte steig aus«,
sagte sie. »Wir können hier reden.« Sie deutete auf das Fenster
und zog an dem abgenutzten Lederriemen, um es zu öffnen.

Sie beugte sich aus dem Fenster; Slimane wirkte klein, als er auf
dem dunklen Bahnsteig zu ihr hinaufstarrte. Dann setzte sich der
Zug in Bewegung. Sie war sicher, daß er nur ein paar Meter fahren
und dann wieder halten würde, doch er rollte langsam weiter. Slimane ging neben dem Fenster mit, in der Hand den Zettel, den der
Träger ihm gegeben hatte. Er streckte ihn zu ihr hinauf und rief:
»Hier ist meine Adresse. Schicken Sie es dorthin!«

Sie nahm das Papier und winkte, während der Zug schneller wurde. Immer wieder rief sie: »Auf Wiedersehen!« Er ging noch immer rasch neben dem Zug her, lief dann schneller, bis er rannte und der Bahnsteig plötzlich endete. Sie lehnte sich weit aus dem Fenster, sah zurück und winkte; sofort wurde er von Dunkelheit und Regen verschluckt. Neben den Gleisen flammte ein orange-farbenes Feuer auf, und der Rauch brannte ihr in der Nase. Sie zog das Fenster hoch, warf einen Blick auf den Zettel in ihrer Hand und setzte sich hin. Das Rütteln des Zuges warf sie hin und her; sie starrte noch auf das Papier, obgleich es jetzt im Schatten war; und sie erinnerte sich an den ersten Tag vor langer Zeit, als das Kind Slimane vor ihrer Tür gestanden und sie beobachtet hatte, und wie er jedesmal, wenn sie sich umdrehte, um ihn anzusehen, aus ihrem Blickfeld gewichen war. Die Worte, hastig von dem Träger auf einen Fetzen Papier gekritzelt, bildeten in der Tat eine Adresse, doch es war eine Adresse in Colomb-Béchar. »Sie sagten, er habe versucht wegzulaufen. Doch er sei nicht weit gekommen.« Je länger sie über die Details seines Verhaltens nachdachte, um so deutlicher sah sie die Logik dahinter. »Er ist zu jung, um Soldat zu werden«, sagte sie sich. »Sie werden ihn nicht nehmen.« Doch sie wußte, sie würden es tun.

Ihr Daumen war heiß und geschwollen; manchmal schien es, als verstärkte das Pochen darin das Schwanken des Waggons. Sie sah hinaus auf die wenigen übriggebliebenen Flecken farblosen Lichtes am Himmel. »Früher oder später hätte er es sowieso getan«, dachte sie.

»Vielleicht in einem anderen Jahr«, hatte der Kommandant gesagt. Sie sah ihr verzerrtes, trostloses Lächeln in der dunklen Fensterscheibe neben ihrem Gesicht. Vielleicht hatte Slimane Glück und gehörte zu den ersten Opfern. »Wenn der Tod in Kriegszeiten nur absolut sicher käme«, dachte sie verzweifelt, »wäre das Warten nicht so schmerzlich.« Schwankend und ächzend begann der Zug den langen Anstieg auf die Hochebene.

Tanger, 1962

Salam bewohnte zwei Zimmer und eine Küche im ersten Stock eines jüdischen Hauses am Rand der Stadt. Er hatte sich entschlossen, unter Juden zu leben, weil er bereits mit Christen gelebt und sie für gut befunden hatte. Er vertraute ihnen ein wenig mehr als anderen Moslems, die wie er waren und sagten: »Einem Moslem kann man nicht trauen.« Moslems sind die einzig aufrechten Menschen, die einzigen, die man verstehen kann. Aber gerade weil man sie versteht, traut man ihnen nicht über den Weg. Salam traute auch den Juden nicht ganz, doch er lebte gerne unter ihnen, weil sie ihn in Ruhe ließen. Was sie untereinander über ihn sagten, hatte keine Bedeutung, und mit anderen Moslems würden sie nicht über ihn reden. Wenn er eine Schwester hatte, die mal hier, mal dort lebte und Geld von jedem Mann, den sie auftat, annahm, weil sie essen mußte, so war das in Ordnung, und die Juden zeigten nicht mit dem Finger auf sie, wenn sie ihn besuchen kam. Wenn er nicht heiratete, sondern mit seinem Bruder zusammenlebte und seine Zeit damit verbrachte, Kif zu rauchen und zu lachen, oder wenn er zu Geld kam, indem er einmal im Monat nach Tanger fuhr und eine Woche mit alten englischen und amerikanischen Damen schlief, die zuviel Whisky tranken, war ihnen das gleichgültig. Wäre er reich gewesen, hätte er im spanischen Viertel der Stadt gelebt, in einer Villa mit steinernen Bänken im Garten und einer großen runden Lampe an der Decke der *sala,* von der viele Glasstücke herabhingen. Er war arm, und er lebte bei den Juden. Um zu seinem Haus zu gelangen, mußte er bis zum Ende der Medina gehen, einen offenen Platz überqueren, wo man alle Bäume gefällt hatte, eine Straße entlang, deren Lagerhäuser von den Spaniern aufgegeben worden waren, als sie weggingen, und dann in eine neuere, schmutzigere Straße einbiegen, die zur Landstraße führte. Auf halbem Weg befand sich der Eingang zu der Gasse, in der er und sein Bruder und vierzehn jüdische Familien wohnten. Neben dem breiten Rinnstein, der voller verfaulter Wassermelonenschalen und Stapel zerbrochener Ziegelsteine war, gab es noch die Überreste schmaler Bürgersteige. Kleine Kinder spielten hier den ganzen Tag. Wenn er es eilig hatte, mußte er aufpassen, nicht auf sie zu treten; sie patschten durch die seichten Pfützen von Spülwasser und Urin, die sich vor jeder Tür sammelten. Wären es moslemische Kinder gewesen, hätte er mit ihnen geschwatzt, da sie jedoch Juden waren, betrachtete er sie nicht als Kinder, sondern als Hindernisse auf seinem Weg, wie Kakteen, über die man vorsichtig hinwegsteigen mußte, denn es gab keine Möglichkeit, sie zu umgehen. Obwohl er schon zwei Jahre hier wohnte, kannte er keinen der Juden mit Namen. Für ihn hatten sie keine Namen. Wenn er nach Hause kam und die Tür verschlossen fand, weil sein Bruder ausgegangen war und beide Schlüssel mitgenommen hatte, ging er in irgendein Haus, dessen Tür offenstand, legte seine Bündel auf den Boden und sagte: »Ich bin gleich wieder da.« Er wußte, daß man seine Habe nicht anrühren würde. Die Juden waren weder freundlich noch unfreundlich. Auch sie wären, wenn sie Geld gehabt hätten, ins spanische Viertel gezogen. Daß zwei Moslems unter ihnen lebten, ließ die Gasse weniger als Mellah erscheinen, in der nur Juden wohnten.

Salam hatte das beste Haus in der Gasse. Es lag ganz am Ende, und seine Fenster gingen auf eine Wildnis von Feigenbäumen und Buschwerk hinaus, wo Siedler Hütten aus Stroh und gehämmerten Wellblechstücken errichtet hatten. In heißen Nächten (denn die Stadt lag in einer Ebene, und die Hitze hielt sich noch lange, nachdem die Sonne untergegangen war) wehte eine Brise aus dem Süden durch seine Zimmer und hinaus auf die Terrasse. Er war mit seinem Haus und dem Leben, das er und sein Bruder darin führten, zufrieden. »Ich bin ein Freund der Welt«, pflegte er zu sagen. »Ein reines Herz ist mehr wert als alles andere.«

Eines Tages kam er heim und fand auf der Terrasse ein kleines Kätzchen sitzen. Als es ihn sah, kam es zu ihm und schnurrte. Er schloß die Tür zur Küche auf, und das Kätzchen lief hinein. Nachdem er in der Küche Hände und Füße gewaschen hatte, ging er in sein Zimmer. Das Kätzchen lag auf der Matratze und schnurrte. »Mimi!« rief er. Er gab ihm etwas Brot. Während es das Brot fraß, hörte es nicht auf zu schnurren. Bou Ralem kam nach Hause. Er hatte mit Freunden im Café Granada Bier getrunken. Zuerst verstand er nicht, warum Salam das Tier hereingelassen hatte. »Es ist zu jung, um nützlich zu sein«, sagte er. »Wenn es eine Ratte sieht, wird es weglaufen und sich verstecken.« Doch als das Kätzchen auf seinem Schoß lag und mit ihm spielte, mochte er es. »Es heißt Mimi«, sagte Salem. Nachts schlief es auf der Matratze zu Salams Füßen. Es lernte, zur Gasse hinunterzulaufen und sein Geschäft dort im Schmutz zu verrichten. Manchmal versuchten die Kinder, das Kätzchen zu fangen, aber es war schneller und gelangte vor ihnen zur Treppe, und sie trauten sich nicht, ihm nach oben zu folgen.

Während Ramadan, wenn sie die ganze Nacht aufblieben, brachten sie Matten, Kissen und Matratzen auf die Terrasse und wohnten dort draußen; sie unterhielten sich und lachten, bis der Morgen graute. Sie rauchten mehr Kif als gewöhnlich und luden nachts um zwei ihre Freunde zum Essen ein. Da sie draußen lebten und das Kätzchen sie von der Gasse aus hören konnte, wurde es mutiger und wagte sich bis zum Buschwerk hinter dem Haus vor. Es konnte sehr schnell laufen, und selbst wenn ein Hund es jagte, schaffte das Kätzchen es jedesmal rechtzeitig bis zur Treppe. Wenn Salam es vermißte, stand er auf und rief von der Brüstung nach ihm, von der einen Seite des Hauses in die Gasse hinunter, von der anderen über die Bäume und Dächer der Hütten. Manchmal, wenn er in die Gasse rief, kam eine jüdische Frau aus einer der Türen und sah zu ihm hinauf. Er merkte, daß es stets dieselbe Frau war. Sie legte eine Hand über die Augen und starrte hinauf, und dann stemmte sie beide Hände in die Hüften und runzelte die Stirn. »Eine Verrückte«, dachte er und schenkte ihr keine Beachtung. Eines Tages, als er das Kätzchen rief, kreischte die Frau etwas auf spanisch zu ihm hinauf. Ihre Stimme klang ziemlich böse. »*Oye!*« schrie sie und schüttelte die Faust. »Warum rufst du den Namen meiner Tochter?«

Salam ließ sich nicht abhalten: »*Mimí! Agi! Agiagi! Mimí!*«

Die Frau näherte sich der Treppe. Sie legte beide Hände über die Augen, doch da die Sonne in Salams Rücken stand, konnte sie ihn kaum erkennen. »Willst du die Leute beleidigen?« rief sie. »Ich durchschaue dein übles Spiel! Du machst dich lustig über mich und meine Tochter!«

Salam lachte und tippte sich mit dem Zeigefinger an die Stirn. »Ich rufe meine Katze. Wer ist schon deine Tochter?«

»Und deine Katze heißt Mimí, weil du wußtest, daß meine Kleine so heißt. Warum benimmst du dich nicht wie ein zivilisierter Mensch?«

Salam lachte noch einmal und ging hinein. Er dachte nicht weiter über die Frau nach. Kurz darauf verschwand das Kätzchen, und wie sehr er es auch rief, es tauchte nicht wieder auf. In dieser Nacht ging er mit Bou Ralem hinaus und suchte im Buschwerk nach dem Kätzchen. Der Mond schien hell. Sie fanden es tot und brachten es ins Haus, um es zu untersuchen. Jemand hatte ihm ein Stück Brot mit einer Nadel darin gegeben. Langsam setzte sich Salam auf die Matratze. »Die *Yehoudía*«, sagte er.

»Du weißt nicht, wer es war«, antwortete Bou Ralem.

»Es war die *Yehoudía*. Wirf mir den *mottoui* rüber.« Und er fing an, Kif zu rauchen, eine Pfeife nach der anderen. Bou Ralem begriff, daß Salam nach einer Antwort suchte, und er schwieg. Nach einer Weile merkte er, daß es Zeit war, das elektrische Licht auszuschalten, und er zündete eine Kerze an. Als er dies getan hatte, streckte sich Salam ruhig auf der Matratze aus und lauschte dem Bellen der Hunde. Hin und wieder setzte er sich auf und stopfte seine *sebsi*. Einmal reichte er sie Bou Ralem und lehnte sich lächelnd in die Kissen zurück. Er hatte eine Idee, was er tun würde. Als sie zu Bett gingen, sagte er zu Bou Ralem: »Diese Mutter wird sich vor Angst in die Hosen machen.«

Am nächsten Morgen stand er zeitig auf und begab sich zum Markt. An einem kleinen Stand kaufte er verschiedene Sachen: den Flügel eines Raben, hundert Gramm *jduq jmel*-Samen, zerstoßene Wildschweinborsten, etwas Honig, eine getrocknete Eidechse und ein halbes Pfund *fasoukh*. Als er alles bezahlt hatte, drehte er sich um, als wollte er den Stand verlassen, doch dann sagte er: »*Khaï*, gib mir noch fünfzig Gramm *jduq jmel*.« Als der Mann die Samen abgewogen, in eine Tüte geschüttet und diese gefaltet hatte, bezahlte Salam und ging mit der Tüte in der linken Hand nach Hause. In der Gasse bewarfen die Kinder sich gegenseitig mit Schlammklumpen. Als er vorbeikam, hörten sie auf. Die Frauen saßen auf den Türschwellen, den Schal über den Kopf gezogen. Als er am Haus der Frau vorbeikam, die Mimí getötet hatte, ließ er die Tüte mit den *jduq jmel*-Samen fallen. Dann stieg er zu seiner Terrasse hinauf, ging zur Tür und hämmerte dagegen. Niemand machte auf. Er stand mitten auf der Terrasse, wo jeder ihn sehen konnte, und rieb sich mit der Hand das Kinn. Kurz darauf kletterte er zu der Terrasse nebenan und klopfte an die Tür. Der Frau, die ihm öffnete, reichte er seine Päckchen. »Ich habe meine Schlüssel auf dem Markt vergessen«, sagte er. »Ich bin gleich wieder da.« Er lief die Treppe hinunter, durch die Gasse und die Straße hinauf.

Bou Ralem stand hinter der Gailan Garage. Als Salam an ihm vorbeikam, nickte er einmal knapp mit dem Kopf und ging ohne stehenzubleiben weiter. Bou Ralem ging in die andere Richtung, zurück zum Haus. Als er das Tor zur Terrasse öffnete, rief die Frau von nebenan: »Hast du nicht deinen Bruder gesehen? Er hat auf dem Markt seine Schlüssel vergessen.«

»Nein«, antwortete Bou Ralem und ging hinein; die Tür ließ er offen. Er setzte sich hin und rauchte eine Zigarette, während er wartete. Nach kurzer Zeit wurden die Stimmen in der Gasse lauter. Er stand auf und trat in die Tür, um zu horchen. Eine Frau schrie: »Es ist *jduq jmel*! Mimí hatte es in der Hand!« Bald wurden es immer mehr Stimmen, und die Frau von nebenan lief im Bademantel und mit den Päckchen in der Hand die Treppe hinab. »Das ist es«, dachte Bou Ralem. Als sie unten ankam, wurde das Geschrei noch lauter. Eine Zeitlang lauschte er lächelnd. Dann ging er hinaus und eilte die Treppe hinunter. Alle standen in der Gasse vor der Tür der Frau, und das kleine Mädchen war im Innern des Hauses und schrie. Ohne sie zu beachten, rannte er auf der anderen Seite der Gasse an ihnen vorbei.

Salam war in einem Café und trank ein Glas Tee. »Setz dich«, sagte er zu Bou Ralem. »Ich hole Fatma Daifa nicht vor elf Uhr ab.« Er bestellte einen Tee für seinen Bruder. »Haben sie ein großes Geschrei veranstaltet?« fragte er ihn. Bou Ralem nickte. Salam lächelte. »Ich würde sie gern hören«, sagte er. »Du wirst sie hören«, erwiderte Bou Ralem. »Sie werden keine Ruhe geben.«

Um elf verließen sie das Café und gingen durch die kleinen Gassen der Medina zu Fatma Daifas Haus. Sie war die Schwester der

Mutter ihrer Mutter, und da sie nicht zur Familie gehörte, empfanden sie auch keine Scham, sie für ihren Streich zu benutzen. Sie erwartete sie an der Tür; zusammen begaben sie sich zu Salams Haus.

Die alte Frau bog vor Salam und Bou Ralem in die Gasse ein und ging direkt auf den Eingang zu, vor der sich alle Frauen versammelt hatten. Sie hatte den *haïk* eng um den Kopf gezogen, so daß nichts von ihrem Gesicht zu sehen war, bis auf ein Auge. Sie schob sich zwischen den jüdischen Frauen durch und streckte die Hand aus: »Gebt mir meine Sachen«, sagte sie. Sie machte sich nicht die Mühe, Spanisch zu sprechen, denn sie wußte, daß sie Arabisch verstanden. »Ihr habt meine Sachen.« Sie hatten sie tatsächlich, und sie untersuchten sie noch, doch nun richteten sich ihre Blicke auf die Alte. Sie nahm die Päckchen und steckte sie hastig in ihre *kouffa*. »Schämt ihr euch nicht?« schrie sie die Frauen an. »Geht und paßt auf eure Kinder auf!« Damit drehte sie sich um und zwängte sich zurück in die Gasse, wo Salam und Bou Ralem auf sie warteten. Die drei stiegen die Treppe hinauf und traten in Salams Wohnung, dann schlossen sie die Tür ab. Sie aßen dort zu Mittag und blieben den ganzen Tag im Haus, redend und lachend. Als alle zu Bett gegangen waren, brachte Salam Fatma Daifa nach Hause.

Als sie am nächsten Tag herauskamen, starrten die Juden sie an, doch keiner sagte etwas zu ihnen. Die Frau, die Salam hatte erschrecken wollen, setzte keinen Fuß vor die Tür, und das kleine Mädchen spielte nicht mit den anderen Kindern in der Gasse. Es war offensichtlich, daß die Juden glaubten, Fatma Daifa habe das Kind verhext. Sie hätten nicht geglaubt, daß Salam und Bou Ralem so etwas allein fertigbrächten, doch sie wußten, daß eine moslemische Frau die Macht dazu besaß. Die beiden Brüder waren mit ihrem Streich höchst zufrieden. Es ist verboten, Magie zu praktizieren, doch die alte Frau war ihr Zeuge, daß sie nichts dergleichen getan hatten. Sie hatte alle Päckchen mit zu sich nach Hause genommen, so, wie sie ihr von den jüdischen Frauen übergeben worden waren, und hatte versprochen, sie nicht anzurühren, damit man notfalls beweisen konnte, daß sie nicht gebraucht worden waren.

Die jüdische Frau ging zur *comisaría*, um sich zu beschweren.

Sie traf auf einen jungen Polizisten, der an seinem Schreibtisch saß, in der Hand ein kleines Radio, dem er lauschte. Sie fing an, ihm zu erzählen, daß die Moslems in ihrer *haouma* einen Zauber gekauft hätten, um ihn gegen ihr kleines Mädchen einzusetzen. Der Polizist mochte die Frau nicht, zum einen, weil sie Jüdin war und Spanisch sprach statt Arabisch, zum anderen, weil er nichts von Leuten hielt, die an Zauberei glaubten. Trotzdem hörte er höflich zu, bis sie sagte: »Dieser Moslem ist ein *sinvergüenza*.« Sie wollte noch hinzufügen, daß es auch viele gute Moslems gäbe, doch ihm mißfielen ihre Worte. Er runzelte die Stirn und sagte: »Warum erzählst du mir das? Was veranlaßt dich zu glauben, sie hätten deine kleine Tochter verhext?« Sie erzählte ihm, wie sich die drei den ganzen Tag über mit den Päckchen vom Markt in der Wohnung eingeschlossen hatten. Der Polizist sah sie erstaunt an: »Und wegen einer toten Eidechse bist du den weiten Weg hierhergekommen?« Er lachte. Dann schickte er sie fort und wandte sich wieder seinem Radio zu.

Die Bewohner der Gasse redeten noch immer nicht mit Salam oder Bou Ralem, und das kleine Mädchen kam nicht heraus, um mit den anderen Kindern zu spielen. Wenn die Frau zum Markt ging, nahm sie es mit. »Halte dich an meinem Rock fest«, sagte sie zu ihr. Doch eines Tages, vor der Tankstelle, ließ das Kind den Rock einen Augenblick los. Als es hinter seiner Mutter herlief, um sie einzuholen, stolperte es und verletzte sich das Knie an einer zerbrochenen Flasche. Die Frau sah das Blut und fing an zu schreien. Die Menschen blieben stehen. Nach wenigen Minuten kam ein Jude vorbei und half der Mutter, das Kind zur Apotheke zu tragen. Dort verband man dem kleinen Mädchen das Knie, und die Frau brachte es nach Hause. Dann ging sie zur Apotheke zurück, um ihre Körbe zu holen, doch unterwegs machte sie auf der Polizeiwache halt. Sie traf denselben Polizisten hinter seinem Schreibtisch sitzend an.

»Wenn du den Beweis dafür sehen willst, was ich dir erzählt habe, komm und sieh dir meine Kleine jetzt an«, sagte sie. »Schon wieder?« antwortete der Polizist. Er war nicht freundlich zu ihr, nahm aber ihren Namen und ihre Adresse auf, und als er später nach Hause ging, klopfte er an ihrer Tür. Er begutachtete das Knie des kleinen Mädchens und kitzelte ihr die Rippen, bis sie lachte. »Alle Kinder fallen hin«, sagte er. »Aber wer ist dieser Moslem? Wo wohnt er?« Die Mutter zeigte ihm die Treppe am Ende der Gasse. Er hatte nicht vor, mit Salam zu reden, doch er wollte die Sache mit der Frau ein für allemal erledigen. Er trat auf die Gasse und sah, wie die Frau ihm von der Tür aus nachschaute, daher ging er langsam bis zum Fuß der Treppe. Als er sicher war, daß sie ihn nicht länger beobachtete, machte er kehrt. Im selben Augenblick hörte er hinter sich eine Stimme. Er drehte sich um und sah Salam auf der Terrasse stehen. Er mochte sein Gesicht nicht und nahm sich vor, ein ernstes Wort mit ihm zu reden, wenn er ihm je auf der Straße begegnete.

Eines Morgens ging Salam sehr früh zum Markt, um frischen Kif zu kaufen. Er fand welchen und kaufte für dreihundert Francs. Als er durch das Tor auf die Straße hinausging, hielt ihn der Polizist an; er hatte auf ihn gewartet. »Ich will mit dir reden«, sagte er. Salams Finger umklammerten das Päckchen Kif in seiner Tasche. »Ist alles in Ordnung?« fragte der Polizist. »Alles bestens«, antwortete Salam. »Keine Schwierigkeiten?« bohrte der Polizist und sah ihn an, als wüßte er, was Salam gerade gekauft hatte. »Keine Schwierigkeiten«, gab Salam zur Antwort. Der Polizist sagte: »Sieh zu, daß es so bleibt.« Salam war wütend, daß der andere ohne Grund auf diese Art mit ihm sprach, aber mit dem Kif in der Tasche konnte er froh sein, wenn er nicht durchsucht wurde. »Ich bin ein Freund der Welt«, sagte er und versuchte zu lächeln. Der Polizist gab keine Antwort und wandte sich ab.

»Ein schlechtes Zeichen«, dachte Salam, während er mit dem Kif nach Hause eilte. Kein Polizist hatte ihn je zuvor belästigt. Als er in seinem Zimmer angelangt war, fragte er sich, ob er das Päckchen unter einer Kachel des Fußbodens verstecken sollte, doch sofort dachte er, daß er dann selbst wie ein Jude leben würde, der bei jedem Klopfen an der Tür den Kopf einzieht und zittert. Trotzig breitete er den Kif auf dem Tisch aus und ließ ihn dort liegen. Am Nachmittag schnitt er ihn mit Bou Ralem. Er erwähnte den Polizisten nicht, doch er mußte während der Arbeit immerzu an ihn denken. Als die Sonne hinter der Ebene untergegangen war und die sanfte Brise durch die Fenster hereinwehte, zog er das Hemd aus und lehnte sich in die Kissen, um zu rauchen. Bou Ralem füllte seinen *mottoui* mit frischem Kif und ging in ein Café. »Ich bleibe hier«, sagte Salam.

Er rauchte eine Stunde, vielleicht auch länger. Es war eine heiße Nacht. Im Buschwerk bellten die Hunde. Ein Mann und eine Frau in einer der Hütten unten stritten miteinander. Manchmal hörte die Frau auf zu schimpfen und schrie nur noch. Der Lärm störte Salam. Kein Glücksgefühl stellte sich ein. Er stand auf, zog sich an, steckte seine *sebsi* und seinen *mottoui* ein und trat hinaus. Statt beim Verlassen der Gasse in Richtung Stadt abzubiegen, ging er auf die Landstraße zu. Er wollte sich an einem ruhigen Plätzchen hinsetzen und überlegen, was er tun sollte. Wenn der Polizist ihn nicht verdächtigte, hätte er ihn nicht angehalten. Da er ihn einmal angehalten hatte, konnte er es wieder tun, und das nächste Mal würde er ihn vielleicht durchsuchen. »Das ist keine Freiheit«, sagte er sich. Ein paar Autos fuhren vorbei. Ihre Scheinwerfer tauchten die Baumstämme kurz in gelbes Licht. Als die Autos verschwunden waren, blieb nur noch das blaue Licht des Mondes und der Himmel. Er kam zur Flußbrücke, kletterte unter den Pfeilern die Böschung hinunter und folgte einem Pfad bis zu einem Felsen, der ein Stück über das Wasser herausragte. Dort setzte er sich hin und blickte über den Rand auf den tiefen, schlammigen Fluß, der im Mondschein unter ihm dahinfloß. Er spürte den Kif in seinem Kopf und wußte, daß er ihm die Lösung bringen würde.

Langsam nahm der Plan Gestalt an. Es würde ihn tausend Francs kosten, aber die hatte er, und er war gewillt, sie auszugeben. Nach sechs Pfeifen, als er alles fertig ausgeklügelt hatte, steckte er die *sebsi* in die Tasche, sprang auf und stieg den Pfad zur Straße hinauf. Eiligen Schrittes ging er zur Stadt und erreichte die Medina über einen Feldweg, an Häusern mit Gärten vorbei, hinter deren Mauern unablässig Hunde bellten. Nicht viele Menschen verirrten sich des Nachts in diesen Stadtteil. Er begab sich zum Haus seines Cousins Abdallah, der mit einer Frau aus Sidi Kacem verheiratet war. Das Haus war niemals leer. Stets weilten zwei oder drei ihrer Brüder mit ihren Familien zu Besuch. Salam sprach auf der Straße vor dem Haus unter vier Augen mit Abdallah und fragte nach einem der Brüder, dessen Gesicht in der Stadt nicht bekannt war. Abdallah ging hinein und kam nach kurzer Zeit mit jemandem heraus. Der Mann hatte einen Bart, trug eine Dschellaba vom Land und hielt seine Schuhe in der Hand. Sie sprachen ein paar Minuten miteinander. »Geh mit ihm«, sagte Abdallah, als sie fertig waren. Salam und der bärtige Mann sagten gute Nacht und machten sich auf den Weg.

An diesem Abend schlief der Mann auf einer Matte in der Küche von Salams Haus. Am Morgen wuschen sie sich und frühstückten mit Kaffee und Gebäck. Während sie noch aßen, nahm Salam seine Tausend-Francs-Note und steckte sie in einen Umschlag. Bou Ralem hatte mit Bleistift das Wort GRACIAS darauf geschrieben. Nach einer Weile standen Salam und der Mann auf und gingen durch die Stadt in eine Seitenstraße gegenüber dem Hintereingang der Polizeiwache. Dort lehnten sie sich an eine Mauer und unterhielten sich. »Du weißt nicht, wie er heißt«, sagte der Mann. »Das ist nicht nötig«, entgegnete Salam. »Wenn er herauskommt und in einen dieser Wagen steigt, läufst du zu dem diensthabenden Beamten, gibst ihm den Umschlag und sagst, du hättest versucht, den anderen noch zu erwischen, ehe er losfuhr.« Er wedelte mit dem Umschlag. »Bitte ihn, ihm das zu geben, wenn er zurückkommt. Er wird es annehmen.«

»Vielleicht geht er zu Fuß«, gab der Mann zu bedenken. »Was mache ich dann?«

»Die Polizei geht nie zu Fuß«, antwortete Salam. »Du wirst sehen. Danach verschwindest du. Diese Straße hier ist die beste. Lauf immer weiter, das ist alles. Ich werde nicht hier sein. Ich sehe dich bei Abdallah.«

Sie warteten lange. Die Sonne brannte stärker, und sie suchten Schutz im Schatten eines Feigenbaums, ließen jedoch die Tür der *comisaría* nicht aus den Augen. Mehrere Polizisten kamen aus dem Gebäude, und jedesmal wollte der Mann vom Land losrennen, doch Salam hielt ihn zurück und sagte: »Nein, nein, nein!« Als der Polizist, auf den sie gewartet hatten, endlich in der Tür erschien, hielt Salam den Atem an und flüsterte: »Das ist er. Warte, bis er wegfährt, und dann läufst du los.« Er drehte sich um und ging schnell die Straße hinunter in die Medina.

Als der Mann vom Land genau erklärt hatte, für wen der Umschlag war, reichte er ihn dem Polizisten über die Theke, sagte: »Danke« und lief schnell hinaus. Der Polizist musterte den Umschlag und versuchte den Mann zurückzurufen, doch er war schon verschwunden. Da alle Nachrichten an die Polizisten zuerst den Schreibtisch des Kommandanten passieren mußten, schickte er den Umschlag in dessen Büro. Der Kommandant hielt ihn gegen das Licht. Als der Polizist zurückkam, ließ er ihn holen und befahl ihm, den Umschlag in seiner Gegenwart zu öffnen. »Von wem stammt es?« wollte der Kommandant wissen. Der Polizist kratzte sich am Kopf. Er konnte nicht antworten. »Ich verstehe«, sagte der Kommandant. Eine Woche später ließ er den Mann versetzen. Aus der Hauptstadt kam die Anweisung, ihn nach Rissani zu schicken. »Sieh zu, wie viele Freunde du in der Wüste findest«, sagte ihm sein Vorgesetzter. Als der Polizist versuchte, ihm etwas zu erklären, hörte er nicht hin.

Salam fuhr nach Tanger. Als er zurückkehrte, erfuhr er, daß der Polizist in die Sahara versetzt worden war. Er lachte und lachte. Er ging zum Markt und kaufte eine junge Ziege. Dann lud er Fatma Daifa und Abdallah und seine Frau und deren beide Brüder mit ihren Frauen und Kindern ein, und sie schlachteten die Ziege und aßen sie. Es war schon fast hell, als alle sich auf den Heimweg machten. Fatma Daifa wollte nicht allein durch die Straßen gehen, und da Salam und Bou Ralem zu betrunken waren, um sie zu begleiten, schlief sie auf dem Boden in der Küche. Als sie aufwachte, war es spät, doch Salam und Bou Ralem schliefen noch. Sie packte ihre Sachen, streifte den *haïk* über und ging hinaus. Als sie am Haus der Frau mit der kleinen Tochter vorüberkam, blieb sie stehen und warf einen Blick hinein. Die Frau erblickte sie und bekam Angst. »Was willst du?« schrie sie. Fatma Daifa wußte, daß sie sich in fremde Angelegenheiten mischte, doch sie glaubte, Salam einen Dienst zu erweisen. Sie tat, als bemerkte sie das erschrockene Gesicht der Frau nicht, ballte die Faust gegen die Terrasse und rief hinauf: »Jetzt weiß ich, was für ein Mann du bist! Du glaubst, du könntest mich täuschen? Paß nur auf! Nichts von alledem wird dir gelingen, hörst du?« Sie ging die Gasse hinunter und rief: »Nichts von alledem!« Die jüdischen Frauen kamen heraus, versammelten sich vor dem Eingang und setzten sich auf den Bordstein vor dem Haus der Frau. Alle stimmten überein, daß keine Gefahr mehr von dem Zauber ausging, wenn die alte Frau sich mit den Männern zerstritten hatte, da nur sie die Macht hatte, den Zauber auszuüben. Die Mutter des kleinen Mädchens war sehr froh, und am nächsten Tag spielte das Kind wieder mit den anderen im Schlamm.

Salam ging in der Gasse ein und aus wie immer, und er bemerkte weder die Kinder noch die Leute. Es vergingen zwei Wochen, bis er eines Tages zu Bou Ralem sagte: »Ich glaube, die Juden haben sich beruhigt. Heute morgen habe ich die falsche Mimí draußen spielen sehen.« Jetzt, da der Polizist verschwunden war, fühlte er sich wieder frei, und er konnte seinen Kif in der Tasche tragen, ohne sich Sorgen machen zu müssen, wenn er durch die Straßen in ein Café ging. Als er das nächste Mal Fatma Daifa traf, fragte sie nach den Juden in seiner Gasse. »Es ist vorbei. Sie haben es vergessen«, erzählte er. »Gut«, antwortete sie. Dann ging sie nach Hause und holte das Wildschweinborstenpulver, den Flügel des Raben, die Samen und die restlichen Dinge aus ihrem Versteck. Sie legte alles in einen Korb, trug es zum Markt und verkaufte es dort; von dem Geld kaufte sie Brot, Öl und Eier. Sie ging nach Hause und bereitete daraus ihr Abendessen.

Tanger, 1960

Zwei Freunde, Lahcen und Idir, gingen am Strand von Merkala spazieren. An den Klippen stand ein Mädchen, und ihre Dschellaba flatterte im Wind. Lahcen und Idir blieben stehen, als sie das Mädchen sahen. Sie standen da und betrachteten sie. Lahcen sagte: »Kennst du sie?« – »Nein, ich habe sie noch nie gesehen.« – »Komm, wir gehen hin«, sagte Lahcen. Sie sahen sich am Strand um, auf der Suche nach einem Mann, der zu dem Mädchen gehören könnte, aber da war niemand. »Eine Hure«, sagte Lahcen. Als sie auf das Mädchen zugingen, merkten sie, daß sie sehr jung war. Lahcen lachte. »Das ist einfach.« – »Wieviel hast du bei dir?« fragte Idir. »Glaubst du, ich werde sie bezahlen?« rief Lahcen.

Idir schloß daraus, daß Lahcen sie schlagen wollte (»wenn du eine Hure nicht bezahlst, mußt du sie schlagen«), und diese Vorstellung gefiel ihm nicht, denn sie hatten es früher schon zusammen getan, und fast immer hatte es später Ärger gegeben. Eine Schwester oder sonst jemand aus der Familie ging zur Polizei und beschwerte sich, und am Ende waren alle im Gefängnis. Im Gefängnis eingesperrt zu sein, machte Idir nervös. Er versuchte sich herauszuhalten, und im allgemeinen gelang es ihm. Der Unterschied zwischen Lahcen und Idir bestand darin, daß Lahcen trank und Idir Kif rauchte. Kifraucher suchen die Ruhe im Kopf, aber Trinker sind anders. Sie wollen alles zerstören.

Lahcen kratzte sich zwischen den Beinen und spuckte in den Sand. Idir wußte, daß Lahcen im Geist die Züge des Spiels durchging, welches er mit dem Mädchen spielen wollte, und daß er gerade überlegte, wann und wo er sie niederschlagen sollte. Er war besorgt. Das Mädchen sah woanders hin. Sie hielt den unteren Teil der Dschellaba fest, damit der Wind nicht hineinfuhr. Lahcen sagte: »Warte hier.« Er ging auf sie zu, und Idir beobachtete, wie sich ihre Lippen bewegten, als sie mit ihm sprach, denn sie trug keinen Schleier. Alle ihre Zähne waren aus Gold. Idir haßte Frauen mit Goldzähnen, seit er mit vierzehn in eine Hure namens

Zohra verliebt gewesen war, die Goldzähne hatte und ihn nie beachtete. »Soll er sie haben«, dachte er. Außerdem wollte er nicht dabei sein, wenn der Ärger begann. Er rührte sich nicht von der Stelle, bis Lahcen nach ihm pfiff. Dann ging er zu ihnen hinüber. »Fertig?« fragte Lahcen. Er nahm das Mädchen am Arm und ging an den Felsklippen entlang. »Es ist spät. Ich muß gehen«, sagte Idir. Lahcen sah überrascht aus, doch er sagte nichts. »Heute nicht«, sagte Idir und warf Lahcen einen warnenden Blick zu. Das Mädchen lachte verächtlich, als glaubte sie, er schämte sich mitzukommen.

Er war froh über seine Entscheidung, nach Hause zu gehen. Als er an Mendoubs Feigenhain vorbeikam, bellte ihn ein Hund an. Er warf einen Stein nach ihm und traf ihn.

Am nächsten Morgen kam Lahcen zu Idirs Zimmer. Seine Augen waren gerötet von dem Wein, den er getrunken hatte. Er setzte sich auf den Boden und zog ein Taschentuch hervor, das an einem Ende verknotet war. Er löste den Knoten und ließ einen goldenen Ring in seinen Schoß fallen. Er hob ihn auf und gab ihn Idir. »Für dich. Ich habe ihn billig bekommen.« Als Idir sah, wie sehr Lahcen wollte, daß er den Ring annahm, steckte er ihn an den Finger und sagte: »Möge Allah dir Gesundheit schenken.« Lahcen rieb sich das Kinn und gähnte. Dann sagte er: »Ich habe deinen Blick gesehen. Später, als wir in den Steinbruch kamen, glaubte ich, dies wäre der geeignete Ort. Doch plötzlich fiel mir die Nacht ein, in der uns die Polizei bei Bou Khach Khach schnappte, und ich erinnerte mich, wie du mich damals angesehen hast. Ich machte kehrt und ließ sie stehen. Abschaum!«

»So bist du nicht im Gefängnis und hast dich betrunken«, sagte Idir und lachte.

»Das stimmt«, sagte Lahcen. »Und deshalb gebe ich dir den Ring.«

Idir wußte, daß der Ring mindestens fünfzig Dirham wert war und er ihn verkaufen konnte, wenn er einmal dringend Geld brauchte. Dies würde seiner Freundschaft mit Lahcen ein Ende bereiten, aber das ließe sich nicht ändern.

Manchmal kam Lahcen abends mit einer Flasche Wein vorbei. Er trank die ganze Flasche aus, und während Idir seine Kifpfeife rauchte, hörten sie bis zum Programmschluß um zwölf Uhr Radio. Nachher, wenn es schon sehr spät war, gingen sie durch die Straßen von Dradeb zu einer Garage, wo ein Freund von Lahcen Nachtwächter war. Bei Vollmond war das Mondlicht heller als die Straßenlaternen. Bei Neumond war niemand auf der Straße, und in einigen Cafés, die noch spät in der Nacht geöffnet waren, erzählten sich die Männer, was die Diebe angestellt hatten, und daß ihre Zahl von Tag zu Tag zunahm. Der Grund war, daß es fast nirgendwo Arbeit gab und die Bauern ihre Kühe und Schafe verkaufen mußten, um die Steuern zu bezahlen, und dann in die Stadt kamen. Lahcen und Idir arbeiteten hin und wieder, wenn sie etwas fanden. Sie hatten ein bißchen Geld, sie hatten stets zu essen, und Lahcen konnte sich manchmal eine Flasche seines spanischen Weins leisten. Idirs Kif war ein großes Problem, denn jedesmal, wenn die Polizei strenger über das Gesetz wachte, das sie gegen den Kif erlassen hatte, wurde der Nachschub knapp, und die Preise kletterten in die Höhe. Wenn dann wieder genug zu haben war, weil die Polizei damit beschäftigt war, nach Waffen und Aufständischen zu suchen, blieben die Preise oben. Idir rauchte nicht weniger, doch er rauchte allein in seinem Zimmer. Wenn man in einem Café raucht, gibt es immer jemanden, der seinen Kif zu Hause vergessen hat und mitrauchen will. Er erzählte seinen Freunden im Café Nadjah, er habe das Kifrauchen aufgegeben, und nahm niemals eine Pfeife an, die ihm angeboten wurde.

Am frühen Abend, wenn die schläfrigen Geräusche der Stadt durch das offene Fenster drangen – denn es war Sommer, und das Stimmengewirr der Menschen erfüllte die Gassen –, saß Idir in dem Sessel, den er gekauft hatte, und legte die Füße auf das Fensterbrett. So konnte er den Himmel sehen, während er rauchte. Lahcen kam und redete. Ab und zu fuhren sie nach Emsallah zu einer *barraca* neben dem Schlachthof, wo zwei Schwestern mit ihrer schwachsinnigen Mutter lebten. Sie machten die Mutter betrunken und brachten sie im Nebenzimmer zu Bett. Dann gaben sie den Mädchen zu trinken und verbrachten die Nacht mit ihnen, ohne zu bezahlen. Der Cognac war teuer, aber er kostete nicht so viel wie die Huren.

Im Hochsommer, zur Zeit des Sidi Kacem, wurde es plötzlich

sehr heiß. Die Menschen bauten Zelte aus Laken auf ihren Dachterrassen und kochten und schliefen darin. Des Nachts konnte Idir alle Dächer im Licht des Mondes sehen, jedes mit seinem Gestell aus Laken, die im Wind flatterten, und dahinter das rote Licht, das vom Kochfeuer ausging. Bei Tag schien die Sonne auf das Meer von weißen Laken und stach ihm in die Augen, und er achtete darauf, nicht hinauszusehen, wenn er sich im Zimmer bewegte und am Fenster vorbeikam. Er hätte gern ein besseres Zimmer bewohnt, eins mit Fensterläden, um die Sonne abzuhalten. Es gab keine Möglichkeit, sich vor dem hellen Sommertag zu schützen, und er wartete sehnsüchtig auf die Dämmerung. Er hatte die Angewohnheit, erst Kif zu rauchen, wenn die Sonne unterging. Bei Tag mochte er es nicht, vor allem im Sommer, wenn die Luft heiß war und das Licht überwältigend. Als es von Tag zu Tag heißer wurde, beschloß er, Lebensmittel und Kif für mehrere Tage zu kaufen und sich in sein Zimmer einzuschließen, bis es kühler wurde. Er hatte in dieser Woche zwei Tage im Hafen gearbeitet und besaß etwas Geld. Er stellte die Sachen auf den Tisch und schloß die Tür ab. Dann zog er den Schlüssel aus dem Schloß und warf ihn in die Schublade. Zwischen den Päckchen und Dosen in seinem Einkaufskorb lag auch ein großes, in Zeitungspapier eingewickeltes Bündel Kif. Er packte es aus, rupfte ein Blatt ab und roch daran. Die nächsten beiden Stunden verbrachte er auf dem Boden hockend damit, die Blätter von den Stengeln zu zupfen und auf einem Küchenbrett zu zerkleinern; er sortierte und zerschnitt sie immer feiner. Als die Sonne ihn erreichte, mußte er zur Seite rücken, um der Hitze zu entgehen. Bei Sonnenuntergang hatte er einen Vorrat für drei oder vier Tage. Er stand auf, setzte sich mit dem Kif-Beutel und der Pfeife auf dem Schoß in den Sessel und rauchte, während er der Chleuh-Musik im Radio lauschte, die immer um diese Tageszeit für die Ladenbesitzer aus dem Süden gesendet wurde. In den Cafés standen die Männer häufig auf und stellten sie ab. Idir gefiel sie. Die meisten Kifraucher mögen diese Musik wegen des *naqous*, der immer denselben Rhythmus schlägt.

Die Musik lief eine ganze Weile, und Idir dachte an den Markt von Tiznit und an die Moschee, aus deren Lehmwänden Baumstrünke herausragen. Er sah zu Boden. Im Raum hing noch ein letzter Hauch von Tageslicht. Er riß die Augen auf. Ein kleiner Vogel hüpfte langsam über den Boden. Er sprang auf. Die Kif-Pfeife fiel herunter, doch ihr Kopf zerbrach nicht. Ehe der Vogel Gelegenheit fand zu fliehen, hatte Idir ihn bereits mit einer hohlen Hand bedeckt. Selbst als er ihn mit beiden Händen packte, kämpfte der Vogel nicht. Er sah ihn an und meinte, das sei der kleinste Vogel, den er je gesehen hatte. Der Kopf war grau, die Flügel weiß und schwarz. Der Vogel blickte ihn an und schien keine Angst zu haben. Er setzte sich mit dem Tier auf dem Schoß in den Sessel. Als er die Hand hob, blieb es still. »Es ist ein junger Vogel, er kann nicht fliegen«, sagte er sich. Er rauchte mehrere Pfeifen. Der Vogel rührte sich nicht. Die Sonne war untergegangen, und die Häuser färbten sich im Abendlicht langsam blau. Mit dem Daumen strich er über den Kopf des Vogels. Dann nahm er den Ring von seinem kleinen Finger und schob ihn über den weichen Flaum des Vogelkopfes. Das Tier beachtete ihn nicht. »Ein goldenes Halsband für den Sultan der Vögel«, sagte er. Er rauchte noch ein paar Pfeifen und betrachtete den Himmel. Dann verspürte er Hunger und dachte, der Vogel würde vielleicht ein paar Brotkrümel mögen. Er legte die Pfeife auf den Tisch und versuchte, ihm den Ring wieder abzustreifen. Doch er bekam ihn nicht über die Federn. Er zog daran, und der Vogel flatterte mit den Flügeln und kämpfte. Eine Sekunde lang ließ er ihn los, und in diesem Augenblick flog er von seinem Schoß geradewegs in den Himmel. Idir sprang auf und sah ihm nach. Als er verschwunden war, lächelte er. »Dieser Hurensohn!« flüsterte er.

Er bereitete seine Mahlzeit und aß. Danach setzte er sich wieder in den Sessel, rauchte und dachte an den Vogel. Als Lahcen kam, erzählte er ihm die Geschichte. »Er hat nur darauf gewartet, etwas zu stehlen«, sagte er. Lahcen war angetrunken, und er war böse. »Er hat also meinen Ring gestohlen«, murrte er. »Ah«, entgegnete Idir. »Deinen Ring? Ich dachte, du hättest ihn mir geschenkt.«

»So verrückt bin ich auch wieder nicht«, sagte Lahcen. Er ging weg, noch immer böse, und er kam über eine Woche lang nicht wieder. Als er eines Morgens vor der Tür stand, war Idir sicher, daß er erneut von dem Ring anfangen würde und reichte ihm schnell ein Paar Schuhe, das er tags zuvor von einem Freund gekauft hatte. »Passen sie dir?« fragte er. Lahcen setzte sich in den Sessel, probierte sie an und sah, daß sie paßten. »Sie brauchen neue Sohlen, aber oben sind sie wie neu«, sagte Idir. »Oben sind sie gut«, stimmte Lahcen zu. Er befühlte das Leder und preßte es zwischen Daumen und Zeigefinger. »Nimm sie«, sagte Idir. Lahcen war zufrieden, und an diesem Tag kam er nicht auf den Ring zu sprechen. Als er mit den Schuhen in seinem Zimmer war, inspizierte er sie sorgfältig und beschloß, das Geld, das für neue Sohlen nötig war, auszugeben.

Am nächsten Tag ging er zu einem spanischen Schuster, der sich bereit erklärte, die Schuhe für fünfzehn Dirham zu reparieren. »Zehn«, sagte Lahcen. Nach langer Diskussion setzte der Schuster seinen Preis auf dreizehn herunter, und Lahcen ließ die Schuhe da und sagte, er käme sie in einer Woche abholen. Am selben Nachmittag schlenderte er durch Sidi Bouknadel und sah ein Mädchen. Zwei Stunden oder länger unterhielten sie sich, in gebührender Entfernung voneinander an einer Mauer lehnend und auf die Erde starrend, damit niemand merkte, daß sie miteinander sprachen. Das Mädchen kam aus Meknes, deshalb hatte er sie noch nie zuvor gesehen. Sie besuchte ihre Tante, die in diesem Viertel lebte, und bald würde auch ihre Schwester aus Meknes nachkommen. Sie erschien ihm schöner als alles, was er in diesem Jahr gesehen hatte, doch natürlich konnte er sich ihrer Nase und ihres Mundes nicht sicher sein, da sie unter dem Schleier verborgen waren. Er überredete sie, sich am folgenden Tag an derselben Stelle mit ihm zu treffen. Diesmal machten sie einen Spaziergang die Hafa entlang, und er spürte, daß sie willig sein würde. Aber sie wollte ihm nicht verraten, wo ihre Tante wohnte.

Schon zwei Tage später hatte er sie in seinem Zimmer. Wie erwartet, war sie wunderschön. In dieser Nacht war er sehr glücklich, doch am Morgen, als sie verschwunden war, merkte er, daß er immer mit ihr zusammensein wollte. Er begehrte zu wissen, wie das Haus ihrer Tante aussah und was sie den ganzen Tag tat. So begann eine schlechte Zeit für Lahcen. Er war nur glücklich, wenn sie bei ihm war und er zu Bett gehen konnte und sie auf der einen Seite liegen sah, während auf der anderen eine Flasche Cognac stand, auf dem Boden gleich neben seinem Kopfkissen, wo er sie ohne Mühe erreichen konnte. Jeden Tag, wenn sie fort war, dachte er an all die Männer, die sie vielleicht besuchte, ehe sie wieder zu ihm kam. Wenn er ihr davon erzählte, lachte sie und sagte, sie verbringe ihre ganze Zeit mit der Tante und mit ihrer Schwester, die mittlerweile aus Meknes gekommen war. Doch er konnte nicht aufhören zu grübeln.

Zwei Wochen verstrichen, ehe er daran dachte, seine Schuhe abzuholen. Auf dem Weg zum Schuster überlegte er, wie sein Problem zu lösen war. Da fiel ihm ein, daß Idir vielleicht helfen könnte. Wenn er Idir und das Mädchen zusammenbrächte und die beiden allein ließ, würde Idir ihm später erzählen, was geschehen war. Wenn sie sich von Idir verführen ließ, war sie eine Hure und konnte wie eine Hure behandelt werden. Er würde ihr eine anständige Tracht Prügel verpassen und sich anschließend mit ihr versöhnen, denn sie war zu gut, als daß er sie verlieren wollte. Doch zuvor mußte er herausfinden, ob sie wirklich nur ihm gehörte oder auch mit anderen anbändelte.

Als der Schuster ihm die Schuhe zurückgab, sahen sie wie neu aus, und er war zufrieden. Er bezahlte die dreizehn Dirham und ging mit den Schuhen nach Hause. Als er sie an diesem Abend anziehen wollte, um ins Café zu gehen, stellte sich heraus, daß sie nicht mehr paßten. Die Schuhe waren viel zu klein. Der Schuster hatte das Leder beschnitten, um die neuen Sohlen anzunähen. Er zog seine alten Schuhe an, ging hinaus und warf die Tür hinter sich zu. In dieser Nacht stritt er sich mit dem Mädchen. Es dauerte fast bis zum Morgen, ehe er erreichte, daß sie zu weinen aufhörte. Als die Sonne aufging und sie eingeschlafen war, lag er mit hinter dem Kopf verschränkten Armen da und starrte an die Decke. Er dachte daran, daß die Schuhe ihn dreizehn Dirham gekostet hatten und er nun den ganzen Tag damit verbringen mußte, sie zu verkaufen. Er schickte das Mädchen früh fort und machte sich mitsamt den Schuhen auf den Weg zum Bou Araquia. Keiner wollte ihm mehr als acht Dirham für sie geben. Am Nachmittag ging er zur Joteya, setzte sich in den Schatten eines Weinstocks und wartete auf das Eintreffen der Käufer und Verkäufer. Schließlich bot ihm ein Mann aus den Bergen zehn Dirham, und er verkaufte die Schuhe.

»Drei Dirham verloren für nichts«, dachte er, als er das Geld in die Tasche steckte. Er war böse, doch statt den Schuster verantwortlich zu machen, meinte er, es sei Idirs Schuld.

Am selben Nachmittag traf er Idir und sagte ihm, er würde nach dem Abendessen mit jemandem bei ihm vorbeikommen. Danach ging er nach Hause und trank Cognac. Als das Mädchen kam, hatte er die Flasche geleert, und er war betrunkener und unglücklicher als je zuvor. »Laß«, sagte er, als sie den Schleier ablegen wollte. »Wir gehen aus.« Sie sagte nichts. Durch Nebenstraßen gelangten sie zu Idirs Zimmer.

Idir saß in seinem Sessel und hörte Radio. Mit einem Mädchen hatte er nicht gerechnet, und als er sah, wie sie den Schleier abnahm, bekam er Kopfschmerzen, so rasend klopfte sein Herz. Er sagte, sie solle im Sessel Platz nehmen, und schenkte ihr keine weitere Beachtung; er saß auf dem Bett und sprach nur mit Lahcen, der sie ebenfalls nicht ansah. Nach einer Weile stand Lahcen auf. »Ich gehe Zigaretten besorgen«, erklärte er. »Ich bin gleich wieder da.« Er zog die Tür zu, und Idir ging schnell hin und schloß ab. Er lächelte das Mädchen an, setzte sich auf den Tisch neben ihr und betrachtete sie von oben. Hin und wieder rauchte er eine Kifpfeife. Er fragte sich, warum Lahcen so lange brauchte. Schließlich sagte er: »Weißt du, er kommt nicht mehr.« Das Mädchen lachte und zuckte die Achseln. Er sprang auf, nahm sie bei der Hand und zog sie zum Bett.

Am Morgen, als sie sich ankleideten, erzählte sie ihm, sie wohne im Hotel Sevilla. Es war ein kleines moslemisches Hotel mitten in der Medina. Er brachte sie dorthin und verabschiedete sich. »Wirst du heute nacht kommen?« fragte sie. Idir runzelte die Stirn. Er dachte an Lahcen. »Nach Mitternacht brauchst du nicht mehr auf mich zu warten«, sagte er. Auf dem Heimweg machte er im Café Nadjah halt. Lahcen war da. Seine Augen waren gerötet, und er sah aus, als hätte er überhaupt nicht geschlafen. Idir hatte das Gefühl, daß er auf ihn gewartet hatte, denn sobald er das Café betrat, sprang Lahcen hastig auf und bezahlte den *qahouaji*. Sie gingen die Hauptstraße von Dradeb hinunter, ohne ein Wort zu sprechen, und als sie an die Straße gelangten, die zum Strand von Merkala führte, folgten sie ihr, noch immer wortlos.

Es war Ebbe. Sie gingen über den nassen Sand, kleine Wellen umspülten ihre Füße. Lahcen rauchte eine Zigarette und warf Steine ins Wasser. Schließlich ergriff er das Wort: »Wie war es?«

Idir zuckte die Achseln und versuchte, seiner Stimme nichts anmerken zu lassen. »Nicht schlecht für eine Nacht.« Lahcen hätte beinahe obenhin gesagt: »Oder für zwei.« Doch dann merkte er, daß Idir nicht über die Nacht sprechen wollte, was bedeutete, daß es eine große Sache für ihn gewesen war. Und als er ihm ins Gesicht sah, war er sicher, daß Idir das Mädchen für sich wollte. Er war überzeugt, sie bereits an ihn verloren zu haben, doch er wußte nicht, warum er nicht von Anfang an daran gedacht hatte. Nun vergaß er den eigentlichen Grund, weshalb er sie mit zu Idir genommen hatte.

»Du glaubst wohl, ich hätte sie dir gebracht, um dir etwas Gutes zu tun!« rief er. »Nein, Sidi! Ich habe sie bei dir gelassen, um zu sehen, ob du ein wahrer Freund bist. Und nun sehe ich, zu welcher Sorte Freund du gehörst! Skorpion!« Er packte Idir an den Kleidern und schlug ihm ins Gesicht. Idir trat ein paar Schritte zurück und machte sich zum Kampf bereit. Er begriff, daß Lahcen die Wahrheit erkannt hatte, und daß es jetzt nichts mehr zu sagen gab, und daß es zu einem Kampf kam. Als beide blutverschmiert und keuchend voreinander standen, sah er für den Bruchteil einer Sekunde in Lahcens Gesicht und merkte, daß er taumelte und nicht gut sehen konnte. Er trat zurück, senkte den Kopf und rannte mit voller Kraft gegen Lahcen, der das Gleichgewicht verlor und in den Sand stürzte. Dann trat er schnell mit dem Absatz seines Schuhs gegen Lahcens Kopf. So ließ er ihn liegen und ging nach Hause.

Nach einer Weile bemerkte Lahcen die Wellen, die sich neben ihm auf dem Sand brachen. »Ich muß ihn töten«, dachte er. »Er hat meinen Ring verkauft. Jetzt muß ich gehen und ihn töten.« Statt dessen zog er sich aus und badete im Meer, und als er fertig war, legte er sich in der Sonne auf den Strand und schlief den ganzen Tag. Am Abend brach er auf und betrank sich.

Um elf Uhr ging Idir zum Hotel Sevilla. Das Mädchen saß in einem Korbsessel beim Eingang und wartete auf ihn. Sorgsam betrachtete sie die Schnitte in seinem Gesicht. Unter ihrem Schleier sah er sie lächeln.

»Ihr habt euch gestritten?« Idir nickte. »Wie geht es ihm?« Er zog die Schultern hoch. Sie mußte lachen. »Er war sowieso immer betrunken«, sagte sie. Idir nahm sie am Arm, und sie traten hinaus auf die Straße.

Tanger, 1961

Jener aus der Versammlung

Er grüßt alle Teile des Himmels und die Erde, dort, wo sie hell ist. Er glaubt, die Farbe der Amethyste in Aguelmous verdunkelt sich, wenn es im Tal von Zerekten geregnet hat. Das Auge will schlafen, sagt er, doch der Kopf ist kein Kissen. Als es drei Tage lang regnete und das Wasser die Ebene außerhalb der Stadtmauern überflutete, schlief er beim Bambuszaun im Café der Zwei Brücken.

Es scheint, als sei ein Mann namens Ben Tajah nach Fez gereist, um seinen Cousin zu besuchen. Am Tag seiner Rückkehr ging er zum Djemaa al Fna und sah dort einen Brief auf dem Pflaster liegen. Er hob ihn auf und entdeckte seinen Namen auf dem Umschlag. Mit dem Brief in der Hand ging er ins Café der Zwei Brücken, nahm auf einer der Matten Platz und öffnete den Umschlag. Er enthielt ein Stück Papier mit folgender Botschaft: »Der Himmel erbebt, und die Erde fürchtet sich, und die beiden Augen sind nicht Brüder.« Ben Tajah begriff nicht, und er war unglücklich, denn sein Name stand auf dem Umschlag. Es mußte bedeuten, daß Satan in der Nähe war. Jener aus der Versammlung saß im selben Teil des Cafés. Er lauschte dem Wind in den Telephondrähten. Die letzten Spuren des Tageslichts zeigten sich am Himmel. »Das Auge will schlafen«, dachte er, »doch der Kopf ist kein Kissen. Ich weiß, was es bedeutet, aber ich habe es vergessen.« Drei Tage stetigen Regens auf ebener, nackter Erde ist eine lange Zeit. »Wenn ich aufstünde und die Straße hinunterliefe«, dachte er, »würde mich ein Polizist verfolgen und zum Stehenbleiben auffordern. Ich liefe schneller, und er käme hinter mir her. Wenn er auf mich schösse, würde ich rasch um eine Ecke biegen.« Er fühlte den rauhen, trockenen Lehm der Mauer unter den Fingerspitzen. »Und ich liefe durch die Straßen und suchte ein Versteck, doch keine Tür wäre offen, bis ich endlich auf eine stieße, die offen stünde, und ich

64

ginge hinein und durch Zimmer und Innenhöfe, bis ich schließlich in die Küche käme. Die alte Frau wäre da.« Er unterbrach sich und fragte sich einen Moment, warum die alte Frau um diese Uhrzeit allein in der Küche sein sollte. Sie rührte in einem großen Suppentopf, der auf dem Herd stand. »Und ich sähe mich nach einem Versteck in der Küche um, aber da wäre keins. Und ich horchte auf die Schritte des Polizisten, denn die offene Tür wäre ihm nicht entgangen. Und ich spähte in die dunkle Ecke des Raumes, wo sie die Holzkohle aufbewahrte, aber sie wäre nicht dunkel genug. Und die alte Frau sähe mich an und sagte: ›Wenn du auf der Flucht bist, mein Junge, kann ich dir helfen. Spring in den Kochtopf.‹« Der Wind seufzte in den Telephondrähten. Männer mit flatternden Gewändern betraten das Café der Zwei Brücken. Ben Tajah saß auf seiner Matte. Er hatte den Brief weggesteckt, doch nicht ohne ihn zuvor lange anzustarren. Jener aus der Versammlung lehnte sich zurück und betrachtete den Himmel. »Die alte Frau«, sagte er zu sich selbst, »was hat sie vor? Die Suppe ist heiß. Es könnte eine Falle sein. Ich könnte feststellen, daß ich nicht mehr herauskomme, wenn ich erst einmal drin bin.« Er hatte Lust auf eine Pfeife, aber er befürchtete, daß der Polizist in die Küche stürmte, bevor er fertig war. Er fragte die alte Frau: »Wie soll ich da hineinkommen? Sag mir!« Und es schien ihm, als hörte er Schritte auf der Straße oder vielleicht sogar in einem der Räume des Hauses. Er beugte sich über den Herd und spähte in den Kochtopf. Da unten war es dunkel und sehr heiß. Schwaden von Dampf wirbelten auf, und in der Luft hing ein dumpfer Geruch, der das Atmen erschwerte. »Schnell!« sagte die alte Frau und rollte eine Strickleiter aus und warf sie über den Rand des Kochtopfs. Er kletterte hinunter, und sie beugte sich über den Topf und sah ihm nach. »Bis dann, in der anderen Welt!« rief er. Und kletterte ganz hinab. Unten wartete ein Ruderboot. Als er drin war, zog er an der Leiter, und die Alte begann sie einzuholen. Und in diesem Moment stürzte der Polizist herein und noch zwei weitere hinter ihm, und die alte Frau hatte gerade noch Zeit, die Strickleiter in die Suppe zu werfen. »Jetzt werden sie die arme alte Frau auf die Wache bringen«, dachte er, »und sie hat mir nur einen Gefallen getan.« Ein paar Minuten ruderte er in der Dunkelheit umher, und es war sehr heiß. Bald entledigte er sich seiner Kleidung. Eine Zeitlang konnte er die runde Öffnung des Kochtopfs sehen, wie ein Bullauge im Rumpf eines Schiffes, und die Köpfe der Polizisten, die hinunterschauten, doch dann, während er weiterruderte, wurde es immer kleiner, bis da nur noch ein Licht war. Manchmal sah er es, dann wieder verlor er es aus den Augen, und schließlich war es ganz verschwunden. Er machte sich Sorgen um die alte Frau; er überlegte, wie er ihr helfen konnte. Ein Polizist darf das Café der Zwei Brükken betreten, denn es gehört der Schwester des Sultans. Deshalb gibt es hier so viele Kifraucher, daß eine *berrada* nicht umfällt, nicht einmal, wenn man sie anstößt, und deshalb sitzen die meisten Gäste lieber draußen, und selbst da behalten sie immer eine Hand an ihrem Geldbeutel. Solange die Diebe drinnen bleiben und ihre Freunde ihnen Kif und etwas zu essen bringen, sind sie harmlos. Eines Tages wird das Polizeihauptquartier vergessen, einen Beamten zu schicken, der das Café beobachten soll, oder ein Polizist wird seinen Posten verlassen, fünf Minuten ehe ein anderer auftaucht, um ihn abzulösen. Auch draußen raucht jedermann Kif, aber nur ein bis zwei Stunden, nicht Tag und Nacht wie diejenigen im Café. Jener aus der Versammlung hatte vergessen, seine *sebsi* anzuzünden. Er saß in einem Café, das kein Polizist betreten durfte, und er wollte fortgehen, in eine Welt aus Kif, wo die Polizei ihn jagte. »So sind wir jetzt also«, dachte er. »Wir gehen rückwärts. Wenn wir etwas Gutes haben, suchen wir nach etwas Schlechtem dafür.« Er zündete die *sebsi* an und rauchte. Dann blies er die harte Aschekugel aus dem *chqaf*. Sie landete im Bach neben der zweiten Brücke. »Die Welt ist zu gut. Wir können nur vorwärtskommen, wenn wir sie zuerst wieder schlecht machen.« Das stimmte ihn traurig, daher hörte er auf zu denken und stopfte seine *sebsi*. Als er daran zog, sah Ben Tajah in seine Richtung, und obgleich sie sich gegenübersaßen, bemerkte jener aus der Versammlung Ben Tajah nicht, bis dieser aufstand und seinen Tee bezahlte. Dann betrachtete er ihn, weil er so lange brauchte, um auf die Beine zu kommen. Er sah sein Gesicht und dachte: »Dieser Mann hat niemanden auf der Welt.« Der Gedanke ließ ihn frösteln. Wieder stopfte er seine *sebsi* und zündete sie an. Er blickte dem Mann nach, als dieser das Café verließ und sich anschickte, allein die lange Straße vor der Stadtmauer hinunterzugehen. Bald mußte auch er aufbrechen und versuchen, sich in den *souks* Geld für das Abendessen zu leihen. Wenn er viel Kif geraucht hatte, mochte er seiner Tante nicht unter die Augen treten und wollte auch sie nicht sehen. »Suppe und Brot. Was kann man mehr verlangen? Ob dreißig Francs beim vierten Mal genug sind? Gestern abend war der *qahouaji* nicht zufrieden. Aber er hat sie genommen. Und er ging fort und ließ mich schlafen. Ein Moslem darf seinem Bruder ein Obdach nicht verwehren, nicht einmal in der Stadt.« Er war nicht ganz überzeugt, denn er stammte aus den Bergen, und deshalb kreisten seine Gedanken immer wieder darum. Er rauchte viele *chqofa*, und als er aufstand, um auf die Straße hinauszutreten, stellte er fest, daß die Welt sich verändert hatte.

Ben Tajah war kein reicher Mann. Er lebte allein in einem Zimmer unweit von Bab Doukkala, und er besaß einen Laden im Basar, wo er Kleiderbügel und Truhen verkaufte. Häufig blieb der Laden geschlossen, weil seine Leber ihm zu schaffen machte und er das Bett hüten mußte. An solchen Tagen klopfte er mit einem Stößel aus Messing vom Bett aus auf den Boden, und der Briefträger, der unter ihm wohnte, brachte ihm etwas zu essen. Manchmal blieb er eine ganze Woche im Bett. Jeden Morgen und jeden Abend kam der Briefträger mit einem Tablett. Das Essen war nicht gut, da die Frau des Briefträgers vom Kochen nicht viel verstand. Aber er war froh, es zu haben. Zweimal hatte er dem Briefträger eine neue Truhe geschenkt, in der er Kleider und Decken aufbewahren konnte. Eine der Frauen des Briefträgers hatte vor ein paar Jahren eine Truhe mitgenommen, als sie ihren Mann verließ und zu ihrer Familie nach Kasba Tadla zurückkehrte. Ben Tajah hatte es eine Zeitlang selbst mit einer Frau versucht, denn er brauchte jemanden, der regelmäßig für ihn kochte und seine Wäsche wusch, doch das Mädchen kam aus den Bergen und war unbändig. Wie sehr er sie auch schlug, sie wollte sich nicht zähmen lassen. Alles im Zimmer ging zu Bruch, und schließlich mußte er sie auf die Straße setzen. »Mir kommt keine Frau mehr ins Haus«, verkündete er seinen Freunden im Basar, und sie lachten. Er brachte viele Frauen mit nach Hause, und eines Tages entdeckte er, daß er *en noua* hatte. Er wußte, das war eine schlimme Krankheit, denn sie bleibt im Blut und frißt einem von innen die Nase weg. »Ein Mann verliert die Nase erst, nachdem er den Kopf verloren hat.« Er bat den Arzt um eine Medizin. Der Arzt gab ihm einen Zettel und sagte, er solle damit zur Pharmacie de l'Etoile gehen. Dort kaufte er eine Packung mit sechs Ampullen Penicillin. Er trug sie nach Hause und band die Fläschchen mit einem seidenen Faden zu einer Kette zusammen. Diese trug er stets um den Hals und achtete darauf, daß die Ampullen seine Haut berührten. Er glaubte, in der Zwischenzeit wahrscheinlich geheilt zu sein, doch sein Cousin in Fez hatte ihm gerade gesagt, daß er die Medizin noch weitere drei Monate tragen mußte oder wenigstens bis zum Beginn des Mondes Chouwal. Auf dem zweitägigen Heimweg im Bus hatte er gelegentlich darüber nachgedacht und war zu dem Schluß gekommen, daß sein Cousin übervorsichtig war. Er blieb kurz am Djemaa el Fna stehen und beobachtete die abgerichteten Affen, doch die Menge drängte so sehr, daß er weiterging. Zu Hause angekommen, verschloß er die Tür und fuhr mit der Hand in die Tasche, um den Umschlag herauszuziehen, denn er wollte ihn in seinen eigenen vier Wänden noch einmal ansehen und sich vergewissern, daß der Name, der darauf geschrieben stand, ohne jeden Zweifel der seine war. Doch der Brief war verschwunden. Er erinnerte sich an das Gedränge am Djemaa el Fna. Jemand hatte ihm in die Tasche gegriffen, den Umschlag für Geld gehalten und ihn gestohlen. Doch so recht mochte Ben Tajah nicht daran glauben. Er war überzeugt, daß er einen solchen Diebstahl bemerkt hätte. Da war ein Brief in seiner Tasche gewesen. Nicht einmal dessen war er sicher. Er setzte sich auf das Kissen. »Zwei Tage im Bus«, dachte er. »Wahrscheinlich bin ich müde. Ich habe gar keinen Brief gefunden.« Wieder durchsuchte er seine Taschen, und es kam ihm vor, als wüßte er noch genau, wie sich der gefaltete Umschlag angefühlt hatte. »Warum hätte mein Name darauf stehen sollen? Ich habe nie einen Brief gefunden.« Dann fragte er sich, ob ihn im Café jemand beobachtet hatte, mit dem Umschlag in der einen und dem Papier in der anderen Hand, wie er beides so lange angestarrt hatte. Er stand auf. Er wollte ins Café der Zwei Brücken zurückgehen und den *qahouaji* fragen: »Hast du mich vor einer Stunde gesehen? Hatte ich einen Brief in der Hand?« Wenn der *qahouaji* antwortete: »Ja!«, dann war der Brief echt. Er wiederholte die Worte laut: »Der Himmel erbebt, und die Erde fürchtet sich, und die beiden Augen sind nicht Brüder.« In der anschließenden Stille erschrak er bei der Erinnerung an den Klang der Worte. »Wenn es keinen Brief gab, woher stammen dann diese Worte?« Und er schauderte, denn die Antwort lautete: »Von Satan.« Gerade wollte er die Tür öffnen, als eine neue Angst ihn innehalten ließ. Was, wenn der *qahouaji* »Nein« sagte? Das wäre noch schlimmer, denn es bedeutete, daß ihm die Worte von Satan direkt in den Kopf gesetzt worden waren und daß Satan gerade ihn auserwählt hatte, um sich zu offenbaren. In diesem Fall konnte er ihm jeden Augenblick erscheinen. »*Ach haddou laillaha ill' Allah...*«, betete er und hielt beide Zeigefinger hoch, auf jeder Seite des Körpers einen. Er setzte sich wieder hin und verharrte regungslos. Auf der Straße schrien Kinder. Er wollte nicht hören, wie der *qahouaji* sagte: »Nein, du hattest keinen Brief.« Wenn er wüßte, daß Satan käme, um ihn in Versuchung zu führen, hätte er viel weniger Kraft, um ihn mit seinen Gebeten fernzuhalten, denn seine Furcht wäre viel größer.

Jener aus der Versammlung erhob sich. Hinter ihm war eine Wand. In seiner Hand war die *sebsi*. Über seinem Kopf war der Himmel, der, wie er fühlte, jeden Moment in hellstem Licht erstrahlen würde. Er lehnte sich zurück, um ihn zu betrachten. Auf der Erde war es dunkel, doch dort oben, hinter den Sternen, war noch Licht. Vor ihm war der Souk der Zimmerleute und das Pissoir, das die Franzosen dort aufgestellt hatten. Es hieß, nur die Juden benutzten es. Es bestand aus Blech, und in der Pfütze davor spiegelten sich der Himmel und der obere Teil des Pissoirs. Es sah aus wie ein Boot im Wasser. Oder ein Pier, an dem Boote festmachen. Ohne sich vom Fleck zu rühren, beobachtete Jener aus der Versammlung, wie es langsam näherkam. Er trieb darauf zu. Und er erinnerte sich, daß er nackt war, und bedeckte sein Geschlecht mit der Hand. Jeden Moment würde das Boot gegen den Pier stoßen. Er stemmte die Beine fester in den Boden und wartete. Doch im selben Augenblick löste sich eine große Katze aus dem Schatten der Mauer und blieb mitten auf der Straße stehen, dort wandte sie sich um und starrte ihn mit bösem Gesicht an. Er sah ihre beiden Augen, und eine Zeitlang konnte er den Blick nicht abwenden. Dann rannte die Katze über die Straße und verschwand. Er wußte nicht genau, was geschehen war, er stand ganz still und sah zu Boden. Er drehte sich zum Pissoir um, das sich in der Pfütze spiegelte, und dachte: »Es war eine Katze am Ufer, sonst nichts.« Doch die Augen der Katze hatten ihn erschreckt. Statt wie Katzenaugen zu sein, hatten sie den Augen eines Menschen geähnelt, der sich für ihn interessierte. Er zwang sich zu vergessen, daß er diesen Gedanken gehabt hatte. Er wartete noch immer darauf, daß das Ruderboot den Pier streifte, doch nichts war geschehen. Es würde da bleiben, wo es war, ganz nah am Ufer, aber nicht nah genug, um es zu berühren. Lange Zeit stand er still da und wartete, daß etwas geschah. Dann ging er plötzlich sehr schnell die Straße hinunter auf den Bazar zu. Eben war ihm eingefallen, daß die alte Frau auf der Polizeiwache war. Er wollte ihr helfen, doch zuerst mußte er herausfinden, wohin man sie gebracht hatte. »Ich werde zu jeder Polizeistation in der Medina gehen müssen«, dachte er, und er war nicht länger hungrig. Weit von der Küste war es leicht, sich vorzunehmen, ihr zu helfen; ganz anders verhielt es sich jedoch, wenn man nur ein paar Schritte vom Kommissariat entfernt war. Er kam zum Eingang. Zwei Polizisten standen in der Tür. Er ging weiter. Die Straße machte eine Kurve, und er war allein. »Diese Nacht wird ein Juwel in meiner Krone sein«, sagte er, bog rasch nach links ab und lief durch eine dunkle Passage. An ihrem Ende sah er Flammen; er wußte, daß Mustapha dort war und das Feuer der Bäckerei hütete. Er kroch in die Lehmhütte, in der der Ofen stand. »Aha, der Schakal ist aus dem Wald zurück!« sagte Mustapha. Jener aus der Versammlung schüttelte den Kopf. »Dies ist eine schlechte Welt«, sagte er zu Mustapha. »Ich habe kein Geld«, sagte Mustapha. Jener aus der Versammlung begriff nicht. »Alles geht rückwärts«, sagte er. »Sie ist schlecht, und wir müssen sie noch schlechter machen, um vorwärtszukommen.« Mustapha erkannte, daß jener aus der Versammlung *mkiyif ma rassou* war und nicht an Geld dachte. Er sah ihn etwas freundlicher an und sagte: »Zwischen Freunden gibt es keine Geheimnisse. Sprich.«

Jener aus der Versammlung erzählte, daß eine alte Frau ihm einen
großen Gefallen getan habe und drei Polizisten sie deshalb verhaf-
tet und auf die Polizeiwache gebracht hätten. »Du mußt für mich
zum Kommissariat gehen und fragen, ob sie eine alte Frau dort haben.« Er zog seine *sebsi* heraus und brauchte eine lange Zeit, um
sie zu stopfen. Als er fertig war, rauchte er und bot sie Mustapha
nicht an, weil dieser ihn ebenfalls nie von seinem Kif rauchen ließ.
»Du siehst, daß mein Kopf voller Kif ist«, sagte er und lachte. »Ich
kann nicht hingehen.« Mustapha lachte auch und sagte, das sei
keine gute Idee, und er würde gehen.

»Ich war da, und ich hörte ihn lange Zeit weggehen, so lange,
daß er fort sein mußte, und dennoch war er noch da, und seine
Schritte entfernten sich weiter. Er ging fort, und es war niemand
da. Da war das Feuer, ich rückte ein wenig davon ab. Ich wollte etwas hören, das wie der Ruf eines *muezzins* klang, *Allah akbar!*,
oder ein Flugzeug vom französischen Stützpunkt, das über die
Medina flog, oder Radionachrichten. Da war nichts. Und als der
Wind durch die Tür kam, bestand er aus Staub, mannshoch. Eine
Nacht, um von Hunden in der Mellah gejagt zu werden. Ich sah
das Feuer, und ich erkannte ein Auge darin, wie das Auge, das üb-
rigbleibt, wenn man *chibb* verbrennt und weiß, daß es einen *djinn*
im Haus gab. Ich stand auf. Das Feuer knackte wie eine Stimme.
Ich glaube, es sprach. Ich ging hinaus und die Straße entlang. Ich
ging lange Zeit, ich kam zum Bab el Khemiss. Es war dunkel dort,
und der Wind war kalt. Ich ging zur Mauer, wo die Kamele lagen,
und blieb dort stehen. Manchmal zünden die Männer Feuer an
und spielen auf ihren *aouadas*. Doch sie schliefen. Alle schnarch-
ten. Ich ging weiter bis zum Tor und schaute hinaus. Die großen
Lastwagen fuhren vorbei, beladen mit Gemüse, und ich dachte, ich
wäre gern auf einem Laster und führe die ganze Nacht lang. Und
in einer anderen Stadt würde ich dann Soldat und ginge nach Alge-
rien. Alles wäre gut, wenn wir einen Krieg hätten. Ich dachte lange
nach. Dann wurde mir so kalt, daß ich mich umdrehte und wieder
zu gehen begann. Es war so kalt wie im Magen der ältesten Ziege
von Ijoukak. Ich glaubte, einen *muezzin* zu hören, ich blieb stehen
und lauschte. Das einzige, was ich gehört hatte, war das Wasser,
das durch die *seguia* hinaus zu den Gärten fließt. Es war unweit

des *mçid* von Moulay Boujemaa. Ich hörte das Wasser vorbeifließen, und mir war kalt. Dann merkte ich, daß mir kalt war, weil ich Angst hatte. Ich dachte bei mir: ›Wenn etwas geschähe, was noch nie zuvor geschehen ist – was würde ich tun?‹ Du lachst? Haschisch in einem Herzen und Wind in deinem Kopf. Du glaubst, es ist wie der Gebetsteppich deiner Großmutter. Das ist die Wahrheit. Es ist kein Traum aus einer anderen Welt, am Zoll vorbeigeschmuggelt wie eine Teekanne aus Mekka. Ich hörte das Wasser, und ich erschrak. Weiter vorn am Pfad standen ein paar Bäume. Du weißt, manchmal ist es gut, nachts die *sebsi* herauszuholen und zu rauchen. Ich rauchte und machte mich auf den Weg. Und dann hörte ich etwas. Keinen *muezzin*. Etwas, das wie mein Name klang. Aber es kam von unten, aus der *seguia, Allah istir!* Und ich ging mit gesenktem Haupt. Wieder hörte ich es meinen Namen aussprechen, eine Stimme wie Wasser, wie der Wind, der die Blätter in den Bäumen bewegt, eine Frau. Es war eine Frau, die mich rief. Der Wind war in den Bäumen, und das Wasser rann, aber da war auch eine Frau. Du glaubst, es ist der Kif. Nein, sie rief meinen Namen. Von Zeit zu Zeit, nicht sehr laut. Als ich unter den Bäumen war, klang sie lauter, und ich hörte, daß es die Stimme meiner Mutter war. Ich hörte sie so, wie ich dich höre. Da wußte ich, daß die Katze keine Katze war und daß Aïcha Qandicha nach mir verlangte. Ich dachte an andere Nächte, in denen sie mich vielleicht aus den Augen einer Katze oder eines Esels beobachtet hatte. Ich wußte, sie würde mich nicht kriegen. Nichts in den sieben Himmeln konnte mich dazu bewegen zurückzuschauen. Doch ich fror und hatte Angst, und wenn ich mit der Zunge über die Lippen fuhr, hatte sie keinen Speichel. Ich stand unter den *safsaf*-Bäumen und dachte: ›Sie wird heruntergreifen und versuchen, mich zu berühren. Aber von vorn kann sie mich nicht berühren, und ich werde mich nicht umdrehen, nicht einmal, wenn ich eine Pistole höre.‹ Ich dachte daran, wie der Polizist auf mich geschossen hatte und ich die offene Tür fand. Ich fing an zu schreien: ›Du hast mir die Leiter zugeworfen und gesagt, ich soll hinunterklettern. Du hast mich hierher gebracht! Die dreckigste, vor Eiter stinkende Hure der Mellah ist tausendmal reiner als du, Tochter aller Padronas und Hunde in sieben Welten.‹ Ich ließ die Bäume hinter mir und fing an zu laufen. Ich rief mit zum Himmel erhobenem Kopf, damit sie meine Stimme hören konnte: ›Ich hoffe, die Polizei steckt dir einen Schlauch in den Mund und pumpt dich so lange voll Salzwasser, bis du platzt!‹ Ich dachte: ›Morgen werde ich *fasoukh* und *tib* und *nidd* und *hasalouba* und *mska* und alles *bakhour* am Djemaa aufkaufen, und ich werde es in den *mijmah* legen und verbrennen und zehn Mal langsam über den *mijmah* steigen, damit der Rauch meine Gewänder reinigt. Dann werde ich nachsehen, ob ich ein Auge in der Asche finde. Wenn ja, werde ich die ganze Prozedur sofort wiederholen. Und jeden Donnerstag werde ich *bakhour* kaufen und es jeden Freitag verbrennen. Das wird stark genug sein, um sie fernzuhalten.‹ Wenn ich nur ein Fenster finden und hineinblicken könnte, um zu sehen, was sie mit der Frau anstellen. Wenn sie die Alte doch töten könnten! Ich lief weiter. Nur wenige Menschen waren auf der Straße. Ich achtete nicht darauf, wohin ich lief, doch ich kam in die Straße unweit von Mustaphas Ofen, wo die Polizeiwache war. Noch bevor ich den Eingang erreichte, hörte ich auf zu laufen. Derjenige, der da stand, hatte mich schon gesehen. Er trat auf die Straße und hob den Arm. Er sagte: ›Komm her.‹«

Jener aus der Versammlung rannte. Er hatte das Gefühl, auf einem Pferd zu sitzen. Er merkte nicht, wie sich seine Beine bewegten. Er sah, wie die Straße auf ihn zukam und die Türen vorbeiflogen. Der Polizist hatte noch nicht auf ihn geschossen, aber es war schlimmer als das Mal davor, denn er war dicht hinter ihm und blies auf seiner Trillerpfeife. »Der Polizist ist alt. Mindestens fünfunddreißig. Ich kann schneller laufen.« Doch aus jeder Straße konnten andere kommen. Es war gefährlich, und er wollte nicht an Gefahren denken. Jener aus der Versammlung füllte seinen Kopf mit Liedern. Wenn es im Tal von Zerekten regnet, verdunkeln sich die Amethyste in Aguelmous. Das Auge will schlafen, doch der Kopf ist kein Kissen. Es war ein Lied. Ah, mein Bruder, Tinte auf Papier ist wie Rauch in der Luft. Mit welchen Worten ließe sich beschreiben, wie lang eine Nacht sein kann? Trunken vor Liebe wandere ich durchs Dunkel. Er lief durch das Färberviertel, und er platschte in eine Pfütze. Wieder erklang hinter ihm die Trillerpfeife, wie der Schrei eines wahnsinnig gewordenen Vogels. Der

Pfiff brachte ihn zum Lachen, doch das bedeutete nicht, daß er keine Angst hatte. Er dachte: »Wenn ich siebzehn bin, kann ich schneller laufen. Das muß stimmen.« Vor ihm war es sehr dunkel. Er mußte langsamer laufen. Seine Augen hatten keine Zeit, sich an die Dunkelheit zu gewöhnen. Fast wäre er gegen die Mauer des Ladens am Ende der Straße geprallt. Er bog rechts ab und sah die schmale Gasse vor sich. Die Polizei hatte die alte Frau auf einen Tisch gebunden, nackt, mit gespreizten dünnen Beinen, und führte Elektroden in sie ein. Er lief weiter. Jetzt konnte er den Verlauf der Gasse sogar im Dunkeln erkennen. Plötzlich hörte er auf zu laufen, ging zur Mauer und blieb dort reglos stehen. Er hörte, wie sich die Schritte verlangsamten. »Er wird nach links abbiegen.« Und er flüsterte laut: »So endet es.« Die Schritte erstarben, es war still. Der Polizist spähte in die Stille und horchte in die Dunkelheit links und rechts. Jener aus der Versammlung konnte ihn weder sehen noch hören, doch er wußte, was er tat. Er rührte sich nicht. Wenn es im Tal von Zerekten regnet. Eine Hand packte ihn an der Schulter. Er öffnete den Mund und wandte sich hastig um, doch der Mann hatte sich bewegt und stieß ihn in die Seite. Er spürte die Wolle seiner Dschellaba auf dem Handrücken. Er war durch eine Tür gegangen, und der Mann hatte sie geräuschlos geschlossen. Jetzt standen beide im Dunkeln; sie hörten, wie draußen der Polizist vorbeieilte. Dann zündete der Mann ein Streichholz an. Er blickte in die andere Richtung, und da war eine Treppe vor ihm. Der Mann drehte sich nicht um, sondern sagte: »Komm mit«, und beide gingen die Treppe hinauf. Oben holte der Mann einen Schlüssel aus der Tasche und schloß auf. Jener aus der Versammlung blieb im Türrahmen stehen, während der Mann eine Kerze anzündete. Der Raum gefiel ihm; es gab viele Polster und Kissen und ein weißes Schafsfell unter dem Teetablett in einer Ecke des Zimmers. Der Mann wandte sich um und sagte: »Nimm Platz.« Sein Gesicht war ernst und freundlich und etwas unglücklich. Jener aus der Versammlung hatte ihn noch nie gesehen, doch er wußte, daß es nicht das Gesicht eines Polizisten war. Jener aus der Versammlung zog seine *sebsi* hervor.

Ben Tajah sah den Jungen an und fragte: »Was hast du gemeint, als du sagtest: ›So endet es‹? Ich hörte, wie du es sagtest.« Der

Junge war verlegen. Er lächelte und schaute zu Boden. Ben Tajah war froh, daß er da war. Er hatte lange Zeit im Dunkeln draußen vor der Tür gestanden und mit aller Macht versucht, ins Café der Zwei Brücken zu gehen, um mit dem *qahouaji* zu sprechen. Im Geiste war es fast so, als wäre er dagewesen und hätte mit ihm gesprochen. Er hatte den *qahouaji* sagen hören, daß er keinen Brief gesehen hatte, und Enttäuschung verspürt. Er hatte es nicht glauben wollen, doch er wäre bereit zu sagen, ja, ich habe mich geirrt, es hat gar keinen Brief gegeben, wenn er nur herausfinden könnte, woher die Worte stammten. Denn die Worte waren zweifellos in seinem Kopf: ». . . und die beiden Augen sind nicht Brüder.« Das war wie eine Spur, die man am Morgen nach einem Alptraum im Garten findet, der Beweis, daß es einen Grund für den Traum gab, daß tatsächlich etwas dagewesen war. Ben Tajah war außerstande gewesen, zu gehen oder zu bleiben. Er war so oft losgegangen und dann wieder stehengeblieben, daß er nun, ohne es zu wissen, sehr müde war. Wenn ein Mann müde ist, verwechselt er die Hoffnungen der Kinder mit dem Wissen erwachsener Männer. Ihm war, als hätten die Worte des anderen eine Bedeutung gehabt, die nur ihm galt. Auch wenn der Junge es vielleicht nicht wußte, könnte er von Allah gesandt worden sein, um ihm in diesem Augenblick zu helfen. In einer nahegelegenen Straße hörte man die Trillerpfeife des Polizisten. Der Junge sah ihn an. Ben Tajah war es nicht besonders wichtig, wie die Antwort ausfallen würde, trotzdem fragte er: »Warum suchen sie dich?« Der Junge hob die brennende *sebsi* und seinen mit Kif prall gefüllten *mottoui*. Er wollte nicht sprechen, denn er lauschte. Ben Tajah rauchte nur Kif, wenn ein Freund ihm welchen anbot, doch er begriff, daß die Polizei wieder einmal versuchte, ihr Gesetz gegen Kif durchzusetzen. Jedes Jahr verhaftete sie ein paar Wochen lang Leute und hörte dann plötzlich wieder damit auf. Er sah den Jungen an und kam zu dem Schluß, daß er wahrscheinlich zuviel rauchte. Mit der *sebsi* in der Hand saß er sehr still da und horchte auf die Stimmen einiger Passanten unten auf der Straße. »Ich weiß, wer er ist«, sagte einer. »Mustapha hat mir seinen Namen verraten.« – »Der Bäcker?« – »Genau der.« Sie gingen weiter. Der Ausdruck des Jungen war so angespannt, daß Ben Tajah zu ihm sagte: »Es ist niemand. Nur irgendwelche

Leute.« Er war froh, denn er hatte die Gewißheit, daß Satan ihm nicht erscheinen würde, solange der Junge bei ihm war. Ruhig sagte er: »Du hast mir immer noch nicht erzählt, warum du sagtest: ›So endet es‹.« Der Junge stopfte langsam seine *sebsi* und rauchte sie. »Ich meinte«, sagte er, »Allah sei Dank. Preiset den Himmel und die Erde, wo sie hell ist. Was sonst kann man meinen, wenn etwas endet?« Ben Tajah nickte. Fromme Gedanken können ebenso helfen, Satan auf Distanz zu halten, wie Kampfer oder *bakhour*, das man auf heiße Kohlen streut. Jedes heilige Wort ist soviel wert wie eine hohe Rauchsäule, und die Augenlider brennen danach nicht. »Er hat ein gutes Herz«, dachte Ben Tajah, »auch wenn er wahrscheinlich als Führer für die Ungläubigen arbeitet.« Und er fragte sich, warum es nicht möglich sein sollte, daß der Junge geschickt worden war, um ihn vor Satan zu beschützen. Der Junge reichte ihm die *sebsi*. Er nahm sie und rauchte. Dann dachte Ben Tajah, daß er gern zum Café der Zwei Brücken gehen würde, um mit dem *qahouaji* über den Brief zu sprechen. Er hatte das Gefühl, wenn der Junge ihn begleitete, würde der *qahouaji* vielleicht sagen, daß es einen Brief gegeben hatte, und selbst wenn der Mann sich nicht erinnern könnte, würde es ihm nicht so viel ausmachen, denn er hätte weniger Angst. Er wartete, bis er glaubte, der Junge habe seine Scheu vor der Straße überwunden, und sagte dann: »Gehen wir hinaus und trinken einen Tee.« – »Gut«, sagte der Junge. Wenn Ben Tajah bei ihm war, hatte er keine Angst vor der Polizei. Sie gingen durch die leeren Straßen und durchquerten den Djemaa el Fna und den Garten dahinter. Als sie in der Nähe des Cafés waren, sagte Ben Tajah zu dem Jungen: »Kennst du das Café der Zwei Brücken?« Der Junge sagte, er sei immer dort, und Ben Tajah war nicht überrascht. Ihm war, als hätte er ihn dort schon einmal gesehen. Er nahm den Jungen am Arm. »Warst du heute dort?« fragte er. »Ja«, antwortete der Junge und sah ihn an. Ben Tajah ließ seinen Arm los. »Nichts«, sagte er. »Hast du mich je dort gesehen?« Sie hatten das Tor des Cafés erreicht, und Ben Tajah blieb stehen. »Nein«, sagte der Junge. Sie gingen über die erste, dann über die zweite Brücke und setzten sich in eine Ecke. Nur wenige Gäste saßen noch draußen. Diejenigen im Inneren veranstalteten einen Riesenlärm. Der *qahouaji* brachte den Tee und ging wieder fort. Ben Tajah sprach ihn nicht auf den Brief an. Er wollte in Ruhe Tee trinken und die Probleme auf später verschieben.

Als der *muezzin* vom Minarett der Koutoubia rief, meinte Jener aus der Versammlung, im Agdal zu sein. Die großen Berge erhoben sich vor ihm und rechts und links von ihm standen Reihen von Olivenbäumen. Dann hörte er Wasser plätschern, und er erinnerte sich an die *seguia*, die es im Agdal gibt. Hastig kehrte er ins Café der Zwei Brücken zurück. Aïcha Qandicha darf sich nur an Orten aufhalten, wo es Bäume und fließendes Wasser gibt. »Sie erscheint alleinstehenden Männern an Bäumen bei frischem, fließendem Wasser. Ihre Arme sind aus Gold, und sie ruft mit der Stimme desjenigen, den man am meisten liebt.« Ben Tajah reichte ihm die *sebsi*. Er stopfte sie neu und rauchte. »Wenn ein Mann ihr Gesicht sieht, wird er nie wieder ein anderes Frauengesicht ansehen. Er wird sie die ganze Nacht lieben, jede Nacht, und bei Tage an den Mauern, vor den Augen der Kinder. Bald wird er einer hohlen Schale gleichen, und er wird diese Welt verlassen und heimkehren nach Jehennem.« Der letzte Wagen kam vorbei; er brachte die letzten Touristen über die Straße an der Stadtmauer zu ihren Zimmern im Mamounia. Jener aus der Versammlung dachte: »Das Auge will schlafen. Aber dieser Mann ist allein auf der Welt. Er will die ganze Nacht reden. Er will mir von seiner Frau erzählen und wie er sie geschlagen und sie alles im Zimmer zerbrochen hat. Wozu will ich das alles wissen? Er ist ein guter Mensch, aber er hat keinen Verstand.« Ben Tajah war traurig. Er sagte: »Was habe ich getan? Warum hat Satan mich auserwählt?« Schließlich erzählte er dem Jungen von dem Brief; wie er sich gewundert hatte, daß sein Name auf dem Umschlag stand, und wie er nicht einmal sicher war, ob es überhaupt einen Brief gegeben hat. Als er fertig war, sah er den Jungen traurig an. »Und du hast mich nicht gesehen.« Jener aus der Versammlung schloß die Augen und blieb eine Zeitlang so sitzen. Als er die Augen aufschlug, sagte er: »Bist du allein auf der Welt?« Ben Tajah starrte ihn an und sagte nichts. Der Junge lachte: »Ich habe dich gesehen«, sagte er, »aber du hattest keinen Brief. Ich sah dich, als du aufstandest, und ich dachte, du wärest alt. Dann erkannte ich, daß du nicht alt bist. Das ist alles, was ich sah.« – »Nein, das stimmt nicht«, erwiderte Ben Tajah. »Du hast gesehen, daß ich allein war.« Jener aus der Versammlung zuckte die Achseln. »Wer weiß?« Er stopfte dabei die *sebsi* und reichte sie Ben Tajah. Der Kif war in Ben Tajahs Kopf. Seine Augen waren klein. Jener aus der Versammlung lauschte dem Wind in den Telephondrähten, nahm die *sebsi* zurück und stopfte sie erneut. Dann sagte er: »Du glaubst, Satan kommt, um dir Ärger zu machen, weil du allein auf der Welt bist. Das sehe ich. Nimm dir eine Frau oder irgend jemanden, der immer bei dir ist, und du wirst nicht mehr daran denken. Das ist wahr. Denn Satan erscheint Männern wie dir nicht.« Jener aus der Versammlung glaubte dies selbst nicht. Er wußte, daß Vater Satan jedem auf der Welt erscheinen kann, aber er hoffte, bei Ben Tajah leben zu können, so daß er nicht länger in den *souks* Geld leihen mußte, um etwas zu essen zu kaufen. Ben Tajah trank von seinem Tee. Er wollte nicht, daß der Junge sein glückliches Gesicht sah. Er spürte, daß der Junge recht hatte und daß es nie einen Brief gegeben hatte. »Zwei Tage in einem Bus sind eine lange Zeit. Ein Mann kann sehr müde werden«, sagte er. Dann rief er den *qahouaji* und wies ihn an, noch zwei Gläser Tee zu bringen. Jener aus der Versammlung reichte ihm die *sebsi*. Er wußte, daß Ben Tajah so lange wie möglich im Café der Zwei Brücken bleiben wollte. Er steckte einen Finger in den *mouttoui*. Der Kif war fast alle. »Wir können reden«, sagte er. »Es ist kaum noch Kif im *mouttoui*.« Der *qahouaji* brachte den Tee. Sie unterhielten sich eine Stunde oder länger. Der *qahouaji* schlief und schnarchte. Sie sprachen über Satan und wie schlimm es ist, allein zu leben, im Dunkeln aufzuwachen und zu wissen, daß niemand in der Nähe ist. Mehrmals sagte jener aus der Versammlung, Ben Tajah solle sich keine Sorgen machen. Der Kif war zu Ende. Er hielt den leeren *mouttoui* in der Hand. Er verstand nicht, wie er wieder in die Stadt gelangt war, ohne aus dem Suppentopf geklettert zu sein. Einmal sagte er zu Ben Tajah: »Ich bin nie herausgeklettert.« Ben Tajah sah ihn an und sagte, er verstehe nicht. Jener aus der Versammlung erzählte ihm die Geschichte. Ben Tajah lachte. Er sagte: »Du rauchst zuviel Kif, Bruder.« Jener aus der Versammlung steckte seine *sebsi* in die Tasche. »Und du rauchst nicht und hast Angst vor Satan«, erwiderte er. »Nein!«

rief Ben Tajah aus. »Bei Allah! Jetzt nicht mehr! Aber eins will mir nicht aus dem Kopf: Der Himmel erbebt, und die Erde fürchtet sich, und die beiden Augen sind nicht Brüder. Hast du jemals diese Worte gehört? Woher stammen sie?« Ben Tajah sah den Jungen eindringlich an. Jener aus der Versammlung begriff, daß dies die Worte in dem Brief gewesen waren, und er spürte, wie ihm ein kalter Schauer über den Rücken lief, weil er sie noch nie zuvor gehört hatte und sie Böses zu verheißen schienen. Er wußte aber auch, daß er Ben Tajah das nicht zeigen durfte. Er fing an zu lachen. Ben Tajah packte sein Knie und schüttelte es. Sein Gesicht war bekümmert. »Hast du sie jemals gehört?« Jener aus der Versammlung lachte weiter. Ben Tajah schüttelte sein Bein so stark, daß der andere innehielt und sagte: »Ja!« Als Ben Tajah wartete und er nichts sagte, merkte er, daß das Gesicht des Mannes ärgerlich wurde, und deshalb sagte er: »Ja, ich habe sie schon einmal gehört. Doch willst du mir verraten, was mit mir geschah und wie ich aus dem Suppentopf gelangte, wenn ich dir von diesen Worten erzähle?« Ben Tajah begriff, daß der Kif den Kopf des Jungen verließ. Doch er sah, daß er noch nicht ganz verschwunden war, sonst hätte er diese Frage nicht gestellt. Und er sagte: »Warte eine Weile auf die Antwort.« Jener aus der Versammlung weckte den *qahouaji,* und Ben Tajah bezahlte, dann verließen sie das Café. Sie sprachen nicht beim Gehen. Als sie zur Mouassine-Moschee kamen, streckte Ben Tajah die Hand aus, um sich zu verabschieden, doch Jener aus der Versammlung sagte: »Ich suche im Geiste nach dem Ort, an dem ich deine Worte gehört habe. Ich begleite dich noch bis zu deiner Tür. Vielleicht fällt er mir unterwegs ein.« Ben Tajah antwortete: »Möge Allah dir helfen, ihn zu finden.« Er nahm ihn beim Arm, und sie gingen zu Ben Tajahs Haus, während Jener aus der Versammlung schwieg. Sie standen im Dunkeln vor der Tür. »Ist er dir eingefallen?« fragte Ben Tajah. »Beinahe«, antwortete Jener aus der Versammlung. Ben Tajah dachte, daß der Junge ihm mehr über die Worte erzählen könnte, wenn der Kif aus seinem Kopf verschwunden war. Er wollte wissen, in welchem Zustand sein Kopf war, und deshalb sagte er: »Interessiert dich noch, wie du aus dem Suppentopf herausgekommen bist?« Jener aus der Versammlung lachte. »Du hast gesagt, du würdest es mir später erzählen.« –

»Das werde ich«, antwortete Ben Tajah. »Komm mit nach oben.
Da wir ohnehin warten müssen, können wir uns setzen.« Ben Tajah schloß die Tür auf, und sie gingen hinauf. Diesmal setzte sich
Jener aus der Versammlung auf Tajahs Bett. Er gähnte und
streckte sich. Es war ein gutes Bett. Er war froh, daß es nicht die
Matte am Bambuszaun beim Café der Zwei Brücken war. »Also,
erzähl mir, wie ich aus dem Suppentopf herausgekommen bin«,
sagte er lachend. Ben Tajah entgegnete: »Du fragst mich immer
noch? Hast du an die Worte gedacht?« – »Ich kenne die Worte«,
sagte der Junge. »Der Himmel erbebt...« Ben Tajah wollte nicht,
daß er sie wiederholte. »Wo hast du sie gehört? Was bedeuten sie?
Das will ich wissen.« Der Junge schüttelte den Kopf. Dann setzte
er sich sehr gerade hin und sah an Ben Tajah vorbei, durch die
Wände des Zimmers, über die Straßen der Medina und die Gärten
hinaus auf die Berge, wo die Menschen Tachelhait sprechen. Er erinnerte sich, wie er ein kleiner Junge gewesen war. »Diese Nacht
ist ein Juwel in meiner Krone«, dachte er. »Es ging so.« Und er
stimmte ein Lied an und dachte sich eine Melodie zu den Worten
aus, die Ben Tajah ihm genannt hatte. Als er zu der Stelle »...und
die beiden Augen sind nicht Brüder« kam, erfand er noch ein paar
eigene Worte hinzu und hörte dann auf zu singen. »Das ist alles,
was ich von dem Lied behalten habe«, sagte er. Ben Tajah klatschte
laut in die Hände. »Ein Lied!« rief er. »Ich muß es im Radio gehört
haben.« Jener aus der Versammlung zuckte die Achseln. »Sie spielen es ab und zu«, sagte er. Und dachte: »Ich habe ihn glücklich gemacht. Aber ich werde ihn nie wieder belügen. Das war das einzige
Mal. Was ich jetzt tue, ist nicht dasselbe wie lügen.« Er stand auf
und ging zum Fenster. Die *muezzins* riefen den *fjer*. »Es ist beinahe hell«, sagte er zu Ben Tajah. »Ich habe noch Kif im Kopf.«
Ben Tajah antwortete: »Setz dich.« Er war jetzt sicher, daß es keinen Brief gegeben hatte. Jener aus der Versammlung legte seine
Dschellaba ab und streckte sich auf dem Bett aus. Ben Tajah sah
ihn erstaunt an. Dann zog er sich aus und legte sich neben ihn. Die
Kerze, die vor dem Bett auf dem Boden stand, ließ er brennen. Er
wollte wach bleiben, doch dann schlief er ein, denn er war das Kifrauchen nicht gewohnt, und der Kif war in seinem Kopf. Jener aus
der Versammlung glaubte nicht, daß er schlief. Lange Zeit lag er

regungslos wach. Er horchte auf die Stimmen der *muezzins,* und erwartete, daß der Mann neben ihm etwas sagen oder sich bewegen würde. Als er sah, daß Ben Tajah fest eingeschlafen war, wurde er böse. »So behandelt er einen Freund, der ihn glücklich gemacht hat. Er vergißt seinen Kummer und den Freund dazu.« Je mehr er darüber nachdachte, um so wütender wurde er. Die *muezzins* riefen noch immer den *fjer.* »Bevor sie verstummen, oder er wird etwas hören.« Sehr langsam stand er auf. Er schlüpfte in seine Dschellaba und öffnete die Tür. Dann kam er zurück und nahm Ben Tajah alles Geld aus den Taschen. Zwischen den Banknoten fand er einen gefalteten Umschlag. Ben Tajahs Name stand darauf. Er zog das Blatt Papier heraus und hielt es ins Licht der Kerze, und dann starrte er es an, als hätte er eine Schlange vor sich. Da standen die Worte. Ben Tajah lag mit dem Gesicht zur Wand und schnarchte. Jener aus der Versammlung hielt den Zettel über die Flamme und verbrannte ihn, und dann verbrannte er den Umschlag. Die schwarze Asche blies er über den Boden. Geräuschlos lief er die Treppe hinunter und trat hinaus auf die Straße. Er zog die Tür zu. Das Geld steckte in seiner Tasche, und er ging raschen Schrittes zum Haus seiner Tante. Seine Tante wachte auf und war eine Weile böse. Schließlich sagte er: »Es hat geregnet. Wie hätte ich nach Hause kommen sollen? Laß mich schlafen.« Er hatte ein wenig Kif unter seinem Kopfkissen versteckt. Er rauchte eine Pfeife. Dann sah er durch seinen Schlaf hindurch auf den Morgen und dachte: »Eine Pfeife Kif vor dem Frühstück verleiht einem Mann die Macht von hundert Kamelen im Hof.«

Tanger, 1961

In Beni Midar gibt es eine Kaserne. Sie besteht aus vielen Reihen von kleinen, weißgekalkten Gebäuden und liegt, umgeben von großen Felsen, am Hang eines Berges hinter der Stadt. Ein friedlicher Ort, wenn der Wind nicht bläst. Ein paar Spanier leben noch in den Häusern an der Straße. Ihnen gehören die Läden. Doch die Menschen in der Stadt sind nun Moslems, Bergbewohner mit Ziegen und Schafen oder Soldaten aus dem *cuartel* auf der Suche nach Wein. Die Spanier verkaufen Wein an Männer, die sie kennen. Ein Jude dort verkauft ihn beinahe an jedermann. Aber nie gibt es in der Stadt genug Wein für alle, die danach fragen. Beni Midar besitzt nur eine Straße: Sie kommt aus den Bergen herunter, windet sich eine Zeitlang wie eine Schlange zwischen den Häusern hindurch und führt dann wieder in die Berge hinauf. Sonntag ist ein schlechter Tag. Es ist die einzige Zeit, in der die Soldaten Ausgang haben und den ganzen Tag zwischen den Geschäften und Häusern auf und ab spazieren können. Einige Spanier in schwarzen Kleidern gehen zur Kirche, während die Rhmara zur selben Stunde auf ihren Eseln aus dem *souk* reiten. Später kommen die Spanier aus der Kirche und gehen nach Hause. Weiter tut sich nichts, denn alle Geschäfte sind geschlossen. Für die Soldaten gibt es nichts zu kaufen.

Driss war seit acht Monaten in Beni Midar stationiert. Da der Cabran seiner Einheit in Tetuan sein Nachbar gewesen war, ging es ihm nicht schlecht. Der Cabran hatte einen Freund mit einem Motorrad. Einmal im Monat fuhren sie zusammen nach Tetuan. Dort besuchte der Cabran die Schwester von Driss, die ein großes Bündel mit Lebensmitteln zusammenpackte, das sie ihm mitgab. Sie schickte Driss Hühner und Kuchen, Zigaretten und Wein und stets viele hartgekochte Eier. Er teilte die Eier mit zwei oder drei Freunden und hatte nichts dagegen, in Beni Midar zu sein.

Nicht einmal die Bordelle waren am Sonntag geöffnet. Es war der Tag, an dem jedermann von einem Ende der Stadt zum anderen und wieder zurück promenierte, unzählige Male hintereinander. Manchmal begleitete Driss seine Freunde. Meist aber nahm er sein Gewehr und ging hinunter ins Tal, um Hasen zu jagen. Wenn er bei Einbruch der Dämmerung zurückkehrte, machte er in einem kleinen Café am Rand der Stadt halt, trank ein Glas Tee und rauchte ein paar Pfeifen Kif. Wenn es nicht das einzige Café der Stadt gewesen wäre, hätte er es niemals betreten. Schändliche Dinge geschahen dort. Mehrmals hatte er beobachtet, wie Männer aus den Bergen von ihren Matten aufstanden und Tänze veranstalteten, nach denen Blut auf dem Boden zurückblieb. Diese Männer waren Jilala, und niemand dachte daran, sie zu hindern, nicht einmal Driss. Sie tanzten nicht, weil sie tanzen wollten, und das war es, was ihn ärgerte und beschämte. Ihm schwebte eine Welt vor, in der es einem Mann freisteht zu tanzen oder nicht zu tanzen, ganz wie es ihm gefällt. Ein Jilali aber kann nur tun, was die Musik von ihm verlangt. Wenn die Musiker, andere Jilala, eine Musik spielen, welche die Macht dazu besitzt, fallen ihm die Augen zu, und er stürzt zu Boden. Und die Musiker stimmen nicht eher jene Klänge an, die ihn in die Welt zurückbringen, bis der Mann die Prüfung bestanden und sein eigenes Blut getrunken hat. Man sollte etwas dagegen tun, sagte Driss zu den anderen Soldaten, die mit ihm in das Café gingen, und alle stimmten zu.

Er hatte darüber mit seinem Cabran im Park gesprochen. Der Cabran sagte, wenn alle Kinder vom Land Tag für Tag zur Schule gingen, gäbe es keine *djenoun*. Die Frauen könnten ihre Männer nicht mehr verhexen. Und die Jilala und die Hamatcha und alle anderen verstümmelten sich nicht länger Arme, Beine und Brust. Driss dachte lange darüber nach. Er war froh zu hören, daß die Regierung von diesen üblen Zuständen wußte. »Wenn sie es aber wissen«, dachte er, »warum tun sie nicht jetzt etwas dagegen? Bis sie es geschafft haben, daß alle Kinder zur Schule gehen, liege ich längst neben Sidi Ali el Mandri.« Er dachte an den Friedhof beim Bab Sebta in Tetuan. Als er den Cabran wieder traf, sagte er: »Wenn sie etwas dagegen tun können, sollten sie es jetzt tun.« Der Cabran schien nicht interessiert. »Ja«, antwortete er.

Als Driss Ausgang bekam, fuhr er nach Hause und erzählte seinem Vater, was der Cabran gesagt hatte. »Willst du damit sagen, daß die Regierung glaubt, alle bösen Geister vernichten zu können?« rief sein Vater.

»So ist es. Das kann sie«, sagte Driss. »Und sie wird es tun.«

Sein Vater war alt und brachte den jungen Männern, die jetzt die Regierung bildeten, kein Vertrauen entgegen. »Das ist unmöglich«, entgegnete er. »Man sollte sie in Ruhe lassen. Man darf sie nicht stören unter ihren Steinen. Auch früher sind die Kinder zur Schule gegangen, und wie oft haben die *djenoun* ihnen Schaden zugefügt? Aber wenn die Regierung sich mit ihnen anlegt, wirst du sehen, was passiert. Sie werden als erstes auf die Kinder losgehen.«

Driss hatte erwartet, daß sein Vater so sprechen würde, doch als er die Worte hörte, schämte er sich. Er antwortete nicht. Einige seiner Freunde hatten keine Ehrfurcht vor Gott. Sie aßen am Ramadan und widersprachen ihren Vätern. Er war froh, nicht wie sie zu sein. Trotzdem hatte er das Gefühl, daß sein Vater unrecht hatte.

An einem heißen Sonntag im Sommer, der Himmel war tiefblau, lag Driss noch spät im Bett. Die Männer, die im selben Raum schliefen wie er, waren ausgegangen. Er hörte Radio. »An einem solchen Tag wäre es sehr schön im Tal«, überlegte er. Er sah sich in einem der großen Tümpel schwimmen, und er dachte an die heiße Sonne auf dem Rücken danach. Er stand auf, um nach seinem Gewehr zu sehen. Noch ehe er es herausholte, sagte er: »*Yah latif!*«, denn er erinnerte sich, daß er nur noch eine Patrone übrig hatte, und es war Sonntag. Er warf die Spindtür zu und legte sich wieder aufs Bett. Das Radio brachte Nachrichten. Er setzte sich auf, spuckte so weit er konnte und stellte es ab. In der Stille hörte er viele Vögel, die im *safsaf*-Baum vor dem Fenster sangen. Er kratzte sich am Kopf. Schließlich stand er auf und kleidete sich an. Im Hof sah er Medhi, der auf die Treppe zuging. Mehdi war auf dem Weg zum Wachtposten im Schilderhaus vor dem Haupttor.

»*Khaï!* Was sagst du zu vier Rial?«

Mehdi sah ihn an. »Ist das die Nummer sechzig, drei, einundfünfzig?« Das war der Name eines ägyptischen Songs, der fast jeden Tag im Radio gespielt wurde. Der Song endete mit dem Wort »nichts«. Nichts, nichts, unablässig wiederholt.

Warum nicht? Als sie nebeneinander hergingen, drängte sich Driss so nahe an Mehdi heran, daß sich ihre Schenkel berührten.

»Es kostet zehn, *khoya.*«

»Mit allen Patronen?«

»Soll ich es etwa aufmachen und dir hier zeigen?« Mehdis Stimme klang ärgerlich. Er stieß die Worte aus dem Mundwinkel hervor.

Driss sagte nichts. Sie stiegen die Treppe hinauf. Mehdi ging schnell. »Um sieben Uhr brauche ich es zurück«, sagte er. »Willst du es?«

Driss sah im Geist den langen Tag in der leeren Stadt vor sich. »Ja«, sagte er. »Warte.« Er lief ins Zimmer zurück, schloß den Spind auf und holte sein Gewehr heraus. Von dem Regalbrett nahm er die Pfeife, den Kif und einen Brotlaib herunter. Er steckte den Kopf durch die Tür. Im Hof war niemand außer Mehdi, der am anderen Ende auf der Mauer saß. Mit dem alten Gewehr in der Hand rannte er zu Mehdi hinüber. Mehdi nahm es und stieg die Treppe hinunter; sein eigenes Gewehr ließ er auf der Mauer liegen. Driss griff danach, wartete einen Augenblick und folgte ihm. Als er am Schilderhaus vorbeikam, hörte er Mehdis Stimme leise sagen: »Ich brauche die zehn um sieben, *khoya!*«

Driss grunzte. Er wußte, wie dunkel es dort drinnen war. Kein Offizier würde an einem Sonntag seine Nase hineinstecken. Zehn Rial, dachte er, und ohne jedes Risiko. Er sah sich nach den Ziegen zwischen den Felsen um. Die Sonne war heiß, doch die Luft duftete süß, und er war glücklich, als er den Berghang hinunterging. Er zog den Schirm seiner Mütze tiefer über die Augen und fing an, vor sich hinzupfeifen. Bald kam er unterhalb der Stadt, auf der anderen Seite des Tals heraus. Er konnte die Menschen erkennen, die im Park oberhalb der Klippen auf den Bänken saßen, klein, aber deutlich und schwarz. Es waren Spanier, und sie warteten darauf, daß die Kirchenglocken läuteten.

Er erreichte das höchstgelegene Becken etwa um die Zeit, als die Sonne im Zenit stand. Als er später auf den Felsen lag und sein Brot aß, brannte die Sonne auf ihn herab. Vor drei wird sich kein Tier blicken lassen, dachte er. Er zog seine Hose an und verkroch sich in den Schatten eines Oleanders, um etwas zu schlafen. Als er aufwachte, war es kühler. Er rauchte allen Kif, den er hatte, und durchstreifte das Tal. Manchmal sang er vor sich hin. Da er keine Hasen fand, legte er kleine Steine auf die Felsen und schoß darauf. Dann stieg er auf der anderen Seite des Tals wieder hinauf und folgte der Straße in die Stadt.

Er kam zu dem Café und trat ein. Die Musiker spielten und sangen. Die Teetrinker klatschten rhythmisch in die Hände. Ein Soldat rief ihm zu: »Driss, setz dich zu uns!« Er nahm bei seinen Freunden Platz und rauchte von ihrem Kif. Dann kaufte er dem Händler, der mit den Musikern auf der Bühne saß, für vier Rial etwas ab und rauchte weiter. »Im Tal hat sich heute nichts geregt«, erzählte er. »Da unten war alles tot.«

Ein Mann mit einem gelben Turban auf dem Kopf, der nicht weit von ihnen entfernt saß, schloß die Augen und fiel gegen seinen Nachbarn. Die Gäste in seiner Nähe rückten etwas ab. Der Mann kippte nach vorn und lag auf dem Boden.

»Noch einer?« rief Driss. »Sie sollten in Djebel Habib bleiben. Ich kann mir das nicht ansehen!«

Der Mann brauchte lange Zeit, um hochzukommen. Seine Arme und Beine waren von den Trommeln gefangen, doch der Körper kämpfte, und er stöhnte. Driss versuchte, ihn nicht zu beachten. Er rauchte seine Pfeife und sah seine Freunde an, als gäbe es keinen Jilali vor ihm. Doch als der Mann sein Messer zog, konnte er ihn nicht länger ignorieren. Er sah das Blut in die Augen des Mannes rinnen. Es bildete einen glatten roten Schleier über den Augenhöhlen. Der Mann riß die Augen weit auf, als wollte er durch das Blut hindurchsehen. Die Trommeln waren laut.

Driss stand auf und bezahlte beim *qahouaji* für seinen Tee. Er verabschiedete sich von den anderen und verließ das Café. Bald würde die Sonne hinter den Bergen verschwinden. Ihr Licht weckte in ihm den Wunsch, die Augen zu schließen, denn sein Kopf war voller Kif. Er ging zum anderen, höhergelegenen Ende der Stadt und folgte einem Pfad, der in ein anderes Tal führte. Hier war niemand, Kakteen wuchsen zu beiden Seiten des Pfades, und die Spinnen hatten zwischen ihren Stacheln eine Welt aus Fäden gesponnen. Da er sehr schnell ging, fing der Kif in seinem Kopf zu brodeln an. Bald hatte er großen Hunger, doch die Kakteen am

Wegesrand waren bereits leergepflückt. Er kam zu einem kleinen, strohgedeckten Bauernhof. Dahinter, auf dem unbebauten Berghang, standen noch mehr Kakteen, übersät mit Hunderten von rosafarbenen *hindiyats*. In einem Schuppen neben dem Haus begann ein Hund zu bellen. Kein Mensch war zu sehen. Er blieb eine Weile stehen und horchte auf den Hund. Dann ging er auf das Kaktusfeld zu. Er war sicher, daß niemand im Haus war. Vor vielen Jahren hatte seine Schwester ihm beigebracht, wie man *hindiyats* pflückte, ohne sich an den Stacheln die Hände zu verletzen. Er legte das Gewehr hinter einer niedrigen Steinmauer auf die Erde und begann, Früchte zu sammeln. Während er pflückte, sah er im Geist die beiden blinden roten Augenhöhlen des Jilali vor sich und verfluchte leise alle Jilala. Als er einen großen Haufen Früchte beisammen hatte, setzte er sich auf die Erde und aß, wobei er die Schalen über die Schulter warf. Dabei wurde er immer hungriger, und so pflückte er noch mehr. In seinem Kopf verblaßte allmählich das Bild des Mannes mit dem vor Blut glänzenden Gesicht. Er dachte nur noch an die *hindiyats*, die er aß. Es war fast dunkel hier am Berghang. Er sah auf die Uhr und sprang auf, denn ihm war eingefallen, daß Mehdi sein Gewehr um sieben Uhr zurückhaben wollte. Im Licht der Dämmerung konnte er das Gewehr nirgendwo entdecken. Er suchte hinter der Mauer, wo er es abgelegt zu haben glaubte, doch er fand nur Gebüsch und Steine.

»Es ist weg, *Allah istir*«, sagte er. Sein Herz klopfte. Er lief zum Pfad zurück und blieb dort eine Zeitlang stehen. Der Hund bellte ununterbrochen.

Es war dunkel, noch ehe er das Tor der Kaserne erreichte. Im Schilderhaus stand ein anderer Mann Wache. Der Cabran erwartete ihn im Zimmer. Das alte Gewehr, das Driss von seinem Vater hatte, lag auf dem Bett.

»Weißt du, wo Mehdi ist?« fragte der Cabran.

»Nein«, antwortete Driss.

»Im Bau, der Hundesohn! Und weißt du, warum?«

Driss setzte sich aufs Bett. Der Cabran ist mein Freund, dachte er. »Es ist verschwunden«, sagte er und erzählte, wie er das Gewehr auf die Erde gelegt und wie der Hund gebellt hatte, wie niemand vorbeigekommen und das Gewehr trotzdem verschwunden war. »Vielleicht war der Hund ein *djinn*«, sagte er, als er mit seiner Geschichte fertig war. Er glaubte nicht wirklich, daß der Hund etwas damit zu tun hatte, aber in diesem Moment fiel ihm nichts Besseres ein.

Der Cabran musterte ihn lange und sagte nichts. Er schüttelte den Kopf. »Ich hätte dich für klüger gehalten«, sagte er schließlich. Dann wurde sein Gesicht sehr böse, und er zerrte Driss nach draußen in den Hof, wo er ihn von einem Soldaten einsperren ließ.

Am selben Abend gegen zehn Uhr suchte er Driss in seiner Zelle auf. Er fand ihn, *sebsi* rauchend, im Dunkeln. Die Zelle war voller Kifrauch. »Mistzeug!« rief der Cabran und nahm ihm Pfeife und Kif weg. »Sag die Wahrheit«, befahl er. »Du hast das Gewehr verkauft, stimmt's?«

»Beim Haupt meiner Mutter, es war so, wie ich erzählt habe. Da war nur der Hund!«

Der Cabran konnte ihn nicht dazu bewegen, etwas anderes zu sagen. Er schlug die Tür hinter sich zu und ging zum Café in der Stadt, um ein Glas Tee zu trinken. Er setzte sich, lauschte der Musik und begann den Kif zu rauchen, den er Driss abgenommen hatte. Wenn Driss die Wahrheit sagte, war es nur dem Kif in seinem Kopf zu verdanken, daß er das Gewehr verloren hatte; in diesem Fall gab es die Chance, es wiederzufinden.

Der Cabran hatte lange nicht mehr geraucht. Während der Kif sich in seinem Kopf ausbreitete, bekam er Hunger, und er erinnerte sich an die Zeiten, als er jung war und mit seinen Freunden geraucht hatte. Stets hatten sie sich anschließend auf die Suche nach *hindiyats* gemacht, denn sie schmeckten besser als alles andere und kosteten nichts. Sie hatten immer gewußt, wo welche wuchsen. »Ein *kouffa* voller guter *hindiyats*«, dachte er. Er schloß die Augen und hing weiter seinen Gedanken nach.

Früh am nächsten Morgen ging der Cabran hinaus und kletterte auf einen hohen Felsen hinter der Kaserne, um sorgfältig das Tal und den kahlen Berg abzusuchen. In einiger Entfernung entdeckte er einen Pfad, der von Kakteen gesäumt war, und weiter oben gab es einen ganzen Kakteenwald. »Dort«, sagte er sich.

Er ging durch die Felsen, bis er den Pfad erreichte, und folgte ihm zu dem Bauernhaus. Der Hund fing an zu bellen. Eine Frau kam an die Tür und beobachtete ihn. Er schenkte ihr keine Beachtung, sondern ging geradewegs zu den hohen Kakteen weiter, die hinter dem Haus am Berghang wuchsen. Es gab noch viele reife *hindiyats*, doch der Cabran aß sie nicht. Er hatte keinen Kif mehr im Kopf und dachte nur an das Gewehr. Neben der Steinmauer lag ein großer Haufen von *hindiyat*-Schalen. Hier hatte sich jemand satt gegessen. Dann sah er, wie ein Stück des Gewehrlaufs zwischen den Schalen in der Sonne blinkte. »Ha!« rief er, hob das Gewehr auf und wischte es sorgfältig mit seinem Taschentuch ab. Auf dem Rückweg zur Kaserne war er so gut gelaunt, daß er beschloß, Driss einen Streich zu spielen.

Er versteckte das Gewehr unter seinem Bett. Mit einem Glas Tee und einem Stück Brot in der Hand stattete er Driss einen Besuch ab. Dieser lag im Dunkeln auf dem Boden der Zelle und schlief.

»Der Tag ist angebrochen!« rief der Cabran. Er lachte und stieß Driss gegen den Fuß, um ihn zu wecken. Driss saß auf dem Boden und trank den Tee; der Cabran stand in der Tür und kratzte sich das Kinn. Er starrte auf den Boden, ohne jedoch Driss anzusehen. Nach einer Weile sagte er: »Hast du mir nicht letzte Nacht von einem bellenden Hund erzählt?«

Driss dachte, daß der Cabran sich über ihn lustig machen wollte. Es tat ihm leid, den Hund erwähnt zu haben. »Ja«, sagte er unschlüssig.

»Wenn es der Hund war«, fuhr der Cabran fort, »weiß ich, wie wir das Gewehr zurückbekommen. Du wirst mir helfen müssen.«

Driss sah zu ihm auf. Er konnte nicht glauben, daß der Cabran es ernst meinte. Schließlich sagte er leise: »Ich habe nur Spaß gemacht, als ich das erzählte. Ich hatte Kif im Kopf.«

Der Cabran war ärgerlich. »Du hältst es für einen Spaß, ein Gewehr zu verlieren, das dem Sultan gehört? Du hast es doch verkauft! Jetzt hast du keinen Kif mehr im Kopf. Vielleicht kannst du nun die Wahrheit sagen!« Er trat einen Schritt auf Driss zu, und dieser glaubte, er würde ihn schlagen. Hastig sprang er auf. »Ich habe die Wahrheit gesagt«, sagte er. »Es war verschwunden.«

Der Cabran rieb sich das Kinn und sah nochmals einen Augenblick zu Boden. »Wenn das nächste Mal ein Jilali im Café anfängt zu tanzen, werden wir zuschlagen«, sagte er. Damit schloß er die Tür und ließ Driss allein.

Zwei Tage später erschien der Cabran wieder in der Zelle. Er hatte einen Soldaten dabei. »Los!« sagte er zu Driss. »Gerade tanzt einer.«

Sie traten in den Hof, und Driss blinzelte. »Paß auf!« sagte der Cabran. »Wenn der Jilali sein eigenes Blut trinkt, hat er die Macht. Du mußt ihn bitten, den *djinn* zu veranlassen, das Gewehr zurückzugeben. Ich werde im Zimmer bleiben und *djaoui* verbrennen. Vielleicht hilft es.«

»Ich werde es tun«, sagte Driss. »Aber es wird nichts nützen.«

Der Soldat begleitete Driss ins Café. Der Jilali war ein hochgewachsener Mann aus den Bergen. Er hatte bereits sein Messer gezogen und schwenkte es in der Luft. Der Soldat bedeutete Driss, sich zu den Musikern zu setzen, dann wartete er, bis der Mann anfing, das Blut von den Armen zu lecken. Da er befürchtete, ihm könne übel werden, wenn er noch länger zusähe, hob Driss den rechten Arm und sagte mit leiser Stimme: »Im Namen Allahs, *khoya*, bring den *djinn*, der Mehdis Gewehr gestohlen hat, dazu, es dem Cabran Aziz wiederzugeben.« Der Jilali schien ihn anzustarren, doch Driss war nicht sicher, ob er seine Worte gehört hatte oder nicht.

Der Soldat brachte ihn in die Kaserne zurück. Der Cabran saß unter dem Pflaumenbaum bei der Küchentür. Er befahl dem Soldaten wegzutreten und sprang auf. »Komm«, sagte er und ging mit Driss ins Zimmer. Die Luft darin war blau vom Rauch des *djaoui*, das er verbrannt hatte. Er zeigte in die Mitte des Zimmers auf den Boden. »Schau!« rief er. Dort lag ein Gewehr. Driss lief hin und hob es auf. Nachdem er es sorgfältig inspiziert hatte, sagte er: »Es ist das Gewehr.« Und seine Stimme war voller Furcht. Der Cabran konnte sehen, daß Driss nicht sicher gewesen war, ob so etwas wirklich geschehen könnte, daß er jetzt jedoch nicht länger zweifelte.

Der Cabran war froh, ihn so leicht hinters Licht geführt zu haben. Er lachte. »Siehst du, es hat funktioniert«, sagte er. »Du hast Glück, Mehdi muß noch eine Woche absitzen.«

Driss antwortete nicht. Er fühlte sich noch schlechter als in dem

Augenblick, als er zusah, wie sich der Jilali das Messer in den Arm stieß.

In jener Nacht lag er auf dem Bett und grübelte. Es war das erste Mal, daß er mit einem *djinn* oder *affrit* zu tun hatte. Er war in ihre Welt eingedrungen. Das war eine gefährliche Welt, und er vertraute dem Cabran nicht mehr. »Was soll ich tun?« überlegte er. Die Männer um ihn herum schliefen, er aber bekam kein Auge zu. Nach einer Weile stand er auf und ging hinaus. Die Blätter des *safsaf*-Baums seufzten im Wind. In einem der Fenster auf der anderen Seite des Hofs brannte Licht. Einige der Offiziere unterhielten sich dort. Er ging langsam um den Garten in die Mitte, und als er zum Himmel aufsah, dachte er daran, wie anders sein Leben jetzt sein würde. Er kam in die Nähe des hellen Fensters und hörte lautes Gelächter. Der Cabran erzählte eine Geschichte. Driss blieb stehen und horchte.

»Und dann sagte er zu dem Jilali: Bitte, Sidi, mach, daß der Hund, der mein Gewehr gestohlen hat –«

Wieder lachten die Männer, und der Lärm übertönte die Stimme des Cabran.

Er ging eilig zurück und legte sich zu Bett. Wenn sie wüßten, daß er die Geschichte des Cabran gehört hatte, würden sie noch mehr lachen. Er lag im Bett und grübelte, und er spürte, wie Gift in sein Herz eindrang. Es war die Schuld des Cabran, daß er den *djinn* beschworen hatte, und jetzt, vor seinen Vorgesetzten, behauptete er, nichts damit zu tun zu haben. Später kam der Cabran und legte sich schlafen, und im Hof war alles still, doch Driss lag noch lange wach und zerbrach sich den Kopf, bis er einschlief.

In den darauffolgenden Tagen war der Cabran wieder freundlich, aber Driss wollte sein Lächeln nicht sehen. Voller Haß dachte er: »Er glaubt, ich habe jetzt Angst vor ihm, weil er weiß, wie man einen *djinn* ruft. Er spielt mit mir, weil er die Macht hat.«

Er konnte weder lachen noch glücklich sein, solange der Cabran in der Nähe war. Jede Nacht lag er noch lange wach, wenn bereits alle anderen schliefen. Er hörte den Wind in den harten Blättern des *safsaf*-Baums rascheln, und er dachte nur darüber nach, wie er die Macht des Cabran brechen könnte.

Als Mehdi aus dem Arrest entlassen wurde, war er nicht gut auf den Cabran zu sprechen. Driss bezahlte ihm seine zehn Rial. »Eine Menge Geld für zehn Tage Bau«, brummte Mehdi und betrachtete den Geldschein in seiner Hand. Driss tat, als verstünde er nicht. »Er ist ein Hurensohn«, sagte er.

Mehdi schnaubte. »Und du hast den Kopf einer Stecknadel«, gab er zurück. »Du bist an allem schuld. Dir bläst der Wind den Kif aus den Ohren.«

»Meinst du, ich hätte nicht gesessen?« rief Driss. Aber er konnte Mehdi nicht vom Jilali und dem Hund erzählen. »Er ist ein Hurensohn«, wiederholte er. Mehdis Augen verengten sich und wurden starr. »Ich werde es ihm heimzahlen. Er wird glauben, selbst im Bau zu sitzen, wenn ich mit ihm fertig bin.«

Mehdi ging seines Weges. Driss blieb stehen und sah ihm nach.

Am nächsten Sonntag stand Driss früh auf und ging nach Beni Midar. Im *souk* drängten sich die Bergbewohner in ihren weißen Gewändern. Er zwängte sich mit den Eseln hinein und stieg die Stufen hinauf, die zu den Ständen führten. Dort suchte er einen alten Mann auf, der Räucherwerk und Kräuter verkaufte. Man nannte ihn El Fqih. Er setzte sich El Fqih gegenüber und sagte: »Ich brauche etwas für einen Hundesohn.«

El Fqih musterte ihn finster. »Eine Sünde!« Er fuhr mit dem erhobenen Zeigefinger durch die Luft. »Sünden sind nicht meine Sache.« Driss sagte nichts. El Fqih fuhr jetzt mit leiserer Stimme fort: »Um einen Ausgleich zu schaffen, sagt man, sei gegen jedes Übel ein Kraut gewachsen. Es gibt billige Kräuter, und es gibt andere, die sehr kostspielig sind.« Er hielt inne.

Driss wartete. »Und was kostet dieses?« fragte er. Der alte Mann war ungehalten, denn er wollte weitersprechen. Doch er sagte: »Für fünf Rial nenne ich dir einen Namen.« Er sah Driss streng an, beugte sich vor und flüsterte ihm einen Namen ins Ohr. »In der Gasse hinter dem Sägewerk«, sagte er laut. »Die blaue Blechhütte mit dem Rohrdickicht dahinter.« Driss bezahlte ihn und lief die Stufen hinunter.

Er fand das Haus. Die alte Frau stand mit einem karierten Tischtuch um den Kopf in der Tür. Ihre Augen schimmerten weiß wie Milch. Driss kamen sie vor wie die Augen eines alten Hundes. »Bist du Anisa?« fragte er.

»Komm ins Haus«, erwiderte sie. Drinnen war es fast dunkel. Er sagte, er brauche etwas, um die Macht eines Hurensohnes zu brechen. »Gib mir zehn Rial jetzt«, sagte sie, »und komm bei Sonnenuntergang mit weiteren zehn wieder. Dann ist es fertig.«

Nach dem Mittagessen ging er in den Hof. Er traf Mehdi und lud ihn ein, mit ins Café nach Beni Midar zu kommen. In der heißen Nachmittagssonne gingen sie durch die Stadt. Es war noch früh, als sie das Café betraten, und auf den Matten war viel Platz. Sie setzten sich in eine dunkle Ecke. Driss zog seinen Kif und seine *sebsi* aus der Tasche, und sie rauchten. Als Musiker zu spielen anfingen, sagte Mehdi: »Der Zirkus geht von neuem los.« Aber Driss wollte nicht von den Jilala reden. Er sprach über den Cabran. Viele Male reichte er Mehdi die Pfeife, und er sah, daß Mehdi immer wütender auf den Cabran wurde, je mehr er rauchte. Er war nicht überrascht, als Mehdi rief: »Heute nacht bringe ich es zu Ende!«

»Nein, *khoya*«, wandte Driss ein. »Du weißt ja nichts. Er ist mächtig aufgestiegen, er ist mit allen Offizieren gut Freund. Sie bringen ihm Wein.«

»Dann wird er fallen«, sagte Mehdi. »Vor dem Abendessen, noch heute. Im Hof. Sei da und paß auf.«

Driss reichte ihm die Pfeife und bezahlte den Tee. Er ließ Mehdi allein zurück und trat hinaus auf die Straße, wo er auf und ab ging, denn er konnte nicht länger stillsitzen. Als der Himmel über den Bergen sich rot färbte, suchte er die Gasse hinter dem Sägewerk auf. Die Alte stand in der Tür.

»Komm herein«, sagte sie wie zuvor. Als sie im Zimmer waren, reichte sie ihm ein Papiertütchen. »Er muß alles auf einmal nehmen«, erklärte sie. Sie nahm das Geld und zupfte an seinem Ärmel. »Ich habe dich nie gesehen«, sagte sie. »Leb wohl.«

Driss kehrte ins Zimmer zurück und hörte Radio. Um die Abendessenszeit stellte er sich an die Tür und sah in den Hof. Im Schatten auf der anderen Seite meinte er Mehdi auszumachen, doch er war nicht sicher. Viele Soldaten schlenderten im Hof umher, sie warteten auf das Abendessen. Kurz darauf erhob sich bei den Treppen ein Geschrei. Die Soldaten rannten zum anderen Ende des Hofes. Driss sah zur Tür hinaus und sah nur laufende Soldaten. Er rief den anderen Männern zu: »Da ist etwas passiert!«

Alle stürzten hinaus. Dann ging er mit dem Tütchen zurück ins Zimmer und zum Bett des Cabran und griff nach der Weinflasche, die ein Offizier dem Cabran tags zuvor geschenkt hatte. Sie war fast voll. Er zog den Korken heraus und ließ das Pulver hineinrieseln. Dann schüttelte er die Flasche und korkte sie wieder zu. Das Geschrei im Hof hielt an. Er lief hinaus. Als er sich der Menge näherte, sah er, wie Mehdi von drei Soldaten weggeschleift wurde. Er trat um sich. Der Cabran saß mit gesenktem Kopf auf der Mauer und hielt sich den Arm. Sein Gesicht und sein Hemd waren voller Blut.

Es dauerte beinahe eine halbe Stunde, bis der Cabran zum Essen kam. Sein Gesicht war mit Blutergüssen bedeckt, der Arm war bandagiert und hing in einer Schlinge. Mehdi war noch in letzter Minute, als die Soldaten sie auseinandertrieben, mit dem Messer auf ihn losgegangen. Der Cabran sagte nicht viel, und die Männer versuchten nicht ihn anzusprechen. Er saß auf seinem Bett und aß. Dazu trank er die ganze Flasche Wein.

In dieser Nacht stöhnte der Cabran im Schlaf. In den Bergen blies ein trockener Wind. Er verursachte großen Lärm im *safsaf*-Baum vor dem Fenster. Die Luft dröhnte und die Blätter rauschten, dennoch hörte Driss das Wimmern des Cabran. Am Morgen kam der Arzt, um nach ihm zu sehen. Seine Augen standen offen, doch er konnte nichts erkennen. Und sein Mund war geöffnet, aber er brachte kein Wort heraus. Sie schafften ihn aus dem Raum, in dem die Soldaten schliefen, und brachten ihn woanders hin. »Vielleicht ist die Macht jetzt gebrochen«, dachte Driss.

Ein paar Tage später kam ein Lastwagen zur Kaserne, und Driss beobachtete, wie zwei Männer den Cabran auf einer Trage zum Laster brachten. Jetzt war er sicher, daß die Seele des Cabran aus seinem Körper gerissen worden war und er endgültig keine Macht mehr besaß. Im Geiste entfuhr ihm ein Dankgebet an Allah. Zusammen mit einigen anderen Soldaten stand er auf einem Felsen oberhalb der Kaserne und sah, wie der Laster kleiner wurde, während er den Abhang hinunterfuhr. »Das ist schlimm für mich«, sagte er zu einem Mann, der neben ihm stand. »Er brachte mir immer etwas zu essen von zu Hause.« Der Mann schüttelte den Kopf.

Tanger, 1962

Mokhtar lebte unweit seines Ladens in einem Zimmer, das aufs Meer hinaussah. Es gab ein winziges Fenster in der Wand über seiner Matratze, durch das er, auf Zehenspitzen stehend, betrachten konnte, wie die Wellen weit unten gegen die Felsbrocken der Wellenbrecher anrannten. Auch das Geräusch drang herauf, besonders in Nächten, in denen die Kasbah in Regen gehüllt war und durch ihre schmalen Gassen nur plötzliche Windböen zogen. In solchen Nächten war das Geräusch der Brandung allgegenwärtig, obgleich er die Fenster geschlossen hielt. Es gab viele solcher Nächte im Jahr, und immer dann wollte er nicht nach Hause in die Einsamkeit seines kleinen Zimmers. Seit zehn Jahren lebte er allein, seit dem Tod seiner Frau, und niemals machte ihm die Einsamkeit zu schaffen, wenn das Wetter klar war und die Sterne am Himmel leuchteten. Doch eine regnerische Nacht erinnerte ihn an die glücklichen Stunden seines Lebens, als er und seine sanftäugige Braut die schweren Läden zugezogen und die Stunden bis zur Dämmerung schweigend beieinander verbracht hatten. An so etwas konnte er nicht denken; dann ging er ins Café Ghazel und spielte lieber eine Partie Domino nach der anderen mit jedem, der vorüberkam, als in sein Zimmer zurückzukehren.

Nach und nach wußten die anderen Männer, die regelmäßig im Café saßen, wann sie mit Mokhtars Erscheinen rechnen konnten. »Es fängt an zu regnen: Si Mokhtar wird bald hier sein. Halte ihm die Matte neben dir frei.« Und er enttäuschte sie nie. Er war freundlich und ruhig; letzteres machte ihn zur willkommenen Bereicherung eines Spiels, denn die Stammkunden des Cafés hielten sich gegenseitig für viel zu geschwätzig.

Als er in dieser Nacht im Café Ghazel saß, fühlte Mokhtar sich unwohl, ohne zu wissen, warum. Der knöcherne Klang der Dominosteine, die auf dem Tisch gemischt wurden, störte ihn. Das metallische Kratzen des alten Grammophons im Hinterzimmer regte ihn auf, und bei jedem Neuankömmling, der, von nassen Windböen angekündigt, durch die Tür trat, sah er in unerklärlicher Gereiztheit auf. Immer wieder blickte er aus dem Fenster an seiner Seite auf die dunkle Weite des Meeres, das sich am Fuß der Stadt erstreckte. Hinter der Scheibe, fast am Rand der Klippe, standen einige hohe Bambusstauden, die vom Licht aus dem Innern erfaßt wurden; sie hoben sich vor der Dunkelheit dahinter ab und bogen sich gequält im Sturm.

»Sie werden zerbrechen«, murmelte Mokhtar.

»Was?« sagte Mohammed Slaoui.

Mokhtar lachte, sagte jedoch nichts. Im Verlauf des Abends wuchs sein Unbehagen. Sie hatten das Grammophon im Hinterzimmer abgestellt und sangen jetzt ein schrilles Lied. Einige der Männer an seinem Tisch stimmten in den Lärm ein. Als die Partie zu Ende war, stand er abrupt auf und sagte: »Gute Nacht!«, ohne sich darum zu kümmern, wie seltsam sein plötzlicher Aufbruch den anderen erscheinen mochte.

Draußen auf der Straße regnete es kaum, doch der Wind fegte vom Strand herauf und brachte den blutähnlichen Geruch des Meeres mit sich; die tosenden Wellen schienen sehr nah, fast zu seinen Füßen. Er sah beim Gehen nach unten. An jedem Müllhaufen gab es Katzen; sie rannten ständig vor ihm her, von einem Haufen zum nächsten. Als Mokhtar vor seiner Tür stand und den Schlüssel herauszog, hatte er das Gefühl, daß er jeden Moment eine unwiderrufliche Handlung begehen, daß das Eintreten sein Schicksal besiegeln würde. »Was ist los?« fragte er sich. »Werde ich sterben?« Er würde keine Angst haben; trotzdem hätte er es, wenn möglich, gern ein paar Stunden vorher gewußt. Er spannte Arme und Beine an, ehe er aufschloß; alles schien in Ordnung. »Es ist der Kopf«, entschied er. Doch sein Kopf fühlte sich klar, die Gedanken bewegten sich in geordneten Bahnen. Diese Feststellung verschaffte ihm keine Sicherheit; er wußte, daß irgend etwas nicht stimmte. Er verriegelte die Tür hinter sich und stieg im Dunkeln die Treppe hinauf. Deutlicher als alles andere spürte er in diesem Augenblick, daß die Überzeugung, einen neuen Bereich seines Lebens betreten zu haben, nur aus einer Warnung bestand. »Nicht weiter!« hörte er. »Womit?« fragte er sich beim Entkleiden. Er hatte keine Geheimnisse, keine Verpflichtungen, keine Pläne für die Zukunft, keine Verantwortung. Er lebte nur. Er konnte die Warnung nicht beherzigen, denn er konnte sie nicht begreifen. Und doch gab es keinen Zweifel, daß sie im Zimmer war, und am stärksten machte sie sich bemerkbar, als er sich hinlegte. Der Wind rüttelte an den Fensterläden. Der Regen hatte wieder eingesetzt; er schlug heftig gegen die Fensterscheiben im Flur und rauschte durch die Regenrinne vom Dach. Und das unerbittliche Krachen der Wellen dort unten am Fuß der Befestigungsmauer hielt an. Er spürte die Traurigkeit, die Kälte der klammen Decke; er berührte mit dem Finger die strohbedeckte Wand. Im Dunkel der Nacht stöhnte er »Al-lah!« und schlief ein.

Doch selbst im Schlaf fand er keine Ruhe; seine Träume waren die chaotische, unbarmherzige Fortsetzung seines Wachzustands. In den Folgen von Straßen und Läden, die sich vor seinen Augen abspulten, war dieselbe Eindringlichkeit einer verborgenen Warnung zu spüren. Er stand vor dem Eingang zum Markt. Eine große Menschenmenge hatte dort Schutz vor dem Regen gesucht. Obgleich es mitten am Vormittag sein mußte, war der Tag so dunkel, daß alle Marktstände in elektrischem Licht strahlten. »Wenn sie das hätte sehen können«, sagte er sich und dachte, wieviel Freude es seiner Frau gemacht hätte. »Armes Ding, zu ihrer Zeit war es hier immer dunkel.« Und Mokhtar fragte sich, ob er wirklich das Recht hatte, weiterzuleben und zu sehen, wie sich die Welt veränderte, ohne sie. Jeden Monat hatte die Welt sich ein bißchen verändert, war etwas weiter von dem abgerückt, was gewesen war, als sie noch lebte.

»Wenn sie nicht da ist, um es zu essen, warum kaufe ich Fleisch?« Er stand vor dem Laden seines Freundes Abdallah ben Bouchta und betrachtete die Fleischstücke, die auf der weißen Marmorplatte vor ihm auslagen. Und im nächsten Augenblick war er in einen Streit mit Bouchta verwickelt. Er spürte, wie er den alten Mann am Hals packte; er merkte, wie seine Finger den Druck verstärkten; er erwürgte Bouchta und empfand Freude dabei. Die Brutalität seiner Handlung war eine Erfüllung und eine Erleichterung. Bouchtas Gesicht wurde schwarz, er stürzte, und seine glasigen Augen starrten wie die Augen eines Schafskopfs, angerichtet auf einem Tablett für den Aïd el Kébir.

Mokhtar fuhr entsetzt aus dem Schlaf. Der Wind blies noch immer und trug, hoch über der Stadt, Fetzen der Stimme des Muezzins mit sich, der von der Jaamâa es Seghira rief. Doch die Warnung war verstummt, und das war so angenehm, daß es ihm gelang, noch einmal einzuschlafen.

Der Morgen war grau und freudlos. Mokhtar stand zur gewohnten Stunde auf, besuchte wie jeden Tag die große Moschee, um einige Augenblicke zu beten und sich gründlich zu waschen, und ging durch den Regen weiter zu seinem Laden. Es waren nur wenige Menschen in den Straßen. Die Erinnerung an seinen Traum lastete auf ihm, machte ihn noch trauriger als die Aussicht auf einen Tag mit schwachen Geschäften. Je weiter der Vormittag voranschritt, um so häufiger dachte er an seinen alten Freund; immer stärker überkam ihn das Verlangen, am Markt vorbeizugehen, um sich zu vergewissern, daß Bouchta wie immer dort war. Es gab keinen Grund, warum er es nicht sein sollte, doch Mokhtar würde erst zufrieden sein, wenn er ihn mit eigenen Augen gesehen hatte.

Kurz vor Mittag schloß er seinen Laden und machte sich auf den Weg zum Markt. Als seine Augen sich an das trübe Licht im Inneren gewöhnt hatten, sah er als erstes Bouchta hinter der Theke seines Standes, wo er das Fleisch zerhackte und in Scheiben schnitt wie jeden Tag. Unendlich erleichtert ging Mokhtar zu seiner Theke und sprach ihn an. Vielleicht überraschte Bouchta die übertriebene Herzlichkeit in seiner Stimme, denn er blickte mit erstauntem Ausdruck auf und sagte, als er Mokhtar gewahrte, nur knapp: »Sbahalkheir.« Dann fuhr er fort, das Stück Fleisch für einen Kunden zu zerlegen. Sein eher abweisender Blick erreichte Mokhtar nicht, der so erfreut war, ihn zu sehen, daß er im Augenblick nichts anderes wahrnehmen konnte. Als jedoch Bouchta den Verkauf beendet hatte, drehte er sich zu ihm um und sagte barsch: »Ich habe heute morgen zu tun.« Mokhtar starrte ihn an und spürte erneut, wie die Furcht sich in ihm regte.

»Ja, Sidi?« sagte er freundlich.

»Zweiundzwanzig *douro* wären mir lieber als dein dummes Grinsen«, fuhr Bouchta ihn an.

Mokhtar sah verwirrt aus. »Zweiundzwanzig *douro*, Sidi?«

»Jawohl. Zweiundzwanzig *douro* für einen Schafskopf vom letzten Aïd el Kébir, den du mir noch nicht bezahlt hast.«

Mokhtar spürte, daß ihm das Blut ins Gesicht schoß wie Feuer.
»Ich habe ihn einen Monat später bezahlt!«

»*Abaden!* Niemals!« rief Bouchta erregt. »Ich habe Augen und auch einen Kopf! Ich weiß genau, was geschieht. Mich kannst du nicht so ausnehmen wie den armen Tahiri. So alt bin ich noch nicht.« Dazu stieß er eine Reihe wüster Beschimpfungen aus und schwang sein Hackmesser.

Passanten waren stehengeblieben und verfolgten neugierig das Gespräch. Während Mokhtars Ärger wuchs, vernahm er unter den Beleidigungen, mit denen Bouchta ihn überschüttete, plötzlich eine, die ihn mehr kränkte als die anderen. Er beugte sich über die Theke, griff mit beiden Händen nach Bouchtas Dschellaba und zog an dem wollenen Stoff, bis er sie dem alten Mann vom Rücken zu reißen drohte.

»Laß mich los!« schrie Bouchta. Die Leute drängten sich dichter, um zu sehen, wie der Streit ausgehen würde. »Laß mich los!« schrie Bouchta immer wieder, und sein Gesicht lief rot an.

Mittlerweile glich die Szene so sehr seinem Traum, daß Mokhtar, obwohl ihm sein eigener Ärger und der Anblick Bouchtas, der von einer derart sinnlosen Wut übermannt wurde, gefielen, plötzlich große Angst verspürte. Er ließ die Dschellaba mit einer Hand los, wandte sich an die Umstehenden und sagte laut: »Letzte Nacht habe ich geträumt, daß ich herkam und diesen Mann tötete, der mein Freund ist. Ich will ihn nicht töten. Ich werde ihn nicht töten. Paßt genau auf. Ich tue ihm nichts zuleide.«

Bouchtas Zorn erreichte groteske Ausmaße. Mit einer Hand versuchte er Mokhtars Finger von seiner Dschellaba zu lösen, in der anderen hielt er das Hackmesser und fuchtelte damit in der Luft herum. Die ganze Zeit sprang er auf und nieder und schrie: »Laß los! Laß los! *Khlass!*«

»Jeden Moment wird er mit seinem Hackmesser auf mich losgehen«, dachte Mokhtar, griff nach Bouchtas Handgelenk und zog ihn gegen die Ladentheke. Einen Augenblick lang kämpften sie keuchend, während die Fleischstücke unter ihren Armen verrutschten und schwer auf den nassen Boden klatschten.

Bouchta war kräftig, aber er war auch alt. Plötzlich lockerte sich der Griff, mit dem er das Hackmesser umklammerte, und Mokhtar spürte, wie seine Muskeln nachgaben. Die Menge murmelte. Mokhtar ließ Handgelenk und Dschellaba los und sah auf. Bouchtas Gesicht hatte eine unglaubliche Farbe, wie die Fleischteile, die hinter ihm hingen. Sein Mund öffnete sich, und sein Kopf hob sich langsam, um an die Decke des Marktes zu starren. Als hätte ihm jemand einen Schubs versetzt, fiel er dann plötzlich nach vorn auf die Marmorplatte und blieb reglos liegen, die Nase in einer seichten Lache rosafarbenen Wassers. Mokhtar wußte, daß er tot war, und spürte so etwas wie Triumph, als er den anderen zurief: »Ich hatte es geträumt! Ich hatte es geträumt! Ich habe es euch gesagt! Habe ich ihn getötet? Habe ich ihn angefaßt? Ihr habt es gesehen!« Die Menge nickte zustimmend.

»Holt die Polizei!« rief Mokhtar. »Ich will, daß ihr alle meine Zeugen seid.« Einige Leute verdrückten sich unauffällig, sie wollten nicht in die Sache hineingezogen werden. Die meisten aber blieben und waren durchaus bereit, den Behörden ihre Version des seltsamen Phänomens zu erzählen.

Der Cadí im Gerichtssaal entpuppte sich als unbarmherzig. Mokhtar war verwirrt von seiner Unfreundlichkeit. Die Zeugen hatten die Geschichte genauso erzählt, wie sie geschehen war; offenbar waren alle von seiner Unschuld überzeugt.

»Ich habe von den Zeugen vernommen, was sich im Markt zugetragen hat«, sagte der Cadí ungeduldig. »Und von denselben Zeugen erfuhr ich, daß du ein schlechter Mensch bist: Für den Geist eines guten ist es unmöglich, einen schlechten Traum hervorzubringen. Bouchta starb infolge deines Traumes.« Und als Mokhtar etwas einwenden wollte: »Ich weiß, was du sagen willst, aber du bist ein Narr, Mokhtar. Du machst den Wind, die Nacht, deine lange Einsamkeit verantwortlich. Gut. Tausend Tage lang wirst du in unserem Gefängnis den Wind nicht hören, wirst nicht wissen, ob es Tag oder Nacht ist, und es wird dir niemals an der Gesellschaft deiner Mitgefangenen mangeln.«

Das Urteil des Cadí schockierte die Bewohner der Stadt, die es für beispiellos hart hielten. Mokhtar jedoch überzeugte sich von seiner Weisheit, nachdem man ihn eingekerkert hatte. Denn zum einen war er nicht traurig, im Gefängnis zu sein, wo er jedesmal, wenn er träumte, daß er wieder in seinem einsamen Zimmer war, aufwachen und um sich herum das tröstliche Schnarchen der anderen Gefangenen hören konnte. Seine Gedanken kreisten nicht länger um die früheren glücklichen Stunden seines Lebens, denn auch die gegenwärtigen waren glücklich. Und darüber hinaus hatte er sich am ersten Tag plötzlich ganz deutlich erinnert, daß er Bouchta die zweiundzwanzig *douro* für den Schafskopf, obwohl er es wollte, nie bezahlt hatte.

Tanger, 1948

Sie wollten mich sprechen? Man hat Sie recht unterrichtet. Das ist mein Name. Ntíuz. Riese von Afrika haben sie mich genannt, seit ich anfing zu kämpfen. Was kann ich für Sie tun? Haben Sie die Stadt gesehen? Es ist kein schlechter Ort. Sie haben Glück, daß in diesen Tagen kein Wind weht. Wir haben einen bösen Wind hier bei uns. Doch ohne ihn ist die Sonne zu heiß. Argos? Nie davon gehört. Ich bin nie auf der anderen Seite gewesen.

Ein Mann namens Erakli? Ja, ja, der war hier. Es ist schon lange her. Ich erinnere mich an ihn. Wir haben sogar gegeneinander gekämpft.

Mich getötet! Ist es das, was er drüben erzählt? Ich verstehe. Und als Sie herkamen, hörten Sie, daß ich noch da bin, und deshalb wollten Sie mich treffen? So, so.

Warum setzen wir uns nicht? Im Hof gibt es eine Quelle mit dem kältesten Wasser der Stadt. Sie fragten nach Erakli? Nein, er hatte keine Schwierigkeiten hier, außer daß er seinen Kampf verlor. Weshalb hätte ihn jemand belästigen sollen? Ein einzelner Mann. Man hat ihn vorher nie gesehen. Man läßt ihn seines Weges ziehen. Man belästigt ihn nicht. Nur Barbaren greifen einen Fremden an, der allein geht. Sie töten ihn und prügeln sich um seinen Lendenschurz. Wir lassen die Menschen vorbeiziehen ohne ein Wort. Sie kommen auf einer Seite hinein und gehen zu einer anderen hinaus. So mögen wir es. Friedlich und freundlich zu jedermann. Wir haben ein Sprichwort: Schlage nie einen Menschen, es sei denn, du weißt, daß du ihn töten kannst, und dann töte ihn schnell. Dort oben, wo ich herkomme, sind wir rauher als die Menschen hier unten an der Küste. Wir haben ein härteres Leben, aber wir sind gesünder. Sehen Sie mich an, ich könnte Ihr Vater sein. Wenn ich mein ganzes Leben hier unten an der Küste verbracht hätte, wäre ich heute nicht so. Und trotzdem ist das nichts im Vergleich dazu, was ich vor zwanzig Jahren war. In jenen Tagen ging ich zu allen Festen und veranstaltete Schaukämpfe für die

Leute. Ich hob mit der einen Hand einen Stier in die Luft und versetzte ihm mit der anderen einen Schlag zwischen die Hörner, daß er tot umfiel. So etwas mögen die Leute. Manchmal zerschmetterte ich einen Balken mit meinem Kopf. Auch das war beliebt, aber der Stier war eine religiöse Sache, natürlich, deshalb mochten die Leute das am liebsten. Es gab niemanden, der nicht von mir gehört hatte.

Nehmen Sie ein paar Nüsse? Ich esse sie den ganzen Tag. Ich hole sie oben aus dem Wald. Dort gibt es Bäume, die größer sind als alles, was Sie je gesehen haben.

Es ist mindestens zwanzig Jahre her, daß er hier durchkam, aber ich erinnere mich gut an ihn. Nicht weil er als Kämpfer etwas taugte, sondern weil er so verrückt war. Einen verrückten Kerl wie Erakli vergißt man nicht.

Nehmen Sie noch ein paar. Ich habe einen ganzen Sack voll. Das stimmt, ihr Geschmack ist wirklich einmalig. Ich glaube nicht, daß es drüben auf der anderen Seite so etwas gibt.

Sicher führe ich Sie gern hinauf in den Wald, wenn Sie ihn sehen wollen. Es ist nicht weit. Es macht Ihnen doch nichts aus, ein wenig zu klettern?

Natürlich schloß er hier keine Freundschaften, aber ein solcher Mann kann auch keine Freunde haben. Er fand sich so großartig, daß er uns gar nicht wahrnahm. Er hielt uns alle für Wilde, die nur darauf warteten, seine Geschichten zu verschlingen. Schon vor dem Kampf lachte jeder über ihn. Stark, ja, aber kein guter Kämpfer. Ein furchtbarer Angeber und ein schrecklicher Lügner. Und dumm.

Biegen wir hier ab, und steigen wir diesen Pfad hinauf. Er redete ununterbrochen. Wenn es nach ihm ging, gab es nichts, was er nicht fertigbrachte, und besser als jeder andere.

Sie werden unterwegs eine wunderbare Aussicht haben. Das Ende der Welt. Wie fühlt man sich hier draußen am Ende, wenn man sonst immer im Mittelpunkt steht? Es muß ein ganz anderes Gefühl sein.

Erakli kam in die Stadt, ohne daß irgend jemand ihn bemerkte. Er muß ein wenig Geld gehabt haben, denn er fing an, sich jeden Tag mit zwei oder drei Männern zu treffen, die ich kannte, und ihre Getränke zu bezahlen. Sie erzählten mir von ihm, und eines Tages ging ich mit, um zu erfahren, wie er aussah, nicht um ihn zu treffen. Ich wußte sofort, daß er nichts taugte. Nicht als Kämpfer, nicht als Mensch. Ich nahm ihn nicht einmal ernst genug, um ihn herauszufordern. Wie kann man einen Mann ernst nehmen, wenn er einen Bart trägt, der wie Wolle auf einem Schaf aussieht?

Er blieb eine Weile in der Stadt und sah, wie ich ein paar Stiere tötete. Ich nahm an ein oder zwei Kämpfen teil, während er hier war, und anscheinend kam er jedes Mal, um mich zu beobachten. Als nächstes erfuhr ich, daß er mich herausgefordert hatte. Er war es, der den Kampf wollte. Es war kaum zu glauben. Und obendrein erzählte man mir, er nähme es mir übel, daß ich ihn nicht herausgefordert hätte. Es war mir einfach nie in den Sinn gekommen.

All das Land, das Sie hier sehen, gehört mir. Und auch der Wald weiter oben. Ich lasse niemanden hinein. Ich gehe gern spazieren, und ich mag keine Menschen um mich, wenn ich spazierengehe. Es macht mich nervös. Ich schlug mich mit jedem, der mir über den Weg lief. Zumindest am Anfang.

Als ich ein kleiner Junge war und noch in meinem Dorf lebte, ging ich am späten Nachmittag gern zu einem großen Felsen. Ich saß da und sah ins Tal und bildete mir ein, es wären Feinde im Anmarsch. Ich ließ sie bis zu einer bestimmten Stelle kommen, und dann wälzte ich einen großen Stein den Berg hinunter, um sie zu erschlagen. Ich tötete sie jedes Mal. Mein Vater erwischte mich, und ich wurde bestraft. Ich hätte da unten ein Schaf oder eine Ziege treffen können, oder sogar Menschen.

Aber ich bin nicht tot, wie Sie sehen, egal, was Erakli gesagt haben mag. Ich möchte Ihnen meine Bäume zeigen. Schauen Sie sich die Dicke dieses Stammes an. Schauen Sie an ihm hoch, höher und höher, bis die ersten Äste anfangen. Haben Sie jemals so große Bäume gesehen?

Als ich älter wurde, lernte ich, wie man ein Kalb umwirft und später einen Stier. Damals kämpfte ich schon. Hatte noch nie verloren. Die Leute vergaßen, daß ich Ntiuz hieß, und fingen an, mich den Riesen zu nennen. Nicht wegen meiner Größe natürlich. Ich bin nicht so groß. Sondern weil mich im Kampf keiner schlagen konnte. Sie kamen von überall her, erst aus der Umgebung, später von weit weg. Sie wissen, wie es ist, wenn sie von einem Kämpfer hören, der noch nie verloren hat. Sie wollen nicht glauben, daß sie nicht irgendwie doch imstande sind, ihn zu bezwingen. So war es auch mit Ihrem Erakli. Ich war ihm bis zum Kampf nicht begegnet, doch ich hatte von meinen Freunden alles über ihn gehört. Er erzählte ihnen, er habe mich studiert und er wisse, wie er mich besiegen könnte. Er sagte nicht, wie er das anstellen wollte. Und ich erfuhr nicht einmal, was er vorhatte, bis der Kampf vorbei war.

Nein, ich bin nicht tot. Ich bin immer noch der Champion. Jeder hier kann Ihnen das bestätigen. Es ist schade, daß Sie Erakli nie selbst getroffen haben. Sie wären nicht so überrascht. Sie würden verstehen, daß er nur das erzählte, was er erzählen wollte, als er nach Hause kam, und sonst nichts. Er konnte die Wahrheit nicht sagen, nicht einmal, wenn er gewollt hätte.

Sind Sie müde? Es ist ein anstrengender Weg, wenn man nicht daran gewöhnt ist. Der Kampf selbst? Er dauerte nicht lange. Er war so damit beschäftigt, das System anzuwenden, das er ausgeklügelt hatte. Er wich aus, kam dann auf mich zu und stand nur da, umklammerte mich mit den Händen. Ich verstand einfach nicht, was er wollte. Die Menge höhnte. Einen Augenblick dachte ich: Er ist der Typ, der Spaß daran hat, einem Mann mit den Händen über die Brust zu streicheln und seine Taille zu umfassen. Es gefiel ihm nicht, denn ich lachte und rief in die Menge. Er war die ganze Zeit sehr ernst. Und ich hatte sowieso unrecht. Gehen wir zu schnell? Sie tragen auch noch diese große Tasche um die Hüften. Wir können so langsam gehen, wie Sie möchten. Keine Eile.

Das ist eine gute Idee. Setzen wir uns einen Moment, und ruhen wir uns aus. Geht es Ihnen gut? Nein. Nichts. Ich fand, Sie sehen etwas blaß aus. Doch das mag am Licht liegen. Die Sonne dringt nicht bis hierhin durch.

Erst nach dem Kampf erzählte mir einer meiner Freunde, was Erakli geplant hatte. Statt zu versuchen, mich niederzuwerfen, wollte der Dummkopf mich hochheben und festhalten! Nicht um mich danach besser niederwerfen zu können, sondern nur, um mich in der Luft zu halten. Kaum zu glauben, nicht wahr? Aber das war sein Plan. Darin bestand sein großartiges System.

Warum? Fragen Sie mich nicht. Ich bin Afrikaner. Ich weiß nicht, was in den Köpfen Ihrer Landsleute vorgeht.

Nehmen Sie noch ein paar Nüsse. Nein, nein, sie können Ihnen nicht geschadet haben. Es ist die Luft. Unser Klima ist nichts für Leute von der anderen Seite. Während er versuchte, sich darüber klarzuwerden, wie er mich hochheben sollte, machte ich ihn fertig. Man mußte ihn hinaustragen.

Sollen wir weitergehen? Oder möchten Sie lieber noch etwas warten? Sind Sie noch außer Atem? Man kriegt keine Luft hier im Wald.

Meinen Sie nicht, wir sollten noch etwas warten? Natürlich, wenn Sie zurück möchten. Wir können langsam gehen. Warten Sie, ich helfe Ihnen auf. Es ist wirklich schade, daß wir nicht höher hinaufkonnten. Die größten Bäume stehen da oben.

Ja, sie trugen ihn hinaus, und er lag drei Tage lang auf einer Matte, ehe er von hier fortging. Am Ende hinkte er wie ein Hund aus der Stadt, und jeder, der ihn sah, lachte ihn aus. Stützen Sie sich auf mich. Ich lasse Sie nicht fallen. Sie machen das sehr gut. Gehen Sie nur weiter. Er sah weder nach rechts noch nach links, als er die Stadt verließ. Muß froh gewesen sein, in die Berge zu kommen.

Nur ruhig. Zuerst den einen Fuß, dann den anderen. Ich weiß nicht, wo er hingegangen ist. Ich fürchte, es gibt hier kein Wasser. Wir bekommen welches in der Stadt. Es wird Ihnen bald besser gehen. Ich nehme an, er ging wieder dorthin zurück, woher er gekommen war. Jedenfalls haben wir ihn hier nie wieder gesehen.

Haben Sie das Gefühl, daß wir schon so lange unterwegs sind? Es waren nur ein paar Minuten. Sie erkennen den Pfad wieder, aber Sie wissen nicht, wo Sie sind? Warum sollten Sie wissen, wo Sie sind? Es ist nicht Ihr Wald. Entspannen Sie sich. Schritt für Schritt für Schritt.

Sie haben recht. Das ist der Felsen, auf dem wir vor wenigen Minuten saßen. Ich fragte mich schon, ob Sie ihn wiedererkennen würden. Natürlich weiß ich den Weg! Ich dachte, Sie sollten sich lieber noch etwas ausruhen, bevor wir in die Stadt zurückgehen. So ist es recht, legen Sie sich einfach zurück. Es wird Ihnen bessergehen, wenn Sie etwas geschlafen haben. Es ist sehr ruhig hier.

Nein, Sie haben nicht so lange geschlafen. Wie fühlen Sie sich jetzt? Schön. Ich wußte, ein wenig Schlaf würde Ihnen guttun. Sie sind nicht an die Luft gewöhnt. Eine Tasche? Ich glaube nicht, daß Sie etwas dabei hatten.

Es gibt keinen Grund, ein solches Gesicht zu machen. Sie glauben doch nicht etwa, daß ich sie genommen habe, oder?

Ich dachte, wir wären Freunde. Ich habe Sie wie einen Freund behandelt. Und so zahlen Sie es mir heim.

Ich werde Sie nirgendwohin führen. Sehen Sie zu, wie Sie in die Stadt kommen. Ich nehme einen anderen Weg.

Kehren Sie in Ihr Land zurück, und erzählen Sie von mir. Sie können ganz gut gehen.

Gehen Sie einfach weiter.

Und machen Sie, daß Sie aus dem Wald kommen!

Tanger, 1970

Der schmelzende Schnee tropfte von den Balkonen. Die Menschen liefen eilig durch die kleine Straße, in der es immer nach gebratenem Fisch roch. Hin und wieder stieß ein Storch herab, die staksigen Beine hinter sich herziehend. Kleine Grammophone kratzten Tag und Nacht hinter den Wänden des Ladens, wo der junge Amar lebte und arbeitete. Nur an wenigen Stellen der Stadt wurde der Schnee geräumt, und diese gehörte nicht dazu. Daher sammelte er sich während der Wintermonate an und türmte sich vor den Eingängen der Geschäfte.

Nun aber war der Winter fast vorbei; die Sonne schien bereits wärmer. Der Frühling stand vor der Tür, um die Herzen zu verwirren und den Schnee zu schmelzen. Amar, der niemanden auf der Welt hatte, fand, es sei an der Zeit, eine benachbarte Stadt zu besuchen, in der, wie sein Vater einmal gesagt hatte, einige seiner Cousins lebten.

Am frühen Morgen ging er zum Busbahnhof. Es war noch dunkel, und der leere Bus fuhr ein, als er gerade heißen Kaffee trank. Die Straße wand sich den ganzen Weg über durch die Berge.

Als er in der Stadt ankam, war es bereits dunkel. Hier lag der Schnee noch höher in den Straßen, und es war kälter. Da er die Kälte nicht wollte, hatte Amar nicht mit ihr gerechnet, und es ärgerte ihn, den Burnus enger um sich wickeln zu müssen, als er den Busbahnhof verließ. Es war eine unfreundliche Stadt, das fiel ihm sofort auf. Die Männer gingen mit gesenkten Köpfen, und wenn sie einen Entgegenkommenden anrempelten, sahen sie nicht einmal auf. Abgesehen von der Hauptstraße, in der alle paar Meter eine Bogenlampe stand, schien es keinerlei Beleuchtung zu geben, und die Nebenstraßen, die nach beiden Seiten abgingen, lagen in tiefer Dunkelheit. Die weißgekleideten Gestalten, die dort einbogen, wurden auf der Stelle verschluckt.

»Eine schlechte Stadt«, sagte Amar leise. Er war stolz, aus einer anderen und besseren Stadt zu kommen, doch dieses angenehme

Gefühl wurde getrübt von der Angst, die Nacht in diesem feindseligen Ort verbringen zu müssen. Er gab die Idee auf, seine Cousins vor Tagesanbruch zu finden, und machte sich daran, einen *foundouk* oder ein Badehaus zu finden, wo er die Nacht über bleiben konnte.

Nur ein paar Schritte weiter endete die Straßenbeleuchtung. Dahinter schien die Straße steil abzufallen und ins Dunkel einzutauchen. Hier war der Schnee gleichmäßig tief und nicht geräumt wie in der Nähe des Busbahnhofs. Er blies die Backen auf und hauchte kleine Dampfwolken aus. Als er den unbeleuchteten Bezirk erreichte, hörte er ein paar gedehnte Töne, die von einer *oud* stammten. Die Musik kam aus einem Eingang zu seiner Linken. Er blieb stehen und lauschte. Von der anderen Seite näherte sich jemand der Tür und fragte, offenbar den Mann mit der *oud*, ob es »zu spät« sei.

»Nein«, antwortete der Mann und spielte weiter.

Amar näherte sich der Tür.

»Ist noch Zeit?« fragte er.

»Ja.«

Er trat durch die Tür. Es gab kein Licht, aber er spürte, wie vom Gang rechts her warme Luft in sein Gesicht blies. Er ging weiter und strich mit der Hand über die feuchte Wand an seiner Seite. Bald gelangte er zu einem großen, trübe erleuchteten Raum mit gekacheltem Boden. Hier und da, ohne erkennbare Ordnung, lagen schlafende Gestalten, eingehüllt in graue Decken. In einer entfernten Ecke saß eine Gruppe von halbbekleideten Männern um einen brennenden Kohleofen; sie tranken Tee und unterhielten sich leise. Amar ging langsam auf sie zu, bemüht, nicht auf die Schlafenden zu treten.

Die Luft war erstickend warm und feucht.

»Wo ist das Bad?« fragte Amar.

»Da unten«, antwortete ein Mann in der Gruppe, ohne den Kopf zu heben. Er wies in eine dunkle Ecke links von ihm. Und tatsächlich, jetzt, da Amar hinsah, schien ihm, als wehe ein warmer Luftstrom aus diesem Teil des Raumes. Er trat in die dunkle Ecke, zog sich aus, legte seine Kleider gefaltet auf ein Stück Strohmatte und folgte der Wärme. Er dachte, welch ein Unglück es sei, bei Nacht in dieser Stadt anzukommen, und er fragte sich, ob die Kleider während seiner Abwesenheit durchwühlt würden. Sein Geld trug er in einem Lederbeutel um den Hals. Er tastete abwesend nach dem Beutel unter dem Kinn, drehte sich um und warf noch einen Blick auf die Kleider. Niemand schien beim Ausziehen Notiz von ihm genommen zu haben. Er ging weiter. Es wäre nicht gut, allzu mißtrauisch zu wirken. Er würde unversehens in einen Streit hineingezogen, der schlecht für ihn ausgehen könnte.

Ein kleiner Junge lief aus der Dunkelheit auf ihn zu und rief: »Folge mir, Sidi, ich führe dich zum Bad.« Er war ungemein schmutzig und abgerissen und wirkte eher wie ein Zwerg als wie ein Kind. Der Junge ging die warmen, rutschigen Stufen entlang voraus in die Dunkelheit und plapperte unentwegt: »Wirst du nach Brahim rufen, wenn du deinen Tee wünschst? Du bist ein Fremder. Du hast viel Geld...«

Amar fiel ihm ins Wort: »Du kriegst dein Geld, wenn du mich morgen weckst. Nicht heute nacht.«

»Aber Sidi! Ich darf nicht in den großen Raum. Ich bleibe am Eingang und zeige den Herren den Weg zum Bad. Dann gehe ich zum Eingang zurück. Ich kann dich nicht wecken.«

»Ich werde in der Nähe des Eingangs schlafen. Dort ist es ohnehin wärmer.«

»Lazrag wird wütend sein, und schreckliche Dinge werden passieren. Ich werde nie wieder nach Hause zurückkönnen, und wenn doch, dann in einen Vogel verwandelt, so daß meine Eltern mich nicht wiedererkennen. So etwas tut Lazrag, wenn er wütend ist.«

»Lazrag?«

»Das Badehaus gehört ihm. Du wirst ihn sehen. Er verläßt diesen Ort niemals. Denn wenn er es täte, würde ihn die Sonne verbrennen wie das Feuer einen Strohhalm. Er würde völlig verkohlt zu Boden fallen, wenn er nur einen Fuß aus der Tür setzte. Er kam hier unten in der Grotte zur Welt.«

Amar achtete kaum auf das Geplapper des Jungen. Sie gingen eine nasse, steinerne Rampe hinunter, setzten im Dunkeln langsam einen Fuß vor den anderen und tasteten sich vorsichtig an der unebenen Wand entlang. Weiter vorn hörte man Wasser plätschern und Stimmengewirr.

»Das ist ein eigenartiger *hammam*«, sagte Amar. »Gibt es dort ein Becken voller Wasser?«

»Ein Becken! Hast du noch nie von Lazrags Grotte gehört? Sie ist endlos und voll von tiefem, warmem Wasser.«

Während der Junge noch sprach, erreichten sie einen steinernen Balkon, ein paar Meter über dem Rand eines sehr großen Beckens. Es wurde von zwei nackten Glühbirnen unterhalb ihres Balkons beleuchtet und erstreckte sich im trüben Licht, bis es sich weiter hinten in völliger Finsternis verlor. Teile der Decke hingen tief herunter. »Wie graue Eiszapfen«, dachte Amar, während er sich verwundert umschaute. Aber es war sehr warm hier unten. Schwaden leichten Dampfs trieben über die Oberfläche des Wassers und stiegen unablässig zur felsigen Decke auf. Ein triefender Mann lief an ihnen vorbei und tauchte ins Wasser. Mehrere Männer schwammen im helleren Teil des Beckens, unweit der Glühbirnen; sie wagten sich nicht ins Dunkel vor. Das Plantschen und Schreien hallte laut unter der niedrigen Decke wider.

Amar war kein guter Schwimmer. Er wandte sich zu dem Jungen und fragte: »Ist es tief?«, doch dieser war bereits auf der Rampe verschwunden. Er trat einen Schritt zurück und lehnte sich gegen die steinerne Wand. Zu seiner Rechten stand ein niedriger Stuhl, und im trüben Licht meinte er, eine kleine Gestalt zu erkennen. Einige Minuten lang beobachtete er die Badenden. Jene, die am Rand des Wassers standen, seiften sich eifrig ein; die anderen schwammen im kleinen Radius der Lampen hin und her. Plötzlich vernahm er eine tiefe Stimme neben sich. Er sah hinunter und hörte sie fragen: »Wer bist du?«

Der Kopf der Gestalt war groß, der Körper klein und hatte weder Arme noch Beine. Der untere Teil des Rumpfes endete in zwei flossenartigen Stummeln. Den Schultern entwuchsen kurze Zangen. Es war ein Mann, und es sah vom Boden, wo es lag, zu ihm auf.

»Wer bist du?« wiederholte es mit unüberhörbar feindseliger Stimme.

Amar zögerte. »Ich bin gekommen, um zu baden und zu schlafen«, sagte er schließlich.

»Wer hat dir die Erlaubnis erteilt?«

»Der Mann am Eingang.«

»Verschwinde, ich kenne dich nicht.«

Amar packte die Wut. Er sah böse auf das kleine Wesen herab und trat ein paar Schritte von ihm weg, um sich zu den Männern zu gesellen, die sich dicht am Rand des Wassers wuschen. Doch schneller, als er sich bewegen konnte, warf es sich vor ihm über den Boden, bis es ihm den Weg versperrte. Dann richtete es sich auf und sprach: »Du glaubst, du könntest baden, obwohl ich dich weggeschickt habe?« Es lachte auf, der Ton war dünn, aber sehr tief. Schließlich rutschte es näher und stieß den Kopf gegen Amars Beine. Er holte aus und versetzte dem Kopf einen Tritt, nicht besonders heftig, aber doch kräftig genug, um den Körper aus dem Gleichgewicht zu bringen. Das Ding rollte stumm über den Boden und versuchte mit Hilfe des Nackens, nicht zu nah an den Rand des Balkons zu gelangen. Die Männer sahen alle auf. Ein furchtsamer Ausdruck lag auf ihren Gesichtern. Als das kleine Wesen über den Rand stürzte, schrie es auf. Es plumpste hinunter wie ein großer Stein. Zwei Männer, die im Wasser waren, schwammen eilig hinzu. Die anderen gingen auf Amar los und schrien: »Er hat Lazrag angegriffen!«

Entsetzt und erschrocken machte Amar kehrt und lief zur Rampe zurück. In der Finsternis stolperte er hinauf. Ein Felsvorsprung zerschrammte ihm den nackten Oberschenkel. Die Stimmen hinter ihm wurden lauter und erregter.

Er erreichte den Raum, wo er seine Kleider zurückgelassen hatte. Nichts hatte sich verändert. Die Männer saßen noch immer am Feuer und schwatzten. Er griff hastig nach seinem Kleiderbündel und lief, sich in seinen Burnus windend, zur Tür, die auf die Straße führte, den Rest der Kleider unter dem Arm. Der *oud*-Spieler am Eingang sah ihn erschrocken an und rief etwas hinter ihm her. Amar lief mit nackten Beinen die Straße hinauf Richtung Stadtzentrum. Er wollte dorthin, wo es helle Lampen gab. Die wenigen Menschen in den Straßen schenkten ihm keine Beachtung. Als er zum Busbahnhof kam, war dieser geschlossen. Er betrat einen kleinen Park gegenüber, dessen Musikpavillon unter einer hohen Schneeschicht verborgen lag. Dort setzte er sich auf eine kalte Steinbank und zog sich so unauffällig wie möglich an, den Burnus als Schutz vor sich haltend. Er zitterte vor Kälte, verfluchte sein Pech und wünschte, er hätte seine Stadt nie verlassen, als im Halbdunkel eine kleine Gestalt auf ihn zukam.

»Sidi«, sagte sie. »Komm mit mir. Lazrag ist hinter dir her.«

»Wohin?« sagte Amar und erkannte den kleinen Jungen aus dem *hammam.*

»Zu meinem Großvater.«

Der Kleine rannte los und machte ein Zeichen, ihm zu folgen. Sie liefen durch Gassen und Tunnel bis in den dichtest bevölkerten Teil der Stadt. Der Junge sah sich nicht um, Amar aber tat es. Schließlich blieben sie vor einer kleinen Tür am Ende eines schmalen Gäßchens stehen. Der Junge klopfte heftig. Aus dem Inneren drang eine krächzende Stimme: »*Chkoun?*«

»*Annah!* Brahim!« rief der Junge.

Vorsichtig zog der alte Mann die Tür auf und beäugte Amar.

»Kommt herein«, sagte er schließlich. Nachdem er die Tür hinter ihnen verschlossen hatte, führte er sie durch einen Innenhof voller Ziegen in ein Zimmer, in dem ein schwaches Licht flackerte. Er blickte Amar streng ins Gesicht.

»Er will heute nacht hier bleiben«, erklärte der Junge.

»Glaubt er etwa, dies sei ein *fondouk?*«

»Er hat Geld«, sagte Brahim erwartungsvoll.

»Geld«, rief der alte Mann aufgebracht. »So etwas lernst du also im *hammam,* wie man Geld stiehlt! Wie man den Leuten das Geld aus der Tasche zieht! Und jetzt schleppst du sie hier an! Was erwartest du von mir? Soll ich ihn töten und dir seine Geldbörse geben? Ist er dir zu schlau? Schaffst du es nicht allein? Ist es das?« Die Stimme des Alten hatte sich zu einem Geschrei erhoben, und er gestikulierte in wachsender Erregung. Dann setzte er sich mühsam auf ein Polster und schwieg einen Augenblick.

»Geld«, sagte er schließlich. »Er soll zu einem *fondouk* oder in ein Badehaus gehen. Wieso bist du nicht im *hammam?*« Er musterte seinen Enkel mißtrauisch.

Der Junge zupfte seinen Freund am Ärmel. »Komm«, sagte er und zog ihn hinaus in den Innenhof.

»Bring ihn zum *hammam!*« schrie der Alte. »Soll er sein Geld dort ausgeben.«

Zusammen gingen sie die finsteren Straßen zurück.

»Lazrag sucht dich«, sagte der Junge. »Zwanzig seiner Männer werden die Stadt durchkämmen, um dich zu finden und zu ihm zu bringen. Er ist so böse, daß er dich in einen Vogel verwandeln wird.«

»Wohin gehen wir jetzt?« fragte Amar mürrisch. Er fror und war todmüde, und obgleich er die Geschichte des Jungen nicht glaubte, wünschte er sich, nicht länger in dieser unfreundlichen Stadt zu bleiben.

»Wir müssen so weit wie möglich laufen. Die ganze Nacht. Morgen früh sind wir weit fort, in den Bergen, und sie werden uns nicht finden. Wir können zu deiner Stadt gehen.«

Amar antwortete nicht. Er war froh, daß der Junge bei ihm bleiben wollte, aber er fand es unpassend, das auszusprechen. Sie folgten einem gewundenen Weg den Hügel hinab, bis alle Häuser hinter ihnen lagen und sie das offene Land erreichten. Unvermittelt führte der Pfad abwärts und in ein schmales Tal, wo er am Ende einer kleinen Brücke auf die Landstraße mündete. Hier war der Schnee von den vorbeikommenden Wagen plattgewalzt, und es ließ sich leichter gehen.

Als sie in zunehmender Kälte etwa eine Stunde unterwegs waren, kam ein großer Lastwagen vorbei. Er stoppte kurz vor ihnen, und der Fahrer, ein Araber, bot ihnen an, sie mitzunehmen. Sie stiegen auf und bauten sich ein Nest aus einigen leeren Säcken. Der Junge war sehr glücklich, durch die dunkle Nacht zu sausen. Berge und Sterne wirbelten über seinem Kopf vorbei, und der Lastwagen gab ein mächtiges Dröhnen von sich, während er über die leere Landstraße fuhr.

»Lazrag hat uns gefunden und in Vögel verwandelt!« rief er, als er sein Entzücken nicht länger für sich behalten konnte. »Man wird uns niemals wiedererkennen.«

Amar grunzte und legte sich schlafen. Der Junge aber betrachtete lange den Himmel und die Bäume und die Felsen, ehe er einschlief.

Kurz vor Morgengrauen hielt der Lastwagen an einer Quelle, um Wasser nachzufüllen.

Die Stille weckte den Jungen auf. Ein Hahn krähte in der Ferne, und dann hörte er den Fahrer Wasser schöpfen. Wieder krähte der Hahn, ein trauriger, dünner, langgezogener Laut, weit weg in der kalten Finsternis der Ebene. Die Dämmerung war noch nicht angebrochen. Er vergrub sich tiefer in dem Haufen aus Säcken und Lumpen und spürte im Schlaf Amars Wärme.

Als der Tag anbrach, waren sie in einem anderen Teil des Landes. Hier lag kein Schnee. Auf den Berghängen, an denen sie vorbeibrausten, standen die Mandelbäume in Blüte. Die Straße wand sich immer weiter bergab, bis sie plötzlich aus den Bergen heraustrat. Sie gelangten an einen Ort, unterhalb dessen sich eine große, glitzernde Leere erstreckte. Amar und der Junge betrachteten sie und sagten sich, daß es das Meer sein mußte, das im Licht des Morgens erstrahlte.

Der Frühlingswind wehte die Gischt der Brandung über den Sand; er stob vom Meer in die Kleider Amars und des Jungen, während sie am Strand entlanggingen. Schließlich fanden sie zwischen einigen Felsen eine geschützte Stelle und zogen sich aus; die Kleider ließen sie auf dem Sand zurück. Der Junge hatte Angst, ins Wasser zu gehen; er fand es aufregend genug, wenn die Wellen sich an seinen Beinen brachen, doch Armar versuchte ihn weiter hineinzuziehen.

»Nein, nein!«

»Komm«, drängte Amar.

Amar sah nach unten. Ein riesiger Krebs, der aus einem dunklen Spalt im Felsen herausgekrochen war, näherte sich ihm von der Seite. Erschrocken machte er einen Satz nach hinten, verlor das Gleichgewicht, stürzte schwer und schlug mit dem Kopf auf einen der großen Felsen. Der Junge blieb regungslos stehen und beobachtete, wie sich das Tier vorsichtig einen Weg durch den Schaum der brechenden Wellen auf Amar zu bahnte. Amar lag ohne Bewegung, kleine Rinnsale von Wasser und Sand liefen über sein Gesicht. Als der Krebs seine Füße erreichte, sprang der Junge in die Luft und schrie mit vor Verzweiflung heiserer Stimme: »Lazrag!«

Der Krebs glitt eilig hinter den Felsen und verschwand. Das Gesicht des Jungen begann zu strahlen. Er lief zu Amar, hob seinen Kopf über eine neu heranrollende Welle und schlug ihm aufgeregt auf die Wangen.

»Amar! Ich habe ihn verjagt!« rief er. »Ich habe dich gerettet!«

Wenn er sich nicht bewegte, war der Schmerz nicht allzu groß. Also lag er still und spürte das warme Licht der Sonne, das sanfte Wasser, das über ihn hinwegspülte, und den kühlen, süßen Wind, der vom Meer kam. Er spürte, wie der Junge zitterte vor Anstrengung, seinen Kopf über den Wellen zu halten, und hörte ihn wieder und wieder sagen: »Ich habe dich gerettet, Amar!«

Nach langer Zeit antwortete er: »Ja.«

New York, 1945

Die Stunden nach Mittag

Wie unzusammenhängend eine Existenz auch sei, die menschliche Einheit
wird dadurch nicht getrübt. Könnte man alle Echos des Gedächtnisses gleich-
zeitig aufwecken, sie bildeten ein Konzert, ob nun angenehm oder schmerzlich,
so doch jedenfalls logisch und ohne Dissonanzen.

Baudelaire

1

»Ach, du bist ein *Mann*! Was weiß ein Mann schon von solchen
Dingen? Ich sage dir: nichts, gar nichts!« Wenn sie sich wäh-
rend der Mahlzeiten mit ihrem Mann stritt, suchte Mrs. Callen-
der häufig die Unterstützung der anderen Gäste im Raum. In
diesem Fall jedoch war ihre Bitte rein formaler Natur, denn im
Augenblick war sie die einzige Frau im Raum und folgerte dar-
aus, daß sie die Aufmerksamkeit der anderen ohnehin genoß.
Ihre hellen Augen flammten empört von einem männlichen
Gast zum anderen, und sie drehte sich sogar halb auf ihrem
Stuhl, um den alten Mr. Richmond, Kassierer der Bank of
British West Africa, einzubeziehen. Er sah von seinem Teller
auf und sagte: »Äh? Oh, ja. Gewiß.«

Die Pension Callender war in diesen Tagen erstaunlich leer –
leer sogar für die heiße Jahreszeit. Außer dem alten Mr. Richmond, der bei ihnen wohnte, seit sie vor elf Jahren aufgemacht
hatten, war da nur noch Mr. Burton aus London, der an einem
Buch schrieb; er war im letzten Herbst gekommen und hatte bisher noch nicht die Absicht erkennen lassen, wieder abreisen zu
wollen. Mr. Richmond und Mr. Burton waren die einzigen Dauer-
gäste der Pension. Die anderen kamen und gingen unregelmäßig,
wie Mr. van Siclen, der Archäologe, oder Clyde Brown, der ein
Geschäft in Casablanca betrieb, oder sie blieben nur ein paar Tage,
um auf Geld oder Visa zu warten, ehe sie in den Süden oder Nor-

den aufbrachen, wie die beiden Belgier, die heute morgen abgereist waren.

»Ein junges Mädchen – jedes junge Mädchen – ist unglaublich sensibel. Wie ein Barometer registriert sie alles, was sich in ihrer Umgebung tut. Das ist wahr, ich sage es dir!« Mrs. Callender sah sich herausfordernd um; ihre schwarzen Augen funkelten.

Mr. Callender war in guter Stimmung. »Mag sein«, antwortete er nachsichtig. »Aber um Charlotte würde ich mir keine Sorgen machen. Und im übrigen wissen wir nicht einmal mit Bestimmtheit, ob Monsieur Royer kommt oder nicht. Du weißt, wie er ist: er ändert ständig seine Pläne. Wahrscheinlich ist er schon auf dem Weg nach Marrakesch.«

»Oh, er *kommt*. Du weißt es, du willst es nur nicht wahrhaben.« (Zuweilen traf dies auf Mr. Callender zu. Wenn es offensichtlich war, daß einer der moslemischen Bediensteten systematisch Lebensmittel aus seiner Vorratskammer stahl, unternahm er nichts, um herauszufinden, wer der Schuldige war, sondern zog es vor, zu warten, bis er ihn auf frischer Tat ertappte.) »Du hoffst, daß er aus irgendeinem Grund nicht kommt. Aber er wird kommen, und er ist ein gräßlicher, schmutziger Kerl, der bei jeder Mahlzeit deiner Tochter gegenübersitzen wird. Ich glaube, das sollte dir zu denken geben.«

Ihr Mann musterte die Gäste mit einem Ausdruck von Belustigung. »Ich glaube kaum, daß sie großen Schaden nehmen wird, wenn sie ihm bei den Mahlzeiten gegenübersitzt; du?«

»Abdallah! *Otra taza de café!*« Der Junge, der am Kamin stand, kam und füllte ihre Tasse. »Dummer Kerl!« rief sie, an ihrem Kaffe nippend. »Er ist kalt.« Er begriff und nahm die Tasse, um sie wegzubringen. »Nein, nein«, sagte sie seufzend und griff danach. »*Déjalo, déjalo.*« Und ohne innezuhalten: »Er hat einen finsteren Charakter. Er strahlt etwas aus. Frauen haben ein Gespür für diese Dinge. Ich habe es selbst gemerkt.«

Ihr Mann zog die Augenbrauen hoch. »Aha, jetzt kommen wir der Sache auf den Grund. Meine Herren, würden Sie nicht auch sagen, daß meine Frau diejenige ist, auf die man aufpassen muß? Meinen Sie nicht, daß man *sie* von Monsieur Royer fernhalten muß?«

Mrs. Callender lächelte einfältig. »Bob! Du bist einfach schrecklich!« Im selben Augenblick blickte Mr. Richmond erstaunt auf und sagte: »Monsieur Royer? Oh?«

Clyde Brown war der einzige unter den vier Gästen, der der Unterhaltung von Anfang an gefolgt war. Seine wässrigen blauen Augen nahmen einen interessierten Ausdruck an. »Wer ist dieser Monsieur Royer? Ein Don Juan aus dem Quartier Latin?«

Es folgte ein kurzes Schweigen. Der Wind klappte einen der Fensterläden vor dem Speisesaal auf und zu; das entfernte Tosen schwerer Wellen, die sich an den Klippen brachen, drang von unten herauf. »Ein Don Juan?« wiederholte Mrs. Callender und lachte mit schwacher Stimme. »Mein Lieber, ich wünschte, Sie könnten ihn sehen! Er gleicht einem wütenden Hummer, den man gerade aus dem Kochtopf geholt hat! Ganz und gar abscheulich. Und er ist mindestens fünfzig.«

»Du begibst dich auf unsicheres Terrain«, sagte Mr. Callender in seinen Teller.

»Ich weiß, Darling, aber man belästigt nun mal keine jungen Mädchen und steckt ständig in entsetzlichen Schwierigkeiten. Er taumelt von einer furchtbaren Klemme in die nächste. Oder hast du vergessen, wie er letztes Jahr Señora Coelhos Nichte...«

Mr. Callender schob seinen Stuhl zurück; das scharrende Geräusch, das er auf dem Kachelboden erzeugte, hallte durch den ganzen Raum. »Mag sein, und wahrscheinlich verdient er den Ärger, den er sich damit einhandelt«, verkündete er. Dann ungeduldig, schnell, zu seiner Frau: »Ich kenne ihn. Aber was soll ich deiner Meinung nach tun? Ihm kabeln, wir seien ausgebucht?« Er wußte, daß sie nein sagen würde, und so war es. In einem der Geschäfte der Stadt gab es immer etwas, auf das sie gerade ein Auge geworfen hatte: einen seidenen Schal, ein Paar Schuhe oder eine Handtasche, und ihre einzigen Einnahmen stammten von den Gästen in der Pension. »Aber ich hätte doch gedacht, daß du mehr Interesse zeigen würdest, wenn es um deine eigene Tochter geht«, setzte sie hinzu.

Mr. Burton, der soeben bemerkt hatte, daß ein Gespräch im Gange war, hob den Kopf von dem Buch, in dem er las, und lächelte Mrs. Callender liebenswürdig zu. Der alte Mr. Richmond faltete seine Serviette zusammen, steckte sie in den Aluminium-ring und sagte: »Ich glaube, es wird Zeit, in die Stadt zurückzu-kehren.« Mr. Callender verkündete, daß er sich in seinen Bunga-low zurückziehen werde, um Siesta zu halten. So blieb nur Mr. van Siclen am Tisch sitzen, schlürfte seinen Kaffee und blickte zer-streut aus dem Fenster. Er war ein junger Mann, der sich während des Krieges, in dem er auf einer abgelegenen Insel im Pazifik sta-tioniert gewesen war, einen Bart hatte stehen lassen; später, nach-dem er entdeckt hatte, daß er damit mehr Eindruck machte, (er wirkte viel zu jung, um Archäologe zu sein, sagten die Leute), hatte er ihn behalten. Mrs. Callender ertappte sich, wie sie ihn musterte und sich fragte, ob er ohne seine schwarze Verzierung besser aussähe oder nicht: jedenfalls würde er weniger roman-tisch, vielleicht sogar ein bißchen kraftlos im Gesicht wirken, ent-schied sie. Als er sich umwandte, um sie anzusehen, spürte sie ei-nen winzigen Schauer der Erregung, doch sein Gesichtsausdruck erstickte ihn sofort. Er erweckte stets den Eindruck eines ange-nehm zerstreuten Menschen; das zynische Lächeln, das um seine Lippen spielte, ließ ihn distanzierter erscheinen, als er ohne es ge-wirkt hätte. Seine Art von Anteilnahme bestand darin, von einem Buch aufzusehen und mit fester Stimme zu fragen: »Guten Mor-gen. Wie geht es Ihnen heute?« Bis man geantwortet hatte, war er schon wieder in sein Buch vertieft. Sie fand sein Benehmen uner-träglich schroff, aber sie war ohnehin noch nie einem Amerikaner begegnet, der ihr nicht durch mangelnde Höflichkeit aufgefallen wäre. Es lag eher an ihrer Einstellung als daran, was sie taten oder nicht taten. Sie selbst war in Gibraltar als Tochter eines Englän-ders und einer Spanierin zur Welt gekommen; sie hatte ihre Schulzeit in Kent verbracht, und obgleich Mr. Callender Amerika-ner war, fühlte sie sich durch und durch als Engländerin. Und Charlotte würde ein typisches englisches Mädchen werden, ein unkompliziertes Kind ohne die lächerlichen Attitüden oder dum-men Flausen, die amerikanische Mädchen im Kopf hatten. Und sie würde auch nicht die Freiheiten haben, die so viele amerikanische Mütter ihren Töchtern gewährten. Mrs. Callender hatte genü-gend mediterranes Blut mitbekommen, daß sie die Ansicht ver-trat, ein Junge solle vollkommene Freiheit genießen, ein Mädchen dagegen überhaupt keine. Der Wind rüttelte noch immer an den Fensterläden.

»Ich verstehe. Sie versuchen, den alten Royer loszuwerden«, sagte Mr. van Siclen träge und schüttelte den Kopf in gespielter Mißbilligung. »Armer alter Royer! Was hat er schon verbrochen, außer hin und wieder das Leben eines jungen Mädchens zu ruinieren.«

»Ach, ich bin ja so froh!« rief sie. Die Heftigkeit ihres Gefühlsausbruchs erstaunte ihn. Er warf ihr einen mißtrauischen Blick zu.

»Froh über was?«

»Froh, daß Sie bezüglich Monsieur Royer mit mir einer Meinung sind.«

»Daß er ein schlimmer alter Wüstling ist, der bis zu seinem Tod ein Nichtsnutz bleiben wird? Sicher bin ich da Ihrer Meinung.«

»Natürlich sind Sie das«, beteuerte sie und merkte nicht, daß sie ihm auf den Leim ging.

»Aber ich glaube nicht, daß man ihn von irgend jemandem fernhalten müßte. Warum auch? *Sauve qui peut*, sage ich immer. Den letzten beißen die Hunde!«

Sie war tief entrüstet. »Wie können Sie nur so etwas sagen? Ich meine es wirklich ernst – im Gegensatz zu Ihnen.«

»Ich meine es auch ernst. Irgendwo muß die Erziehung eines jungen Mädchens schließlich anfangen.«

»Ich finde Sie ziemlich empörend. Erziehung, in der Tat!« Ihr Blick glitt über ihn hinweg durch das Fenster, auf die verkrüppelten Zypressen am Rande der Klippen. Sie erinnerte sich an so manche Erfahrung, die sie lieber nicht gemacht oder zumindest auf später verschoben hätte, um bereit dafür zu sein. Ihre Tante in Málaga war viel zu nachsichtig gewesen, sonst wäre es gar nicht möglich gewesen, den Matrosen von der *Jaime II* kennenzulernen, geschweige denn, für den folgenden Tag eine Verabredung auf der Alameda mit ihm zu treffen. Und dann die beiden Studenten, mit denen sie zu einem Picknick nach Antequera gefahren war und die geglaubt hatten, leichtes Spiel mit ihr zu haben, weil sie keine Spanierin war. »Ich muß einen Akzent gehabt haben«, dachte sie. Mit Sicherheit lag es an solchen Erinnerungen, daß sie heute manchmal »traurige Tage« durchmachte, an denen sie spürte, daß ihr Leben nie wieder in Ordnung sein würde. Es gab viele Dinge, die ein Mädchen nicht zu wissen brauchte, bis sie verheiratet war, und es waren gerade diese Dinge, die anscheinend alle Männer ihr beibringen wollten. Und wenn man erst verheiratet war und alles an Bedeutung verlor, wurden die Möglichkeiten, etwas zu lernen, auf ein Minimum beschränkt. Aber sicher war es besser so.

Allmählich verwandelte sich ihre Empörung in Wehmut. Leidenschaftliche Vorstellungen brannten in ihrer Erinnerung wie Feuer in einem Baumstumpf; es war unmöglich, sie zu verdrängen, und sie verzehrten einen von innen, bis plötzlich nichts mehr da war. Wenn sie viele Erinnerungen hätte statt nur ein paar, dachte sie, wäre sie verloren.

»Sie würden nicht so leichtsinnig daherreden, wenn Sie wüßten, was es heißt, an einem solchen Ort ein junges Mädchen aufzuziehen«, sagte sie müde. »Mit all den Mohammedanern und den immer neuen, fremden Gesichtern der Gäste, die Tag für Tag in die Pension kommen. Natürlich versuchen wir, die anständigen Mohammedaner zu bekommen, aber Sie wissen ja, wie sie sind – schrecklich unzuverlässig und völlig übergeschnappt, einer wie der andere. Man weiß nie, was sie gerade im Schilde führen. Gott sei Dank können wir es uns leisten, Charlotte nach England auf die Schule zu schicken.«

»Mir ist ein wenig kalt«, sagte Mr. van Siclen. Er stand auf und rieb sich die Hände.

»Ja, es ist kühl. Es ist der Wind. Verstehen Sie, ich persönlich habe nichts gegen Monsieur Royer. Mir gegenüber hat er sich stets tadellos benommen. Das ist es nicht. Wenn er ein jüngerer Mann wäre« (beinahe hätte sie hinzugefügt: »so wie Sie«), »würde ich es vielleicht amüsant finden. Ich habe nichts dagegen, daß ein junger Mann sich die Hörner abstößt. Das ist normal. Aber Monsieur Royer ist mindestens fünfzig. Und er stellt kleinen Mädchen nach. Ein junger Mann ist wahrscheinlich eher an erwachsenen Frauen interessiert, was meinen Sie? Und das ist nur halb so gefährlich.« Sie folgte ihm mit dem Blick und wandte den Kopf, während er zur Tür ging: »Nicht halb so gefährlich.«

Auf der Türschwelle hielt er inne, dasselbe ausdruckslose Lächeln auf den Lippen. »Schicken Sie ihn nach El Menar.« Er besaß ein kleines marokkanisches Haus in El Menar, wo er sich durch die römischen und karthagischen Geröllschichten grub und auf noch ältere Funde zu stoßen hoffte. »Wenn er dort den Mädchen nachstellt, wird man ihn ein paar Tage später mit einer Drahtschlinge um den Hals hinter einem Felsen finden.«

»Diese Bestien!« rief sie. »Wie können Sie nur ganz allein mit diesen Wilden leben?«

»Sie sind gute Leute«, sagte er beim Hinausgehen.

Sie sah sich im leeren Raum um, fröstelte und trat auf die Terrasse; sie fühlte sich unangenehm nervös. Der Wind war fast stürmisch, doch die Wolken, die bislang den Himmel bedeckt hatten, trieben auseinander und ließen hie und da das kräftige Blau des Himmels durchscheinen. In den Zypressen pfiff und heulte der Wind, und wenn er ihr Gesicht traf, raubte er ihr den Atem. Die Luft war vom durchdringenden Aroma des Eukalyptus gewürzt und feucht von der feinen Gischt der Wellen, die sich an den Felsen brachen. Dann, als die ganze Landschaft am wenigsten darauf vorbereitet zu sein schien, trat die Sonne hervor. In all den Jahren, die sie in Marokko lebte, hatte sie niemals aufgehört, sich über die erstaunliche Veränderung zu wundern, welche die Sonne bewirkte. Sofort spürte sie, wie die Hitze durch ihre Poren drang, der Wind war warm, nicht mehr rauh; die Landschaft wurde grüner, lächelte, und ganz allmählich nahm das Wasser ein leuchtendes Blau an. Sie atmete tief und sagte sich zaghaft, daß sie glücklich sei. Sie war nicht sicher, ob es stimmte, denn es kam selten vor, aber manchmal gelang es ihr. Es schien, als habe sie vor langer Zeit gewußt, was Glücklichsein heißt, und als seien die kurzen Glücksmomente, die sie jetzt empfand, nur ein schwacher Abglanz des ursprünglichen Zustands. Jetzt fühlte sie sich stets von der Niedertracht der Menschheit bedroht; der intrigierende kleinliche Menschenverstand war allgegenwärtig. Eine gewisse Unkenntnis dessen, was um sie herum geschah, war notwendig, wenn sie auch nur einigermaßen zufrieden leben wollte.

Sie sah einen Marokkaner von der Einfahrt auf sie zukommen. Sie hatte das vage Gefühl, daß sein Auftauchen etwas Unerfreuliches zu bedeuten hatte, doch im Augenblick wollte sie nicht daran denken. Sie strich mit der Hand über ihr vom Wind zerzaustes

Haar und versuchte sich wieder auf die Pension zu konzentrieren. Da war Mr. Richmonds zerbrochener Spiegel, Brahim brauchte eine neue Glühbirne in der Vorratskammer; sie mußte in der Wäscherei nach einem fehlenden Unterhemd von Bob fragen und Pedro abfangen, ehe er mit dem Kombi in die Stadt fuhr, um ihn daran zu erinnern, daß er am Konsulat vorbeifuhr und Miss Peters abholte, die sie zum Tee eingeladen hatte.

Der Marokkaner, dessen zerlumpte Dschellaba im Wind flatterte, löste sich aus dem Schatten des nächsten Eukalyptusbaumes. Sie schrie ärgerlich auf und drehte sich zu ihm um. Er war alt und trug einen Korb. Plötzlich erinnerte sie sich vom letzten Jahr an ihn: sie hatte ihm Pilze abgekauft. Und noch während es ihr einfiel, warf sie, ohne es zu wollen, einen Blick auf die verkrüppelte Hand, die den Korb hielt, und sah die sechs dunklen Finger, die sie erwartet hatte. »Geh weg!« rief sie heftig. »Cir f'halak!« Sie machte kehrt und lief den Pfad hinunter, der zu ihrem Bungalow im tiefer gelegenen Garten führte. Ohne sich noch einmal umzudrehen, trat sie ein und schlug die Tür hinter sich zu. Der Raum roch nach feuchtem Gips und Insektiziden. Einen Augenblick blickte sie unruhig aus dem Fenster, den Pfad hinter den Büschen hinauf. Dann kam sie sich selbst lächerlich vor; sie zog die Vorhänge zu und begann ihr Make-up zu entfernen. Einem ungeschriebenen Gesetz zufolge erledigten sich die Vormittage von selbst; die Stunden nach Mittag waren es, vor denen sie auf der Hut sein mußte – wenn der Tag sich anschickte, auf die Nacht zuzugehen, und sie sich nicht länger zutraute, ganz sicher zu sein, was sie als nächstes tun würde oder welche unmögliche Idee ihr in den Kopf käme. Noch einmal spähte sie zwischen den Vorhängen auf den sonnenbeschienenen Pfad, doch es war niemand da.

2

Die Monate in Spanien waren alles andere als erholsam gewesen; er hatte genug von den scheuen Versprechungen der Augen hinter vorgehaltenen Fächern, mehr als genug von Mantillas, Kruzifixen und Gekicher. Hier in Marokko war die Liebe wenigstens aufrichtig, wenn es ihr auch an Raffinesse mangelte. Die Schleier vor den Gesichtern störten ihn nicht; er hatte schon vor langer Zeit gelernt, die Züge darunter zu enträtseln. Nur die Zähne blieben ein Risiko. Und in den Augen las er wie in einem Buch. Wenn sie überhaupt Interesse hatten, zeigten sie es deutlich, ohne eine Spur jener Prüderie, die er so verabscheute.

Über einer dicken Wolkenbank brannte der dämmernde Himmel in kräftigem Blau. Er betrat das belebte Viertel der Einheimischen. Sein Gepäck hatte er mit einem Taxi zur Pension Callender vorausgeschickt und verabredet, später mit Mr. Callenders Kombi nachzukommen, der kurz vor dem Abendessen vom Markt abfuhr. Dies gab ihm Gelegenheit zu einem halbstündigen Spaziergang durch die Medina, planlos und mit leeren Händen. Er betrat die Rue Abdessadek. Die Kapuzenmänner in den Straßen bewegten sich von Stand zu Stand, ihre Hände vollführten die eindrucksvollen orientalischen Gesten, Stimmen gellten im Streit um die Preise. Monsieur Royer war all dies vertraut und sehr willkommen. Er hatte das Gefühl, wieder leichter atmen zu können. Langsam stieg er den Hügel hinan und versuchte sich an eine Stelle zu erinnern, die er einmal gelesen und die ihm gefallen hatte: »*Le temps qui coule ici n'a plus d'heures, mais –*« Über diesen Punkt jedoch kam er nicht hinaus. Als er in eine kleinere Straße einbog, umfing ihn plötzlich ein überwältigender Jasminduft; er kam von der anderen Seite der Mauer neben ihm. Einen Augenblick blieb er unter dem über die Mauer hängenden Ast eines Feigenbaumes stehen und sog den Duft ein, langsam, bewußt, in der Hoffnung, über jenen Teil des Gedankens hinauszukommen, der mit der Zeit zu tun hatte. Der Jasmin würde helfen. Da war es: »*Mais, tant le loisir –*« Nein.

Ein Kind rempelte ihn an, und er hatte den Eindruck, daß es absichtlich geschehen war. Er sah hinunter: Richtig, es bettelte. Mit einschmeichelndem, unnatürlich dünnem Stimmchen, das ihm auf die Nerven ging, bat es um ein Almosen und streckte ihm die winzige, hohle Hand entgegen. Er begann schnell zu gehen, noch immer den Jasminduft einatmend, spürte, wie die schwer faßbare Stelle, die er suchte, sich ihm immer wieder entzog. Das Kind lief neben ihm her und setzte seinen gräßlichen Singsang fort.

»Nein!« herrschte er es an, ohne noch einmal hinunterzusehen, und zwang seine Beine zu großen Schritten, in der Hoffnung, damit der monotonen Stimme zu entkommen.

»*Le temps qui coule ici n'a plus d'heures, mais tant*«, murmelte er mit lauter Stimme, um das Geräusch neben sich zu übertönen. Es war unmöglich. Jetzt war seine gute Laune unwiderruflich dahin. Das Kind wurde aufdringlicher und berührte mit einem zaghaften Finger sein Bein. »*Dame una gorda*«, wimmerte es. Aus heiterem Himmel und mit einer Heftigkeit, die ihn selbst überraschte, versetzte er dem Kind eine schallende Ohrfeige und hörte es im selben Augenblick aufstöhnen. Dann sah er, wie es sich duckte und an den Straßenrand lief, wo es sich, gegen den Wind gelehnt, das Gesicht hielt und ihn vorwurfsvoll und mit einem Ausdruck fassungsloser Ungläubigkeit anstarrte.

Schon empfand er schmerzhaftes Bedauern über sein Verhalten. Er trat auf das Kind zu, ohne zu wissen, was er sagen oder tun sollte. Es blickte auf; das geschlagene Gesicht war bleich im Schein der Bogenlampe, die über ihnen pendelte. Er hörte sich sagen: »*Porqué me molestas así?*« Das Kind antwortete nicht, und er spürte, wie sein Schweigen einen unüberwindlichen Graben zwischen ihnen zog. Er packte es an seinem dünnen Arm. Wieder gab es, ohne sich zu bewegen, dieses übertriebene, tierische Stöhnen von sich. Außer sich vor Wut schlug er es erneut, heftiger als zuvor. Dieses Mal hörte er keinen Ton, es stand einfach nur da. Vollkommen außer sich und in erbärmlicher Stimmung wandte Monsieur Royer sich ab und ging in die Richtung, aus der er gekommen war. Unterwegs stieß er gegen eine verschleierte Frau, die gerade dabei war, mitten auf der Straße einen Mülleimer auszuleeren. Sie rief ärgerlich etwas hinter ihm her, aber er schenkte ihr keine Beachtung. Die Vorstellung, daß das marokkanische Kind ihn mit derselben Furcht und Verachtung angesehen hatte wie jeden anderen ungläubigen Eindringling, war ihm unerträglich, denn er hielt sich für einen besonders verständnisvollen Freund der Moslems. Er eilte durch die Stadt zurück zum Markt, fand den Kombi und stieg ein. Im Schein der flackernden Lichter an den Gemüseständen auf der anderen Straßenseite erkannte er den alten Mr. Richmond von der Bank of British West Africa, der ihm gegenübersaß.

»Guten Abend«, grüßte Monsieur Royer. Er hatte das Gefühl, jede Art von Konversation würde ihm helfen, die durch den Spaziergang hervorgerufene schlechte Laune zu überwinden.

Mr. Richmond brummte nur und sagte nach einer Weile: »Sie sind Royer, nehme ich an?«

»Ah, Sie erinnern sich an mich«, lächelte Monsieur Royer. Doch Mr. Richmond sagte nichts weiter.

Kurz darauf erschien Pedro, die Arme voller Bündel, die er zwischen ihnen verstaute. Er begrüßte Monsieur Royer feierlich und erklärte dann, sie würden nicht direkt zur Pension fahren; sie müßten am Flughafen vorbei, um Miss Charlotte abzuholen, die aus London erwartet wurde. Während sie im Schritttempo durch den belebten Markt fuhren, bemerkte Monsieur Royer, wie Mr. Richmond ihn beobachtete, mit einer Verstohlenheit, die ans Lächerliche grenzte. »*Pauvre vieux*«, dachte er. »Er verliert allmählich den Verstand.«

3

Es war ein nervenaufreibender Flug gewesen, die meiste Zeit durch Wolken, mit plötzlichen und erschreckenden Momenten erbarmungslos sengender Sonne dazwischen, vor der die weichen Wolken wie ein Schutz erschienen. Sie hatte keine Angst vor dem Fliegen; das Unbehagen hatte schon begonnen, lange bevor sie die Schule verließ. Jeden Morgen beim Aufwachen hatte sie das frisch gemähte Gras gerochen, dem vertrauten Zwitschern der Vögel in den Büschen gelauscht und sich gesagt, daß sie nicht wegfahren wollte.

Natürlich war kein Gedanke daran, den Besuch bei der Familie abzusagen. Zwar war ihre Mutter im vergangenen Jahr nach England gekommen, um die Ferienmonate mit ihr zu verbringen, doch hatte sie ihren Vater seit zwei Jahren nicht gesehen, und sie machte sich eigentlich mehr aus ihm als aus ihrer Mutter. Er war ruhig, er sah sie auf eine seltsame, liebevolle Art an, die ihr ungemein schmeichelte, vor allem aber ließ er sie in Ruhe und enthielt sich jeglicher Vorschläge zur Verbesserung ihres Äußeren oder ihres Charakters, was offensichtlich bedeutete, daß er sie für ein gänzlich entwickeltes Individuum hielt. Und obwohl sie eingestehen mußte, daß ihre Mutter lieb war, konnte sie nicht umhin, sie albern und irgendwie lästig zu finden: Sie quoll über von allen möglichen Ratschlägen und war stets darauf aus, diese loszuwerden. Und je mehr man annahm, um so mehr versuchte sie einem aufzubürden. Die ewigen Hinweise und Belehrungen wollten einfach kein Ende nehmen. Sie sagte sich, daß diese ständige Aufpasserei ein sehr typischer Ausdruck falschverstandener Mutterliebe sei, aber das machte es nicht erträglicher.

Die letzten beiden Schultage hatte sie mit langsamem, mechanischem Packen verbracht; sie waren erfüllt von einer gewissen Qual, die sie schließlich widerstrebend diagnostiziert hatte. Es war instinktiver Unmut angesichts der Aussicht, ihre Mutter wiederzusehen. In anderen Jahren hatte sie sich auf die Heimreise vorbereitet, ohne diese schreckliche Verstörtheit zu empfinden. Erst als sie vom Londoner Flughafen abhoben und sie sich gegen die Kurve, die das Flugzeug beschrieb, lehnte, fiel ihr der Grund ein; ohne es zu merken, hatte sie bereits beschlossen, sich ihr zu widersetzen. Die Entdeckung war ein Schock. Einen Moment lang kam sie sich vor wie ein Ungeheuer. »Mit so einem Gefühl kann ich unmöglich nach Hause«, dachte sie. Doch als das Flugzeug wieder gerade flog und, an Höhe gewinnend, durch die Nebelbank in die darüberliegende klare Helligkeit stieß, seufzte sie und lehnte sich zurück, um zu lesen. Immerhin war es eine persönliche Entscheidung, die man ihr kaum vom Gesicht würde ablesen können. Doch während das Flugzeug aus der Sonne in Schatten tauchte und wieder zurück, plagte sie noch immer das Gefühl, daß sie treulos geworden war; und mit diesem Verdacht ging die Furcht einher, ihre Mutter verletzen zu können.

Es war ein kleiner Flughafen. Bevor das Flugzeug landete, entdeckte Charlotte den Kombi; er parkte im Schein der Flutlichter unweit der Baracke, die als Warteraum und zur Zollabfertigung diente. Sie war nicht überrascht, daß ihr Vater sie nicht abholte; er verließ die Pension nur, wenn es nicht anders ging. Pedro verstaute ihr Gepäck auf dem Wagendach und half ihr, hinten einzusteigen.

»Angenehme Reise?« fragte Mr. Richmond, nachdem sie einander begrüßt hatten und sie neben ihm saß.

»Danke, ja«, antwortete sie und wartete, daß er sie dem anderen Herrn vorstellte. Er kam offensichtlich vom Kontinent und war von ziemlich vornehmer Erscheinung, fand sie. Doch Mr. Richmond sah gleichgültig auf die Lichter des Flughafens, und so sprach sie mit dem Herrn, ohne mit ihm bekannt gemacht worden zu sein.

Sie plauderten über das Wetter und die Marokkaner. Der Wagen kletterte die steile Straße hinauf; in jeder Kurve wischten die Scheinwerfer über die von Kletterpflanzen und Weinreben überwucherten weißen Mauern zu beiden Seiten. In den dunklen Bäumen über ihnen zirpten ein paar Zikaden weiter ihr Tageslied. Sie und der Herr unterhielten sich noch, als der Kombi in die Garage einbog. Mr. Richmond aber hatte kein einziges Wort mehr gesagt.

4

Seit ihrem letzten Besuch hatte sich in der Pension nichts verändert. Ihre Mutter wirkte jünger und hübscher denn je und schien, wenn möglich, noch zerstreuter und verwirrter – so zerstreut, daß auch sie vergaß, ihr den französischen Herrn vorzustellen. Da man ihn jedoch in die entlegenste Ecke des Speisesaals ans Fenster gesetzt hatte, und er so gut wie fertig war, als die Familie zum Essen kam, war es nicht von Belang.

Ihr Vater sah sie über den Tisch hinweg an und lächelte.

»Da bist du also«, sagte er zufrieden. Er machte eine Pause und wandte sich an seine Frau: »Am besten läßt du ihr von Señorita Marchena ein Kleid anfertigen.« Und zu Charlotte: »Am Sonntag findet im Country Club ein großer Tanzabend statt.«

»Oh, aber ich habe doch jede Menge zum Anziehen!« wandte sie ein.

»Trotzdem, dies ist etwas Besonderes. Und es verlangt nach etwas Besonderem. Señorita Marchena ist genau die Richtige dafür.« Er betrachtete sie aufmerksam. »Ich kann nur sagen, die Ramirez-Mädchen müssen sich vorsehen!«

Sie merkte, daß sie rot wurde. Die Ramirez-Mädchen waren drei Schwestern, die den Ruf genossen, die Schönheit im Ort gepachtet zu haben.

»Die Ramirez-Mädchen!« rief Mrs. Callender mit einem Funken von Verachtung in der Stimme.

»Was ist mit ihnen?« sagte ihr Mann. »Es sind nette Mädchen.«

»O ja, sie sind hübsch, Bob, aber wohl kaum das, was man unter netten Mädchen versteht.« (Mrs. Callender zufolge tendierten alle Spanier per definitionem zu einer zweifelhaften Moral.)

»Mutter! Wie kannst du so etwas sagen!« rief Charlotte.

Mrs. Callender sah sich nervös um; ihr schien, als lausche Monsieur Royer ihrem Gespräch. Sie war absichtlich spät zu Tisch gegangen, weil sie glaubte, daß er bis dahin mit dem Essen fertig sei, doch er spielte noch immer mit seinem Obst herum. »Ich erzähle es dir später«, sagte sie *sotto voce* zu Charlotte und wechselte das Thema, inbrünstig hoffend, daß er im nächsten Moment aufstehen und sich in seinen Bungalow zurückziehen würde.

Während sie noch aßen, öffnete sich die Terrassentür und Mr. van Siclen polterte herein, direkt aus El Menar, in einem erdverschmierten Overall. Er hatte die Angewohnheit, zu jeder Tages- und Nachtzeit unangemeldet aufzutauchen. Das Personal hatte dadurch manchmal Unannehmlichkeiten, da er jedoch für Vollpension bezahlte und nur wenige Mahlzeiten hier einnahm, hatten die Callenders zu seinen überraschenden Auftritten nie etwas gesagt. Vorsichtig schloß er die Tür, damit die Zugluft, die aus der Küche durch den Raum blies, sie nicht zuwarf. »Guten Abend allerseits!« sagte er und strich sich mit der Hand durchs Haar. Mrs. Callender schaute zum Fenster, wo Monsieur Royer damit beschäftigt war, einen Apfel in papierdünne Schnitzel zu zerschneiden. »Oh, wie schrecklich! Monsieur Royer hat Ihren Tisch. Setzen Sie sich hierher zu uns. Abdallah! *Trae otra silla!*« Sie rückte ihren Stuhl ein wenig zur Seite und deutete auf den Platz neben sich. »Doch ehe Sie Platz nehmen – das ist meine Tochter Charlotte.« Er nahm die Vorstellung trocken, mit einem Minimum an Höflichkeit hin, setzte sich dann und seufzte tief.

»Was für eine Nacht!« erklärte er, als die Suppe serviert wurde. »Eine Brise vom Meer, Vollmond und dichte Wolken. Ich bin gerade im Jeep von El Menar gekommen«, fuhr er, an Charlotte gewandt, fort. (Sie hatte entschieden, daß er ein aufgeblasener Kerl war – mit diesem Bart.)

»Wie entzückend!« rief Mrs. Callender. »Nun, verraten Sie uns doch, sind Sie schon auf etwas Phantastisches gestoßen da draußen? Goldmünzen? Lapislazuli-Becher?«

Während er sprach, studierte Charlotte sein selbstgefälliges, leicht spöttisches Gesicht. Es vereinte all das, was sie an Männern am meisten verabscheute: Eitelkeit, Anmaßung, Gefühllosigkeit. Trotzdem konnte er nicht so schlimm sein, wie er aussah, dachte sie, es mußte teilweise am Bart liegen. Niemand in seinem Alter hatte das Recht auf eine derartige Verzierung.

Hin und wieder warf sie einen verstohlenen Blick auf ihre Mutter, die dem Gerede lauschte, als sei es von größtem Interesse, und es zuweilen mit girrendem Lachen und Ausrufen des Entzückens unterbrach. Irgendwie hatte sie erwartet, sie diesmal weniger albern zu finden (vielleicht aufgrund ihrer Entschlossenheit sich zu widersetzen), doch nun kam sie ihr schlimmer vor denn je. »Es muß an ihrem Alter liegen«, dachte Charlotte. Irgendwann würde sie sich wahrscheinlich ganz plötzlich, über Nacht, verändern. Und nun, da ihr bewußt wurde, daß es genau diese Oberflächlichkeit war, die sie am meisten haßte, spürte sie keinen Funken Schuld mehr wegen ihrer Aufmüpfigkeit. Der Versuch, das Leben anderer Menschen in die Hand zu nehmen, war eine ernste Angelegenheit. Er hatte seine Grenzen. Doch die Unentschiedenheit, die sie an ihrer Mutter bemerkte, kam einer Ablehnung aller Werte gleich. Es gab keinen Anfang und kein Ende; alles glich dem anderen.

Zwei Krankenschwestern, die auf Urlaub vom Hospital auf Gibraltar waren, schoben ihre Stühle zurück und gingen durch den Saal zur Tür. »Gute Nacht«, sagten sie mit ihrem seltsamen englischen Akzent. Beide trugen Brillen; ihre Kleidung verriet einen schrecklichen Geschmack. Charlotte sah ihnen nach und dachte: »Dreißig zu sein und so auszusehen...«

Jemand legte ihr leicht eine Hand auf die Schulter. Sie wandte den Kopf. Der Herr aus Frankreich stand hinter ihrem Stuhl und lächelte ihrer Mutter zu.

»Mein Kompliment, Madame! Ein so reizendes Mädchen konnte nur die Tochter einer so charmanten Mutter sein wie Sie!«

Hinter Charlotte stehend verbeugte er sich tief, so daß sein Kopf eine Sekunde lang auf gleicher Höhe war wie der ihre; die Hand verharrte auf ihrer Schulter. Ein kurzes Schweigen fiel über den Tisch. An Mr. van Siclen gerichtet fuhr Monsieur Royer fort: »Guten Abend, lieber Freund! Wie geht es Ihnen? Sind Sie in letzter Zeit auf irgendwelche bemerkenswerten Funde gestoßen?«

»Hallo, Royer. Ich habe den Callenders gerade von einer neuen Mauer erzählt, die ich gestern entdeckt habe.«

»Wie aufregend! Gestern erst! Ich bin gespannt.«

»Setzen Sie sich«, sagte Mr. van Siclen. Mrs. Callender warf ihm einen bösen Blick zu.

»Ich fürchte, das wird etwas eng«, sagte sie und rückte ihren Stuhl so laut wie möglich auf dem gekachelten Boden hin und her, ohne ihn auch nur einen Zentimeter zu verschieben.

»O nein, es geht schon«, entgegnete Charlotte. »Hier neben mir.«

Doch Monsieur Royer lachte.

»Nein, nein, lassen Sie nur! Aber es ist sehr freundlich von Ihnen, und ich brenne darauf, mehr über die neuesten Entwicklungen dieser großartigen Ausgrabung zu erfahren. Vielleicht morgen, Mister van Siclen?« Er küßte Mrs. Callender und Charlotte förmlich die Hand und ging hinaus.

Mrs. Callender sah ihren Mann an und verdrehte die Augen. »Man braucht eine Engelsgeduld«, sagte sie. »Was für ein unausstehlicher Narr!«

Charlotte zögerte einen Augenblick und wandte dann ein: »Wieso? Ich finde ihn bezaubernd.«

Ihre Mutter stieß einen kleinen Schrei aus, der in ratlosem Kichern verklang, und warf Mr. Callender einen hilfesuchenden Blick zu. Dann sagte sie sehr ernst: »Ich bin betrübt, so etwas zu hören, Liebes, denn es beweist, daß du keinerlei Menschenkenntnis besitzt. Der Mann ist ein Nichtsnutz, ein gewöhnlicher Abenteurer! Schlimmer geht es nicht!«

Charlotte sah zu ihrem Vater: »Ist das wahr?« fragte sie.

»Er taugt nichts, das ist richtig«, stimmte er zu.

Eine Weile saßen sie beim Kaffee und erzählten sich die letzten Neuigkeiten. Der Speisesaal war jetzt leer, bis auf ihren Tisch. Abdallah lehnte, mehr schlafend als wachend, am Kamin. Mr. van Siclen hatte aufgehört, sich an dem Gespräch zu beteiligen; er kippte seinen Stuhl nach hinten und zog an einer Pfeife. Von Zeit zu Zeit ließ der Wind das Haus erbeben. Langsam konzentrierte sich die Unterhaltung auf Charlotte. Sie erzählte ihren Eltern von der Schule, dem Unterricht und ihren Freunden; sie hatte Mr. van Siclens Anwesenheit beinahe vergessen. Plötzlich unterbrach sie sich.

»Das alles muß Mr. van Siclen doch schrecklich langweilen«, sagte sie entschuldigend.

»Unsinn, mach weiter«, erwiderte ihr Vater. »Wenn er nicht zuhören möchte, kann er ja gehen.«

Mr. van Siclen lächelte schläfrig durch den Rauch. »Es langweilt mich keineswegs«, sagte er. »Im Gegenteil, es ist sehr aufschlußreich.«

Sie war überzeugt, daß er sich über sie lustig machte; sie kochte vor Wut.

»Ich bin schrecklich müde; ich glaube, ich gehe lieber schlafen.« Es war die einzige Möglichkeit, dem Ganzen zu entkommen; nun, da sie sich seines belustigten Blicks bewußt war, konnte sie ihren Bericht unmöglich fortsetzen.

Ihre Mutter sprang auf. »Natürlich bist du müde, armes Ding. Komm mit mir. Du mußt sofort ins Bett.« Sie wollte nach ihrem Arm greifen, um sie zur Tür zu ziehen, doch das konnte Charlotte nicht zulassen. Sie machte sich sanft los und ging zu ihrem Vater, um ihm einen Gutenachtkuß zu geben; sie verabschiedete sich von Mr. van Siclen höflicher, als sie es meinte, nahm dann an der Tür ihre Mutter am Arm und führte sie die Treppe hinunter durch den Garten zu den Bungalows. Mrs. Callender trat ein, setzte sich auf das Bett und tratschte über die Bediensteten, während Charlotte den Koffer auspackte. Hassans elfjähriger Bruder saß im Gefängnis, weil er durch das offene Fenster von Mr. Burtons Zimmer gelangt und einen Hundert-Peseten-Schein vom Tisch genommen hatte.

»Aber Mutter! Er ist doch noch viel zu jung für das Gefängnis!«

»Ich habe schon vor Jahren gesagt, daß der Bengel ein Dieb ist, Darling. Ich habe Hassan gewarnt, er solle besser auf ihn aufpassen oder wir beide würden noch Ärger bekommen. Ist das nicht der Bademantel, den Mrs. Grey dir geschenkt hat? Er ist hübsch, aber er scheint ein wenig zu lang.« Schließlich ging sie und ließ Charlotte hellwach im Dunkeln und dem rhythmischen Rauschen der Wellen lauschend zurück. Das Meer war nicht besonders laut; sie konnte sich an Nächte erinnern, in denen es das Zimmer zu erfüllen schien. Doch heute nacht kam der Wind von Westen.

5

Es dauerte nicht lange, bis sie merkte, wie töricht es gewesen war, nach dem Abendessen Kaffee zu trinken; sie würde stundenlang wach liegen. Und da ihre Mutter gewöhnlich vor dem Einschlafen noch eine Stunde las und ihren Bungalow im Blickfeld hatte, konnte sie auch kaum aufstehen. Sobald sie Licht machte, würde ihre Mutter vor der Tür stehen, um zu sehen, was los war. Sie wollte spazierengehen – vielleicht hinunter zum Strand. Aber das hieß, sich im Dunkeln anzuziehen und leise davonzustehlen, der Gefahr ausgesetzt, ihrem Vater über den Weg zu laufen. Sie hatte ihn noch nicht in seinen Bungalow kommen hören. Wenn sie wartete, wäre es sicherer, aber sie hatte keine Lust zu warten. Als sie vorsichtig nach ihrem Rock tastete, hörte sie seine Tür zuschlagen. Sie seufzte erleichtert. Nun, da jedermann zu Bett gegangen war, würde es viel leichter sein.

Alles ging glatt; sie machte kein Geräusch. Den weinumrankten Laubengang entlang, durch den Gemüsegarten, hinunter über das offene Feld und zu dem Felsplateau, wo Zypressen und Klippen über das Wasser blickten. Die niedrigen Wolken am Himmel warfen Wellen von Schatten, die langsam über das in Mondlicht getauchte Land glitten. Sie summte beim Gehen fröhlich vor sich hin. Rechts ab, unter den hohen verkrüppelten Zypressen durch die kleine Schlucht und wieder hinauf; sie kannte den Weg ganz genau. Womit sie nicht gerechnet hatte, war Mr. van Siclen, der auf einem Felsen direkt in ihrem Weg saß, als sie den Rand der

Klippe erreichte. Er saß da und sah auf das Meer hinaus; auf ihr unfreiwilliges »Oh!« hin drehte er sich um und lächelte ihr im Schein des Mondes zu.

Sein Anblick hatte sie dermaßen verwirrt, daß sie nur stehenblieb und ihn anstarrte.

»Dachte ich mir, daß Sie noch auf sind«, erklärte er zufrieden.

Sie konnte nur dumm fragen: »Wieso?«

»Weil ich nicht geglaubt habe, daß Sie wirklich müde waren.«

Sie sagte nichts. Ihr erster Impuls war, unfreundlich zu sein, aber dann fand sie das kindisch. »Ich dachte, ich mache noch einen kleinen Spaziergang zum Strand.«

Er lachte. »Ich habe Sie hinausschleichen sehen.« Warum mußte er nur so widerwärtig sein? »Hätten Sie Lust zu einer kleinen Spazierfahrt?«

»Ich glaube nicht, nein danke«, sagte sie höflich, war sich jedoch zugleich bewußt, daß es ihrer Stimme an Entschiedenheit mangelte.

»Natürlich haben Sie Lust. Kommen Sie!«

Er sprang auf, nahm ihre Hand und zog sie mit sich, den Pfad zurück. »Nein, wirklich! Nein! Hören Sie!« Sie wollte sich zur Wehr setzen, fürchtete jedoch, als Jammerlappen zu wirken – ein Spielverderber. Bald mußte sie einen Augenblick stehenbleiben. »Bitte!« keuchte sie. »Nicht so schnell!« Dies schien er als stillschweigende Zustimmung zu seinem Vorschlag zu verstehen; er lachte, lockerte seinen Griff und sagte: »Der Jeep steht in der oberen Einfahrt!«

Und als sie erst im Wagen saß und der Nachtwind über ihr Gesicht strich, während sie den Berg hinauffuhren, dachte sie, daß sie die Einladung vielleicht von Anfang an hatte annehmen wollen. Ein durchdringender, würziger Duft hing in der Luft: der Eukalyptuswald. Wie eine Fahrt durch einen hohen dunklen Tunnel. Das Dröhnen des Motors hallte über ihnen wider. Wenig später tauchten die Mauern von Sultan Moulay Hafids Schloß vor ihnen auf; sie ragten immer höher, je näher sie dem Eingang kamen. Und plötzlich gab es überhaupt keine Mauern mehr; der Wagen befand sich jetzt auf jener hochgelegenen, ebenen Straße, die durch den Olivenhain nach Bou Amar führte. Die sanften Hügel bildeten nach Süden zu ein weites, dunstiges Panorama, das weiß im Mondlicht schimmerte. Hie und da glitt der schemenhafte Schatten einer Wolke über einen Berg; er nahm eine neue Gestalt an, wenn er den Gipfel erreichte und sich über das jenseitige Tal breitete. Die Wolken trieben tief und schnell dahin. Sie wollte sagen: »Es ist wunderbar!«, aber er hatte die Windschutzscheibe umgeklappt, und der Fahrtwind nahm ihr den Atem. Die kleinen Lehmhäuser von Bou Amar glitten an ihnen vorbei, und wieder waren sie im offenen Land, unter Pinien diesmal. Noch immer verlief die Straße schnurgerade, doch das Auf und Ab der Hügel erzeugte ein Gefühl wie in einer Achterbahn. Er klappte die Windschutzscheibe hoch.

»Soll ich ihn auf Touren bringen?« fragte er.

»Fahren Sie nicht schneller, wenn es das ist, was Sie meinen!«

»Das meine ich.«

»Nein!«

»Die Kiste bringt sowieso nicht mehr!« schrie er.

Doch es kam ihr vor, als hätte er die Geschwindigkeit erhöht.

Nun gab es keine Bäume mehr; es war eine hochgelegene, offene, felsige Gegend, mit vereinzelten Büscheln von Heidekraut und Stechpalmen, die der Mond mit milchigem Weiß übergoß. Weit voraus in der Ferne sandte der Leuchtturm auf der Klippe seine immer wiederkehrende Botschaft aus. Im nächsten Moment brachte Mr. van Siclen den Jeep zum Stehen. Es war vollkommen still hier oben, bis auf den Wind: Es gab keine Insekten, und das Meer war zu weit entfernt, als daß man es hätte hören können. Er zündete eine Zigarette an, ohne ihr eine anzubieten, und musterte sie von der Seite.

»Sind Sie das, was man unter diesem komischen Begriff ›tugendhafte junge Dame‹ versteht?« Ihr Herz sank.

»Was?« (Und in jedem Fall war es einfach idiotisch.) Sie wartete, sagte dann: »Ich denke ja. Wieso?«

»*Sehr* tugendhaft?«

»Haben Sie mich hierhergebracht, um sich nach meiner Moral zu erkundigen?«

»Ihre Moral ist mir ziemlich gleichgültig, wenn Sie es genau wissen wollen. Ich frage nur der Höflichkeit halber. Sie wissen schon: Was macht Ihr Hexenschuß? Wie geht es Ihrem wunden Zahn?«

Ohne es wirklich zu wollen, sagte Sie: »Ich finde Sie ziemlich abscheulich, wissen Sie.«

Er blies ihr den Rauch ins Gesicht. »Der Abscheu, meine liebe junge Dame, ist nichts weiter als mangelnder Appetit – das Verlangen, etwas nicht mit dem Mund zu berühren.«

»Wie bitte?«

»Etwas zu essen. Jemanden zu küssen. Alles dasselbe.«

»Ich weiß nicht, wovon Sie sprechen.« Allmählich wurde sie nervös; es war, als unterhielte sie sich mit einem Wahnsinnigen.

»Ich versuche nur, Ihnen zu sagen, daß ich Sie eigentlich nicht besonders verabscheue.«

Der Leuchtturm blinkte. »Wie bringe ich ihn dazu, zurückzufahren?« dachte sie.

»Ich glaube, das kann ich besser beurteilen«, sagte sie ein wenig zittrig.

»Und doch wollen Sie, daß ich Sie küsse.«

»Was?« rief sie schrill. Dann sagte sie mit leiser Stimme: »Warum sollte ich wollen, daß Sie mich küssen?«

»Ich will verflucht sein, wenn ich es weiß. Aber Sie wollen es.«

»Das stimmt nicht. Ich will es nicht.«

Er warf seine Zigarette weg. »Ich glaube, wir haben jetzt genug über diese Lappalie geredet«, sagte er und wandte sich zu ihr um.

So hatte sie noch nie jemand behandelt. Als er sie packte, konnte sie nichts tun. Als sie mit aller Kraft versuchte, ihren Kopf wegzuziehen, biß er sie so heftig in die Lippe, daß sie vor Schmerz aufschrie. Nach längerem Kampf ließ er sie los und grinste sie an. Sie versuchte etwas zu sagen, doch alles, was sie herausbrachte, war Schluchzen und Würgen.

»Hier, ein Taschentuch«, sagte er. Automatisch nahm sie es und putzte sich die Nase. Dann betupfte sie ihre Lippen und entdeckte das dunkle Blut auf dem weißen Leinen. Aus irgendeinem Grund gab ihr das die Kraft, den Kopf zu heben und ihn anzusehen.

»Ich –«

»Versuch nicht zu sprechen«, sagte er kurz.

Sie starrte ihn an, von ihrem Haß gegen ihn übermannt, öffnete den Mund, um etwas zu sagen, und würgte erneut. Als sie sich so weit beruhigt hatte, um »Das war ekelhaft« denken zu können, statt »Das ist ekelhaft«, gab sie ihm das Taschentuch zurück und sagte ruhig: »Meine Mutter hatte unrecht. Sie sagte, schlimmer als Monsieur Royer ginge es nicht.«

Er lachte entzückt. »Oh, er ist viel schlimmer. *Vi-i-iel* schlimmer!«

»Ich möchte nicht weiter darüber sprechen, wenn es Ihnen nichts ausmacht.«

»So schlimm war es nun auch wieder nicht«, sagte er.

Sie antwortete nicht.

»Im Gegenteil«, fuhr er fort, »die Fahrt hat Ihnen sogar gutgetan.«

»Ich glaube nicht, daß mein Vater derselben Meinung wäre«, sagte sie steif.

»Wahrscheinlich nicht. Aber es wird ihn keiner nach seiner Meinung fragen, oder?«

Beim Gedanken an den Seufzer der Erleichterung, den sie ausgestoßen hatte, als sie ihren Vater die Tür seines Bungalows hatte zuschlagen hören, schwieg sie. Er ließ den Motor an, wendete den Jeep, und sie fuhren ebenso schnell zurück, wie sie gekommen waren. Als sie an der Garage ankamen, sprang sie heraus, ohne ein Wort zu sagen, und lief zu ihrem Bungalow. Alle Lichter in den anderen Bungalows waren erloschen. Sie zog sich im Dunkeln aus und knipste die Lampe über dem Waschbecken gerade lange genug an, um einen Tropfen Jod auf ihre Lippe zu pinseln. Als sie sich hinlegte, merkte sie, daß sie zitterte. Trotzdem dauerte es nicht lange, bis das Rauschen der Wellen sie eingeschläfert hatte.

6

Am Morgen erwachte sie schlecht gelaunt. Vielleicht waren es die Nachwirkungen der Reise, oder vielleicht hatte das unangenehme Erlebnis der letzten Nacht ihre Nerven gereizt. Halima, die jüngere der beiden Frauen des Kochs, brachte ihr das Frühstück. Als sie fertig war, stand sie auf und sah in den Spiegel. Ihre Unterlippe war noch geschwollen. »Vielleicht ist es bis zum Mittagessen nicht mehr zu sehen«, hoffte sie; dann zog sie ihren Badeanzug an und lief zum Strand, wo sie den ganzen Morgen badete und sich sonnte. Gegen Mittag sah sie Monsieur Royer um eine Felsnase am Fuß der Klippen biegen. Er trug einem weißen Flanellanzug und schwenkte einen Spazierstock. Sie beobachtete ihn, als er näher kam, froh, daß es nicht Mr. van Siclen war.

»Aha! Heute als Meerjungfrau!« rief er. »Ist das Wasser angenehm?«

»O ja. Herrlich.«

Er stand über ihr, zeichnete mit der Spitze seines Stocks Muster in den Sand, und sie unterhielten sich. Schließlich sagte er: »Darf ich mich setzen?«

»Aber natürlich, ich bitte darum!« Sie kam sich unhöflich vor, weil sie es ihm nicht angeboten hatte.

Als er neben ihr saß, setzte er die Unterhaltung fort und stocherte mit seinem Stock im Sand. Nach einigen Minuten wandte er sich halb um und musterte ihr Gesicht, lächelte, wodurch seine Augen heller zu glänzen schienen, und sagte: »Ein Mann hat nicht allzuoft im Leben das Privileg, neben einer richtigen Meerjungfrau zu sitzen, wissen Sie. Sie müssen mir daher verzeihen, wenn ich dieses Privileg auskoste.«

Sie wußte nicht, was sie sagen sollte, doch seine Art belustigte sie. Sie lachte und antwortete: »Danke sehr.«

Er schien nicht ganz zufrieden. »Ich will Sie nicht in Verlegenheit bringen, meine Liebe. Sie müssen wissen, daß alles, was ich sage, durchaus ernst gemeint ist. Es ist keine Schmeichelei. Wenn es komisch klingt, so nur wegen meines mangelhaften englischen Wortschatzes.«

»Aber es ist ganz und gar nicht komisch«, entgegnete sie. »Es ist sehr charmant, wirklich. Und Sie sprechen wunderbar Englisch.«

Seine Konversation ging nicht über jene weitschweifigen Komplimente hinaus, doch sie fand sie harmlos, ein bißchen rührend und insgesamt angenehm. Im Verlauf des Gesprächs wuchs ihre Sympathie für ihn, und sie ertappte sich bei dem Wunsch, ihm etwas anvertrauen zu können – »nichts Besonderes oder Ernstes«, dachte sie – nur was ihr gerade in den Sinn kam. Er war freundlich, distanziert, unkompliziert und, dessen war sie ganz sicher, sehr erfahren. Als ein kleines Fischerboot hinter den Klippen auftauchte und auf der rauhen See auf und ab tanzte, sagte sie plötzlich: »Monsieur Royer, sagen Sie mir Ihre ehrliche Meinung. Glauben Sie, es ist ehrlos, wenn ein Mann ein Mädchen gegen ihren Willen küßt?« Sie war schockiert, als sie ihre eigenen Worte vernahm; sie hatte nicht gewußt, daß es diese sein würden, doch offensichtlich mußten sie heraus, und es war niemand anders da, zu dem sie hätte sprechen können.

Eine Wolke schien Monsieur Royers sonnengebräuntes Gesicht zu überschatten. Langsam sagte er: »Ah. Ich verstehe, man hat Ihnen von mir erzählt.«

»Nein, nein!« rief sie erstaunt und dann erschrocken.

»Aber natürlich«, sagte er ruhig. »Wir sind einander nicht einmal vorgestellt worden. Haben Sie das nicht bemerkt? Ja. Man hat Ihnen von mir erzählt. Und warum auch nicht? Die Leute haben recht.« Er hielt inne. »Das Mittagessen wird bald fertig sein. Doch ich will Ihre Frage beantworten. Ja, ich glaube schon, daß ein solches Verhalten ehrlos ist. Sie gebrauchten den Ausdruck ›gegen ihren Willen‹. Doch es gibt viele Mädchen, die keinen Willen besitzen, wie die Einheimischen hier oder sogar die spanischen Mädchen der unteren Schichten. Ihnen ist alles gleichgültig, solange sie ein Geschenk bekommen. Sie haben keine bestimmten Wünsche. Und wenn sie keinen Willen haben, kann man kaum gegen ihn handeln, nicht wahr?«

Sie schwieg. »Ich meine nicht Sie«, sagte sie schließlich.

Er betrachtete sie sehr ernst; er schien sie nicht gehört zu haben. »Verstehen Sie, was ich damit sagen will?«

»Ich bin nicht ganz sicher«, antwortete sie und ließ Sand zwischen ihren Finger hindurchrieseln. »Aber ich wollte wirklich nicht –.« Er war aufgestanden.

»Guten Morgen, Madame.«

Sie sah sich um: da stand ihre Mutter. Sie begrüßte Monsieur Royer kühl. Dann sah sie hinunter.

»Charlotte, es ist Zeit zum Mittagessen. Komm und zieh dich um.« In ihrer Stimme schwang ein Zorn, der an längst vergessene Tage kindlicher Ungezogenheit und Vorhaltungen erinnerte.

Der Rückweg war steil. Charlotte ging voraus, ihre Mutter keuchte hinterher. »Charlotte, ich bin entsetzt über dich. Du bist kein Kind mehr, verstehst du –« Nach jedem Satz machte sie eine Pause und schnappte nach Luft. »Dein Vater und ich haben dir gesagt, du sollst dich nicht mit Monsieur Royer abgeben. Wie deutlich müssen wir denn noch werden? Ich wollte dir heute morgen alles über ihn erzählen. Aber du warst natürlich verschwunden. Ich weiß nicht, warum – und ich bin sehr wütend. Du bist ein durch und durch rücksichtsloses und egoistisches Geschöpf –«

Charlotte ließ die Tirade apathisch über sich ergehen und lief so schnell, daß ihre Mutter wegen der Anstrengung, mit ihr Schritt zu halten, größte Schwierigkeiten hatte weiterzusprechen. Einmal hätte Charlotte beinahe eingewandt, daß Monsieur Royer erst kurz zuvor aufgetaucht war und sie nur einige Minuten mit ihm zusammengesessen hatte, doch sie spürte, daß sie dies ins Unrecht setzen könnte; es klänge wie eine Entschuldigung, und sie war entschlossen, jegliche Schuld von sich zu weisen. Als sie überhaupt nicht antwortete, wurde die Stimme ihrer Mutter vorübergehend weicher, und sie sagte: »Meinst du nicht, es ist an der Zeit, dich zu ändern und auch einmal an andere zu denken?«

»Wahrscheinlich«, antwortete sie unbestimmt und fügte mit lauterer Stimme hinzu: »Aber ich weiß wirklich nicht, was du gegen den armen Monsieur Royer hast, daß du derart schlecht von ihm redest.«

Mrs. Callender schnaubte ungeduldig.

»Mein Gott, Charlotte! Ich weiß alles über diesen Mann. Bitte glaub mir, er hat einen höchst widerwärtigen Ruf. Schon aus diesem Grunde solltest du ihm aus dem Weg gehen. Aber zufällig weiß ich auch, daß dieser Ruf vollkommen gerechtfertigt ist. Es steht außer Frage, daß er ein Wüstling ist, ein Schuft. Jedenfalls lasse ich mich nicht mit dir auf eine Diskussion darüber ein. Es ist eine unbestreitbare Tatsache. Was ich will, ist ein Versprechen – dein Versprechen, daß du nicht mehr mit ihm reden wirst, solange dein Vater oder ich nicht dabei sind.«

Sie waren oben auf der Klippe angelangt. Mrs. Callender wäre gern stehengeblieben, um sich etwas auszuruhen, doch Charlotte eilte weiter. Hier war der Pfad weniger steil, und ihre Mutter holte sie schnell ein. Sie atmete schwer. Offenbar war sie noch wütender als zuvor.

»Ich weigere mich, ruhig mit anzusehen, wie ein alter Lüstling versucht, dein Leben zu ruinieren. Ich will nicht, daß du ihn wiedersiehst. Hast du mich verstanden?«

Charlotte antwortete, ohne sich umzusehen. »Ja. Natürlich verstehe ich. Aber ich bin nicht deiner Ansicht.«

»Mir ist es höchst gleichgültig, ob du meiner Ansicht bist oder nicht«, schrie Mrs. Callender mit überschlagender Stimme. »Ich nehme an, du findest es brillant und passend, solchen Mut zu zeigen –«

Sie hatten den Gemüsegarten erreicht. Eine der Krankenschwestern aus Gibraltar saß auf der Veranda vor ihrem Bungalow und sonnte sich. Mrs. Callender senkte die Stimme und schmeichelte: »Darling, bitte, verdirb mir doch durch Starrsinn und Widerspenstigkeit nicht die Freude an deinem Besuch.«

»Soll ich unhöflich zu ihm sein?«

»Das ist nicht notwendig. Aber wenn du mir nicht gehorchst, werde ich diejenige sein, die unhöflich ist. Ich werde ihn einfach bitten, uns zu verlassen. Und so etwas habe ich noch nie getan.«

»Dann bleibt mir nichts anderes übrig, als ihm in deiner Gegenwart zu erklären, daß du mir verboten hast, mit ihm zu sprechen.«

Sie standen im Garten zwischen ihren Bungalows.

»Wenn dir nichts Besseres einfällt, bitte, laß dich nicht abhalten«, sagte ihre Mutter eisig. »Ich habe bestimmt nichts dagegen.« Sie trat in ihr Zimmer und schloß die Tür. Charlotte blieb einen Augenblick stehen und sah ihr nach.

In ihrem Spiegel begutachtete sie die Lippe; das Salzwasser hatte die Schwellung gemildert. Sie zog sich rasch um und ging in den Speisesaal, wo sie zu ihrer großen Erleichterung bemerkte, daß Mr. van Siclen nicht da war. Während des Mittagessens blickte sie aus dem Fenster und sah, daß Monsieur Royer seine Mahlzeit auf der Terrasse in der Sonne serviert wurde; sie fragte sich, ob er draußen aß, weil es ihm Spaß machte, oder nur aus Rücksicht ihr gegenüber. Ihre Eltern waren noch nicht mit dem Nachtisch fertig, da entschuldigte sie sich und ging hinaus. Einen Augenblick blieb sie an der Treppe stehen, trat dann jedoch ungezwungen auf den Tisch zu, an dem Monsieur Royer seinen Kaffee trank. Er stand auf und schob einen Stuhl vom Nebentisch für sie heran. Obwohl sie wußte, daß sie durchs Fenster beobachtet wurde, setzte sie sich zu ihm. Hassan brachte ihr einen Kaffee, und sie plauderten angeregt eine Viertelstunde miteinander. Sie rechnete fest damit, daß ihre Mutter auftauchen und eine Szene machen würde, doch nichts geschah. Als sie aufstand und zu ihrem Bungalow ging, dachte sie: »Jetzt wird sie kommen«, und sie lag lange wach, auf die Schritte ihrer Mutter horchend, doch nichts geschah. Schließlich fiel sie in tiefen Schlaf.

7

Im Rosengarten hinter der Bar spazierten Mr. und Mrs. Callender auf und ab und unterhielten sich leise.

»Du hast es gesehen!« erklärte Mrs. Callender in eindringlichem Flüsterton. »Reine Verblendung, nichts anderes. Es ist gar nicht typisch für Charlotte, sich so zu benehmen. Sie hat mir noch nie so getrotzt. Zugegeben, es war nur eine Provokation, das kleine Schauspiel dort draußen, ja. Aber so ist sie früher nie gewesen. Der Mann hat sie verhext, das steht fest. Wir müssen etwas unternehmen, und zwar sofort.«

Immer wieder gingen sie den kurzen, sorgfältig gepflegten Pfad auf und ab. »Wir müssen ihn fortschicken«, sagte sie.

»Unmöglich«, erwiderte Mr. Callender.

»Dann werde ich Charlotte nehmen und mit ihr in ein Hotel ziehen, bis er abreist«, erklärte sie. Mr. Callender brummte.

»Was sie braucht, sind ein paar Jungen in ihrem Alter«, sagte er schließlich. »Die wenigen, die sie hier kannte, sind fast alle weggezogen. Schade, daß das Fest im Club nicht schon heute oder morgen abend stattfindet. Dann hätte sie Monsieur Royer im Handumdrehen vergessen.«

Mrs. Callender seufzte. »Wenn man ihn nur bis zu dem Fest auf Eis legen könnte«, überlegte sie laut. Dann straffte sie sich energisch und versuchte es noch einmal: »O Bob, wir *müssen* ihn loswerden.«

Ihr Mann blieb stehen. »Daran hätten wir vorher denken sollen. Du hattest es in der Hand. Ich habe dich gefragt, ob ich ihm kabeln sollte, daß wir ausgebucht seien, und du hast nein gesagt. Es ist eine Sache, jemandem zu sagen, wir hätten kein Zimmer frei, und eine andere, ihn ohne Grund vor die Tür zu setzen. Das kann man nicht tun.«

»Ohne Grund, also wirklich!« schnaubte sie.

Und nun saß sie auf der Bettkante in ihrem Zimmer und war nervös. Der lange, windgepeitschte Nachmittag deprimierte sie. Es bestand eine intime und geheimnisvolle Beziehung zwischen dem, was sie fühlte, und dem Anblick der Landschaft, erst leuchtend unter der sengenden Sonne, dann wieder düster im Schatten der endlosen Prozession einzelner Wolken, die rasch vorbeizogen. Es war leicht zu sagen: »Es ist ein trauriger Tag« und alles dem unglücklichen Zufall zuzuschreiben, der Charlotte und Monsieur Royer zur selben Zeit hier zusammengeführt hatte. Doch in Wirklichkeit erklärte das gar nichts. Die quälende Sehnsucht nach ihrer eigenen Jugend blieb – nach den hellen andalusischen Tagen, als jede Stunde zum Bersten angefüllt war mit Verheißungen des Wunderbaren, als das Leben noch vor ihr lag, unerschöpflich, unberührt. Es stimmte, daß sie damals nicht immer glücklich gewesen war, doch es hatte die unmittelbare Möglichkeit zum Glücklichsein gegeben, in jeder einzelnen Sekunde. Und die Menschen um sie hatten nicht wie jetzt die Fähigkeit besessen, ihr plötzlich unheimlich zu werden. Selbst ihr Mann schien manchmal, wenn sie ihn unvermutet ansah, hastig von irgendwo außerhalb des Lichtkreises zurückzukehren. Es verstörte sie, und wenn sie je lange genug darüber nachgedacht hätte, wäre sie entsetzt gewesen.

Ziemlich weit entfernt auf dem Berg erklang eine *rhaïta*, sie kündigte eine Hochzeit an. Wahrscheinlich würde die Feier mehrere Tage und Nächte dauern. Sie hielt sich die Ohren zu. Als ob das helfen könnte! Sobald sie die Hände herunternahm, würde der leise, schlüpfrige Ton wieder da sein, sich um sich selbst windend wie eine dünne Baumschlange. Sie preßte die Handflächen stärker gegen den Kopf, bis das Vakuum am Trommelfell schmerzte. Doch die Bilder waren zum Leben erwacht: Esel, beladen mit Dekken und bemalten Holzkisten, die Prozession von Lampions, die einheimischen Frauen in weißen Gewändern mit ihren Trommeln... Sie sprang auf, sah auf die Uhr, trat an den Spiegel und puderte sich das Gesicht. Dann ging sie hinunter zu Mr. van Siclens Bungalow. Er hatte mit dem amerikanischen Vizekonsul in der Stadt gegessen und gesagt, er komme bald zurück, da er noch vor Einbruch der Dämmerung nach El Menar aufbrechen wolle. Sie klopfte; er gab keine Antwort. Sie ging weiter zur Bar, wo er oft saß und mit einem Finger alte Melodien auf dem Klavier klimperte. Er unterhielt sich mit dem Barkeeper.

»Mr. van Siclen, ich muß mit Ihnen sprechen.«

»Klar.« Er folgte ihr nach draußen.

»Ich weiß, daß Sie all das nicht im geringsten interessiert, aber es ist das einzige, um das ich Sie je bitten werde. Monsieur Royer hat ein Auge auf Charlotte geworfen. Nein, lachen Sie nicht. Es ist äußerst ernst. Ich zähle auf Sie. Sie *müssen* mir helfen.«

»Gut, gut«, sagte er. Und gleich darauf: »Also, was soll ich für Sie tun?«

»Ich dachte, wenn Sie ihn nach El Menar einladen könnten... Nur für ein paar Tage«, setzte sie hastig hinzu, als er die Stirn runzelte. »Nur für zwei, drei Tage. Zumindest, bis ich Gelegenheit hatte, mit ihr zu reden. Aus irgendeinem dummen Grund scheint *sie* auch ziemlich angetan von *ihm*, verstehen Sie? Es gibt keine Erklärung für diese Dinge. Aber man muß etwas tun. Ich wäre Ihnen unendlich dankbar.«

»Na schön«, sagte er langsam und fuhr sich mit der Hand durchs Haar. »Ich bin bereit, ihn einzuladen, aber woher weiß ich, ob er annimmt?«

»Ich glaube schon, daß er anbeißen wird, wenn Sie sich ein wenig Mühe geben«, sagte sie und lächelte bedeutsam. »Malen Sie ihm das Leben der Einheimischen aus... Sie kennen ihn ja. Sie wissen, was ihm Spaß macht.«

»Verflucht!« rief er plötzlich verärgert. »Ich will nicht, daß er mir die ganze Zeit im Weg ist, während ich zu tun habe.«

Und fügte, als er ihr Gesicht sah, resignierend hinzu: »Aber ich frage ihn, ich frage ihn.«

»Sie sind ein Schatz!« sagte sie.

Es war vollbracht. Irgendwie hatte sie keinen Zweifel, daß Monsieur Royer annehmen würde. Passend dazu schien die Sonne, als sie durch den Garten zu ihrem Bungalow ging. Es war fast keine Überraschung mehr, als zur Teezeit Monsieur Royer kam, um seinen Aufbruch anzukündigen.

»Wir werden Sie vermissen«, lächelte sie. »Ich nehme an, daß Sie Ihren Bungalow behalten wollen?« Und als er bejahte, schlug sie großzügig vor: »Dann berechnen wir Ihnen für diese Zeit nur Halbpension. So zahlen Sie kaum mehr als den Preis für das Zimmer.«

»Nein, nein«, protestierte er höflich, doch sie sah, daß er erfreut war.

Wenig später beobachtete sie, wie ihre beiden Gäste in der Dämmerung im offenen Jeep davonfuhren.

Beim Abendessen schaute Mr. Callender sich im Speisesaal um. »Wo sind sie denn alle?« fragte er.

»Oh, Mr. van Siclen ist wieder nach El Menar zurückgekehrt und hat Monsieur Royer mitgenommen.«

»Was?« fragte er ungläubig. Charlotte schwieg. Während des Essens sah Mrs. Callender mehrmals verstohlen zu ihr hinüber, doch wenn sie etwas fühlte, ließ sie es sich nicht anmerken.

»Was für ein verstocktes kleines Biest«, sagte sich Mrs. Callender enttäuscht; sie hatte doch eine stärkere Reaktion erwartet.

Charlotte dachte: »Er ist weg, Gott sei Dank!« Doch sie meinte Mr. van Siclen. Gleich nach dem Abendessen ging sie zu Bett, schlief tief und erwachte am nächsten Morgen mit dem Wunsch, Gloria Gallegos, eine Freundin aus ihrer Zeit am Lycée, zu besuchen. Sie frühstückte, zog sich an und machte sich in der kühlen Morgenluft zu Fuß auf den Weg in die Stadt. Es war nicht weit; in einer Stunde konnte sie es schaffen. Die morgendliche Brise war eine Wohltat. Noch hatte die Sonne sich nicht mit ihrer Hitze auf sie gesenkt, und auch nicht auf die Blumen mit ihrem mittäglichen Duft oder auf die summenden Insekten. Als sie am Marktplatz ankam, erschrak sie beim Anblick von Mr. van Siclens Jeep, der am Ciné Régis parkte. Sie wandte ihr Gesicht ab, als sie vorbeiging, für den Fall, daß er darin sein sollte. Doch an der nächsten Ecke stieß sie mit ihm zusammen.

»Hallo!« sagte er und nahm sie am Arm, ganz, so dachte sie, als sei nie etwas zwischen ihnen vorgefallen.

Ihre Begrüßung fiel nicht überschwenglich aus. Die vorbeidrängenden Berber stießen sie hin und her.

»Wohin wollen Sie so früh?« fragte er.

»Nur bis zum Boulevard«, sagte sie kühl.

»Das ist ein weiter Weg. Ich bringe Sie hin.«

»Ich gehe lieber zu Fuß.«

»Kommen Sie, seien Sie kein Spielverderber. Sie werden mir doch nichts nachtragen? Auf diese Art altern Sie nur vorzeitig!«

Er ließ ihren Arm nicht los; die einfachste Lösung bestand darin, nachzugeben. Sie ließ zu, daß er sie zum Jeep zurückbrachte und ihr hineinhalf. Als sie am nördlichen Ende in den Markt einbogen, begegneten sie dem Kombi der Pension, der gerade Mr. Richmond an der Bank abgesetzt hatte. Sie winkte Pedro, der ihren Gruß erwiderte.

»Haben Sie mir verziehen?« fragte Mr. van Siclen.

»Nur wenn Sie nicht mehr darüber sprechen«, erwiderte sie.

»Das ist die richtige Einstellung«, stimmte er zu. »Ich brauchte Kerosin. Wir hatten nicht mal genug für die Lampen gestern abend. Der arme alte Royer mußte sich im Mondschein ausziehen, schätze ich. Ich habe nicht gehört, wie er hereinkam.«

Am Boulevard ließ er sie aussteigen. Mittags versuchte sie ihre Mutter anzurufen, um ihr zu sagen, daß sie bei den Gallegos aß, Doch die Leitung war, wie so oft, gestört, und sie bekam keine Verbindung mit der Pension.

»Bob, ich mache mir Sorgen um Charlotte«, sagte Mrs. Callender beim Mittagessen. (Wenn das Telephon nicht defekt gewesen wäre, hätte es in diesem Augenblick geklingelt.) »Als ich um acht zu ihr ging, war sie schon weg. Es paßt gar nicht zu ihr, so früh auszugehen. Wo kann sie nur stecken?«

»Reg dich nicht auf«, sagte Mr. Callender beruhigend. »Du behandelst sie immer noch wie ein Kind. Sie ist irgendwo in der Stadt und bekommt keine Verbindung, das ist alles.«

Mrs. Callender sagte schmollend: »Sie ist unausstehlich, schon seit ihrer Ankunft. Rücksichtslos und sadistisch. Ich habe mir den ganzen Morgen Sorgen um sie gemacht.«

»Ich weiß.«

»Und die Folge ist, daß ich eine fürchterliche Migräne habe. Es ist dieser widerliche Monsieur Royer«, setzte sie heftig hinzu.

Am Nebentisch legte Mr. Burton sein Buch beiseite und fragte mit kaum hörbarer Stimme: »Ihre Tochter ist bestimmt froh, wieder zu Hause zu sein?«

Mrs. Callender drehte sich zu ihm um. »O ja! Sie fühlt sich wunderbar hier! Natürlich ist es ideal für junge Leute.«

»O ja, gewiß.«

Nach dem Mittagessen nahm sie noch ein Aspirin. Jetzt war ihr auch ein wenig übel. Sie lag auf dem Bett, die Vorhänge zugezogen, und dachte mit schwacher Genugtuung, so würde Charlotte zumindest wissen, daß sie ihretwegen nun krank war. Der Wind blies noch immer, die Bäume schwankten und rauschten, und durch ihr Lärmen wand sich von Zeit zu Zeit der dünne, schrille Klang der *rhaïta*. Sie döste, erwachte, döste. Zur Teestunde klopfte Halima, um zu fragen, ob sie ihr den Tee im Zimmer servieren solle. Mrs. Callender fragte, ob Señorita Charlotte zurück sei. Halima hatte sie nicht gesehen.

Obgleich sie wollte, daß Charlotte sie krank im Bett fand, wenn sie zurückkam, hatte sie keine Lust, allein in ihrem Bungalow Tee zu trinken. Sie beschloß, das Risiko des Aufstehens in Kauf zu nehmen, und begab sich in den Salon im Hauptgebäude. Es waren nur die Krankenschwestern da, aber sie nahm trotzdem Platz. Kurz darauf hörte sie Pedros Stimme im Flur und entschuldigte sich.

»*Oiga*, Pedro«, rief sie und lief hinaus. »Sie haben heute nachmittag nicht zufällig Señorita Charlotte gesehen?«

»*Esta tarde? No, señora*. Nicht seit heute morgen auf dem Markt, in Mr. van Siclens Wagen.«

»*Cómo?*« rief sie; das Wort war wie eine Explosion. Ihre Augen weiteten sich. Pedro sah sie an und dachte, daß Señora Callender jeden Moment in Ohnmacht fallen würde.

»Hol die *camioneta*«, sagte sie mit schwacher Stimme. »*Vamos a El Menar*.«

»Jetzt gleich?« fragte er überrascht.

»Sofort.«

Sie saß vorn neben Pedro; ihr Kopf hämmerte so stark, daß er nur ein gewaltiger, amorpher Schmerz war, den sie mit sich herumtrug. Die vertrauten Orte, an denen sie vorbeifuhren, ergaben keinen Sinn. Sie hätte keinen einzigen identifizieren können. Und ebensowenig wußte sie, was sie mehr aufbrachte: Charlotte mit ihrer Unverschämtheit und ihrem Ungehorsam, Mr. van Siclen mit seinem Verrat oder Monsieur Royer durch seine bloße Existenz.

Solange sie im Wagen saß und sie fuhren, kochte sie vor Wut. Doch als Pedro plötzlich mitten in der Wildnis anhielt, auf einer Straße, die von großen Steinen bedeckt war, deutete und verkündete, daß sie zu Fuß weitergehen müßten, wenn sie zum Dorf wollten, flaute ihr Zorn angesichts dieses unerwarteten Hindernisses ein wenig ab. Mittlerweile war es ziemlich dunkel, und das schwache Licht von Pedros Taschenlampe schwankte unsicher. Hier draußen kam der Wind direkt vom Atlantik; er war stürmisch und feucht.

Die Straße führte im Zickzack durch riesige Felsblöcke aufwärts. Von Minute zu Minute wurde das Rauschen des Meeres lauter. Hier war sie noch nie gewesen; der Gedanke an dieses gottverlassene Dorf, das in den Klippen über dem Ozean nistete, erfüllte sie mit Schrecken. Sie begegneten einem Berber auf dem Weg nach unten; im trüben Schein der Taschenlampe sah sie ihn, untersetzt und dunkelhäutig, mit einem Schäferstock in der Hand. »*Msalkheir*«, sagte er, als er an ihnen vorüberging. Er verschwand hinter ihnen in der Dunkelheit, ehe sie ihn fragen konnten, wie weit es noch bis zum Dorf war. Plötzlich standen sie vor einer Hütte. In ihrem Innern flackerte ein Licht, und die Geräusche vieler Schafe und Ziegen drangen heraus. Etwas weiter weg entdeckte Pedro den Jeep. Sie ertappte sich bei dem Gedanken: »Wie schafft er es bloß diesen Weg hinauf?«, besann sich jedoch schnell darauf, wie ernst ihr Anliegen war.

»*Pregúnteles*«, flüsterte sie Pedro zu und deutete auf eine Gruppe dunkler Gestalten zu ihrer Rechten. Der Geruch nach Scheune war überwältigend. Als Pedro von ihrer Seite wich, um sich den Männern zu nähern, hob sie den Kopf und erblickte den Himmel, gleichförmig schwarz. Nicht ein Stern sah durch den dichten Wolkenvorhang. Doch, in weiter Ferne über dem unsichtbaren Meer meinte sie einen funkeln zu sehen, aber es hätte ebensogut ein Boot sein können. Sie hatte vergessen, einen Schal mitzubringen, und sie fror.

Das Haus lag weiter oben, am äußersten Ende des Dorfes. Durch die offene Tür konnte sie die Lampe sehen, es war das hellste Licht weit und breit. Mehrere Hunde schlichen davon, als sie sich dem Haus näherten. Pedro rief: »*Señor!*«, und Mr. van Siclen tauchte auf.

»Um Himmels willen!« rief er, als er sie in der Tür stehen sah. »Was machen Sie denn hier?«

Sie zwängte sich an ihm vorbei in das winzige Zimmer. Es gab einen Stuhl, einen von Papieren bedeckten Tisch und in der Ecke, auf dem Boden, eine Matratze. Und überall große marokkanische Körbe voller Steinbrocken. Das Licht blendete ihre Augen.

»Wo ist meine Tochter?« fragte sie, ging zur Tür des Nebenzimmers und spähte hinein.«

»Wie bitte?«

Sie sah ihn an; zum ersten Mal, seit sie ihn kannte, wirkte er tatsächlich verwirrt – sogar erschrocken.

»Charlotte. Wo ist sie?«

Sein Gesichtsausdruck blieb unverändert. Ihre Frage schien ihn nicht erreicht zu haben. »Keine Ahnung. Ich habe sie heute morgen beim Französischen Konsulat am Boulevard abgesetzt.«

Mrs. Callender zögerte; sie wußte nicht, ob er die Wahrheit sagte. Dann ergriff er die Initiative: »Es wäre zweckmäßiger zu fragen, wo Monsieur Royer ist. *Ihn* haben Sie wohl nicht zufällig irgendwo gesehen? Ich bin ernstlich besorgt, müssen Sie wissen.«

»Monsieur Royer? Bestimmt nicht! Ist er denn nicht hier bei Ihnen?«

Er zuckte hilflos die Achseln. »Ich fürchte nein. Ich weiß nicht, was passiert ist, aber mir schwant nichts Gutes.«

Sie setzte sich seitlich auf einen Stuhl mit aufrechter Lehne. Einen Augenblick lang hörte sie das Rauschen des Meeres viel näher, als es sein konnte.

»Er ist gestern abend gleich nach dem Essen weggegangen. Irgendwo schlugen Trommeln.«

Ihre Hand fuhr zum Kopf. Wie es oft in Momenten äußerster Erschöpfung der Fall ist, hatte sie das Gefühl, den Ausgang dieser Szene auswendig zu kennen. Obwohl sie selbst ein Teil davon war, würde die Szene andauern und sich zu Ende spielen, ohne daß sie Einfluß darauf hatte. Mr. van Siclen würde in seine Hosentasche greifen, eine Schachtel Zigaretten herausholen, eine herausnehmen, sie anzünden und das Streichholz einen Augenblick lang in der Hand halten, ehe er es ausblies – so wie er alles tat, den Bruchteil einer Sekunde nachdem sie wußte, was er tun würde. Und er würde weitersprechen.

»– aber ich weiß nicht, was zum Teufel soll ich machen? Das Schlimmste ist, daß alle Einheimischen behaupten, sie hätten ihn nie gesehen. Sie wüßten nichts von einer solchen Person. Dabei weiß ich verdammt genau, daß sie lügen. Es ist zu einmütig. Ich glaube, daß er überhaupt nicht zurückgekommen ist. Die Decken auf seiner Matratze dort drüben«, er zeigte auf das andere Zimmer, »sind unberührt. Ich habe es erst gemerkt, als ich heute morgen aus der Stadt zurückkam. Ich glaubte, er schlafe noch.«

Sie sagte nichts, denn sie spürte, wie sie ihm jetzt viel zu weit voraus war. Im Augenblick war dieser leere Raum mit dem Wind draußen die undeutlichere von zwei Realitäten. Die andere war ein gesprochener Satz, ein furchtbares Bild, doch sie konnte sich weder an den Satz erinnern noch an das Bild, das er heraufbeschworen hatte – nur an den kurzen Schrecken, den sie dabei gespürt hatte.

Sie stand auf und ging zur Tür.

»Mir ist ein wenig übel.« Die Worte herauszubringen, kostete eine ungeheure Anstrengung.

Draußen schlug ihr der Meerwind ins Gesicht. Sie atmete mehrmals tief durch. Von der Tür kam Mr. van Siclens besorgte Stimme: »Geht es?«

»Ja«, antwortete sie.

»Seien Sie vorsichtig da draußen. An der Kante, da wo Sie stehen, ist Stacheldraht gezogen.«

Jetzt war es zu Ende. Alles war gesagt. Sie mußte nur noch tief einatmen, das Gesicht dem Meer zugewandt. Natürlich. Eine Drahtschlinge um den Hals. Hinter einem Felsen. Wenig später ging sie wieder hinein.

»Besser?«

»Wenn ich einen Drink haben könnte«, sagte sie matt. (Sie konnte unmöglich zu ihm sagen: »Es ist nicht meine Schuld. Sie selbst haben mir diesen Gedanken eingegeben«, denn soviel einzugestehen, würde ihre Schuld auf ewig festschreiben.)

»Whisky meinen Sie? Oder Wasser?«

»Ich glaube Whisky.«

Während sie trank, sagte er: »Wir werden einen Suchtrupp zusammenstellen, sobald es hell wird. Das heißt, wenn er nicht heute nacht noch auftaucht. Ich fahre Sie zurück, dann brauchen Sie den Hügel nicht zu Fuß hinunterzusteigen. Und ich denke, es wäre keine schlechte Idee, noch heute abend die *comisaría* zu verständigen.«

Sie lächelte kraftlos. »Die Polizei wird keine große Hilfe sein, oder?«

»Das kann man nie wissen«, sagte er, seine Jacke überstreifend. »Vielleicht liegt er nur eine halbe Meile von hier entfernt, mit einem gebrochenen Bein.«

Wieder lächelte sie: Sie war sicher, daß es nicht so war. Und er auch, aber nun, da auch sie besorgt war, konnte er so tun, als ob.

»Also schön, wollen wir los?« fragte er.

Der Wind blies; die große schwarze Wolke vom Meer hatte alles verschluckt. Er legte ihr den Arm um die Taille, als sie hinunterstolperten. Sie dachte an nichts und ließ zu, daß sie gegen ihn stieß, wenn sie Steine umgingen.

Sie saßen im Jeep. Am Fuß des Hügels stieg Pedro aus. »Wollen Sie in Ihrem eigenen Wagen fahren?« fragte Mr. van Siclen. »Ich schätze, es wäre bequemer.«

»Nein, diese Luft ist genau das, was ich brauche.«

Schnell ließen sie El Menar in der Dunkelheit zurück.

Von der Stelle, wo er lag, hätte er hören können, wie das Geräusch der beiden Motoren langsam verklang und im lauteren Rauschen des Meeres ertrank; er hätte die beiden kleinen roten Rücklichter durch die leere Landschaft sich entfernen sehen können. Hätte er, wenn all das nicht einundzwanzig Stunden zuvor für ihn entschieden worden wäre. Er hatte mit dem Kind auf den Knien (und sie war kaum mehr als ein Kind) im hellen Mondschein gesessen und sie seine Uhr betrachten lassen. Aus irgendeinem Grund – möglicherweise provoziert durch den Anblick dieses unschuldigen Tieres mit dem dünnen goldenen Spielzeug in ihren tätowierten Händen – fiel ihm der Satz wieder ein, an den er sich am Tag seiner Ankunft nicht hatte erinnern können. Er murmelte ihn vor sich hin, während im gleichen Moment ihr Gesicht einen Ausdruck des Schreckens annahm, als sie über seine Schultern aufblickte und sah, was geschehen würde.

»*Le temps qui coule ici n'a plus d'heures, mais, tant l'inoccupation de chacun est parfaite –*«

Diesmal hätte er ihn vielleicht beenden können.

Paris – Tanger, 1950

Ein Mann, der in Cafés schlief oder unter Bäumen oder wo immer er sich gerade befand, wenn er müde war, schlenderte eines Morgens durch die Straßen der Stadt. Er kam zum Markt, wo ein alter *mejdoub*, in Lumpen gekleidet, die Menge unterhielt und Prophezeiungen ausstieß. Er blieb stehen und sah zu, bis der Alte fertig war und das Geld aufhob, das die Menschen ihm hinwarfen. Er war erstaunt, als er sah, wieviel der Verrückte eingesammelt hatte, und da er nichts anders zu tun hatte, beschloß er, ihm nachzugehen.

Kurz ehe er den Markt verließ, bemerkte er, daß kleine Jungen aus den Arkaden herbeieilten, um neben dem *mejdoub* herzulaufen, der einfach nur vorwärts schritt, sang, sein Zepter schwang, und von Zeit zu Zeit den Kindern drohte, die ihm zu nahe kamen. Er folgte in einiger Entfernung und sah, wie der Alte mehrere Läden betrat. Jedesmal kam er mit einer Banknote in der Hand heraus, die er sofort einem der kleinen Jungen reichte.

Er stellte sich vor, daß es vieles gab, was er von diesem alten *mejdoub* lernen konnte. Er mußte nur das Verhalten des Mannes studieren und sorgfältig auf die Worte achten, die er ausstieß. Mit etwas Übung könnte er dann dieselben Gesten machen und dieselben Worte schreien. Er fing an, jeden Tag Ausschau nach dem *mejdoub* zu halten und ihm überallhin zu folgen. Nach Ablauf eines Monats fand er, es sei an der Zeit, seine Kenntnisse anzuwenden.

Er reiste in den Süden, in eine andere Stadt, die er nie zuvor betreten hatte. Hier mietete er ein schäbiges Zimmer beim Schlachthof, weit vom Zentrum entfernt. Auf dem Flohmarkt kaufte er eine geflickte alte Dschellaba. Dann ging er zu den Eisenwarenhändlern und sah zu, wie sie ihm ein langes Zepter machten, ganz wie jenes, das der *mejdoub* getragen hatte.

Am nächsten Tag begab er sich, nachdem er eine Weile geübt hatte, in die Stadt und setzte sich am Fuß der größten Moschee auf die Straße. Eine Zeitlang sah er nur die Menschen an, die vorbeigingen. Zögernd begann er, die Arme zum Himmel zu erheben und zu gestikulieren. Niemand schenkte ihm Beachtung. Dies beruhigte ihn, denn es bedeutete, daß seine Verkleidung überzeugend war. Als er anfing, Worte zu schreien, sahen die Vorbeikommenden in seine Richtung, doch es war, als könnten sie ihn nicht sehen und warteten nur auf das, was er zu sagen hatte. Eine Zeitlang rief er kurze Zitate aus dem Koran. Er verdrehte die Augen und ließ den Turban über sein Gesicht fallen. Nachdem er mehrmals die Worte *Feuer* und *Blut* ausgestoßen hatte, ließ er die Arme fallen, senkte den Kopf und sagte nichts mehr. Die Menschen gingen weiter, doch nicht, bevor viele von ihnen Münzen vor ihn hingeworfen hatten.

In den folgenden Tagen versuchte er es in anderen Stadtteilen. Es schien gleichgültig zu sein, wo er saß. Die Menschen waren hier ebenso großzügig wie dort. Er wollte nicht riskieren, Geschäfte und Cafés zu betreten, bis er sicher war, daß die Stadt sich an seine Gegenwart gewöhnt hatte. Eines Tages stürmte er durch die Straßen, schwenkte sein Zepter zum Himmel und schrie: »Sidi Rahal ist da! Sidi Rahal sagt: Bereitet euch auf das Feuer vor!« Dies tat er, um sich einen Namen zu geben, damit die Bewohner der Stadt sich an ihn erinnerten.

Er fing an in den Eingängen der Geschäfte zu stehen. Wenn er hörte, daß jemand ihn mit Sidi Rahal ansprach, ging er hinein, sah den Besitzer durchdringend an und streckte wortlos seine Hand aus. Dann gab der Mann ihm Geld, und er wandte sich ab und ging hinaus.

Aus irgendeinem Grund folgten ihm keine Kinder. Er wäre glücklicher gewesen, wenn er eine Schar um sich gehabt hätte wie der alte *mejdoub*, doch sobald er sie ansprach, bekamen sie Angst und liefen davon. Es ist ruhiger so, sagte er sich, doch insgeheim wurmte es ihn. Trotzdem verdiente er mehr Geld, als er je für möglich gehalten hätte. Als die ersten Regenfälle einsetzten, hatte er eine große Summe gespart. Er ließ das Zepter und die zerlumpte Dschellaba in dem Zimmer beim Schlachthof zurück und bezahlte den Hausbesitzer für mehrere Monate im voraus. Er wartete die Dunkelheit ab. Dann verschloß er die Tür und nahm einen Bus zurück in seine Heimatstadt.

Zuerst kaufte er eine große Anzahl Gewänder. Als er prächtig ausgestattet war, ging er aus, um ein Haus zu suchen. Bald fand er eines, das ihm gefiel. Es war klein, und er besaß noch genügend Geld, um es zu kaufen. Er richtete zwei Zimmer ein und bereitete sich darauf vor, den Winter im Kreis seiner Freunde mit Essen und Kifrauchen zu verbringen.

Als sie ihn fragten, wo er den ganzen Sommer gesteckt habe, erzählte er von der Gastfreundschaft und Güte seines reichen Bruders in Taza. Schon wartete er ungeduldig darauf, daß der Regen aufhörte. Denn es gab keinen Zweifel daran, daß er seine neue Arbeit überaus genoß.

Schließlich ging der Winter zu Ende. Er packte sein Bündel und erzählte den Freunden, er müsse geschäftlich verreisen. In der anderen Stadt ging er in sein Zimmer. Die Dschellaba und sein Zepter waren noch da.

Dieses Jahr erkannten ihn viel mehr Menschen wieder. Er wurde mutiger und betrat die Geschäfte, ohne vor den Eingängen zu warten. Die Ladenbesitzer legten Wert darauf, ihre Frömmigkeit vor den Kunden zu bezeugen, und gaben stets etliches mehr als die Passanten.

Eines Tages beschloß er, eine Probe zu machen. Er winkte einem Taxi. Beim Einsteigen schrie er: »Ich muß zu Sidi Larbis Grab! Schnell!« Der Fahrer, dem klar war, daß er nicht bezahlt würde, erklärte sich trotzdem einverstanden, und sie fuhren hinaus zu einem Olivenhain auf einem Hügel weitab von der Stadt.

Er wies den Fahrer an zu warten und sprang aus dem Taxi. Dann begann er den langen Aufstieg zum Grab. Der Fahrer verlor die Geduld und fuhr davon. Auf der Rückfahrt verpaßte er eine Kurve und prallte gegen einen Baum. Als er aus dem Krankenhaus entlassen wurde, verbreitete er das Gerücht, Sidi Rahal habe den Wagen von der Straße abgebracht. Die Männer sprachen lange darüber und erinnerten sich an andere heilige Narren, die Bremsen und Motoren verhext hatten. Jedermann führte den Namen Sidi Rahal im Munde, und die Menschen hörten seinem Geschwafel ehrfürchtig zu.

In diesem Sommer häufte er mehr Geld an als im Jahr zuvor. Er kehrte heim und kaufte ein noch größeres Haus, in das er einzog;

das andere wurde vermietet. Jedes Jahr erwarb er neue Grundstücke und Häuser, bis schließlich nicht mehr zu übersehen war, daß er ein wohlhabender Mann geworden war.

Sobald der erste Regen fiel, kündigte er seinen Freunden an, daß er verreisen würde. Dann machte er sich heimlich davon, ohne ein einziges Mal zuzulassen, daß ihn jemand verabschiedete. Ihm gefiel der Rhythmus seines Lebens über alle Maßen, und er pries das Glück, es fortsetzen zu können. Er schloß daraus, daß Allah nichts dagegen hatte, wenn er vorgab, einer seiner heiligen Narren zu sein. Das Geld war nur der Lohn dafür, daß er Menschen die Gelegenheit verschaffte, ihrer Barmherzigkeit Ausdruck zu verleihen.

Eines Winters kam eine neue Regierung an die Macht und verkündete, daß alle Bettler von den Straßen verjagt würden. Er sprach mit seinen Freunden darüber, die sehr dafür waren. Er stimmte ihnen zu, doch die Nachricht raubte ihm den Schlaf. Alles aufs Spiel zu setzen, indem er zurückging, nur weil es das war, was er tun wollte, kam nicht in Frage. Traurig fand er sich damit ab, den Sommer zu Hause zu verbringen.

Kaum waren die ersten Wochen des Frühlings ins Land gegangen, da begriff er, wieviel es ihm bedeutete, in einer milden, sternenklaren Nacht in die andere Stadt aufzubrechen, alles zu vergessen und als Sidi Rahel zu leben. Jetzt dämmerte ihm die Erkenntnis, daß sein Leben hier zu Hause nur deshalb so schön gewesen war, weil er wußte, daß er es zu einem bestimmten Zeitpunkt aufgeben und gegen ein anderes eintauschen würde.

Als die heiße Zeit anbrach, wurde er immer rastloser. Er langweilte sich und verlor den Appetit. Seine Freunde bemerkten die Veränderung, die er durchmachte, und rieten ihm zu reisen, wie er es stets getan hatte. Sie sagten, jeder wisse, daß Menschen sogar gestorben sind, nur weil sie ihre Gewohnheiten aufgaben. Wieder lag er des Nachts wach und grübelte, und dann beschloß er, heimlich zurückzugehen. Sobald er den Entschluß gefaßt hatte, fühlte er sich besser. Es war, als habe er bis jetzt geschlafen und sei plötzlich aufgewacht. Er verkündete seinen Freunden, er werde verreisen.

In derselben Nacht noch verschloß er sein Haus und nahm einen Bus. Am nächsten Tag wanderte er glücklich durch die Straßen und setzte sich an seinen Lieblingsplatz bei der Moschee. Die Vorübergehenden sahen ihn und sagten zueinander: »Er ist trotz allem wiedergekommen. Seht ihr?«

Er saß den ganzen Tag friedlich da und sammelte Geld. Am späten Nachmittag ging er hinunter zum Fluß vor der Stadtmauer, um ein Bad zu nehmen, denn es war sehr heiß. Als er sich hinter einem Oleanderbusch entkleidete, sah er auf und erblickte drei Polizisten, die am Ufer entlang auf ihn zukamen. Ohne zu zögern, griff er nach seinen Sandalen, warf die Dschellaba über die Schultern und rannte davon.

Manchmal platschte er ins Wasser, und manchmal rutschte er im Schlamm aus und stürzte. Er konnte hören, wie die Männer hinter ihm herriefen. Sie verfolgten ihn nicht sehr weit, denn sie lachten. Da er dies nicht bemerkte, lief er weiter und folgte dem Fluß, bis er außer Atem war und stehenbleiben mußte. Er zog die Dschellaba und die Sandalen an und dachte: In die Stadt kann ich nicht zurück, und in eine andere Stadt in dieser Kleidung auch nicht.

Langsam ging er weiter. Als es dämmerte, war er hungrig, doch weit und breit war weder ein Haus noch ein Mensch zu sehen. Er schlief unter einem Baum und hatte nichts als die zerlumpte Dschellaba, um sich zuzudecken.

Am nächsten Morgen war sein Hunger noch größer. Er stand auf, badete im Fluß und machte sich wieder auf den Weg. Den ganzen Tag marschierte er unter der heißen Sonne. Am späten Nachmittag setzte er sich hin, um zu rasten. Er trank Wasser aus dem Fluß und sah sich um. Hinter ihm auf einem Hügel stand ein teilweise zerfallener heiliger Schrein.

Nachdem er sich ein wenig ausgeruht hatte, stieg er zu dem Gebäude hinauf. Darin befand sich inmitten eines kuppelförmigen Raums ein Grabmal. Er setzte sich hin und lauschte. Hähne krähten, und gelegentlich hörte er Hundegebell. Er stellte sich vor, wie er ins Dorf rannte und den erstbesten Mann, der ihm begegnete, anflehte: »Gib mir ein Stück Brot, um der Liebe von Moulay Abdelquader willen!« Er schloß die Augen.

Es war fast dunkel, als er erwachte. Draußen vor der Tür stand eine Gruppe von kleinen Jungen und beobachtete ihn. Als sie ihn aufwachen sahen, lachten sie und stießen sich gegenseitig an. Dann warf ein Junge ein Stück trockenes Brot neben ihn. Bald sangen sie im Chor: »Er ißt Brot! Er ißt Brot!«

Dieses Spiel setzten sie eine Weile fort und bewarfen ihn nicht nur mit Brot, sondern auch mit Erdklumpen und sogar ausgerissenen Pflanzen. In ihren Gesichtern las er Neugier, Bosheit und Verachtung, und hinter diesen wechselnden Gefühlen erkannte er einen Ausdruck von Besitzerstolz. Er dachte an den alten *mejdoub*, und ein Schauder lief ihm über den Rücken. Plötzlich waren sie verschwunden. Er hörte ein paar schrille Schreie in der Ferne, als sie ins Dorf zurückliefen.

Das Brot hatte ihm neue Kraft geschenkt. Er schlief, wo er war, und ehe es hell wurde, machte er sich wieder auf den Weg, am Flußufer entlang, Allah dankend, daß er ihm erlaubt hatte, das Dorf ungesehen zu verlassen. Er erkannte, daß die Kinder bisher nur vor ihm weggelaufen waren, weil sie wußten, daß er noch nicht für sie reif war, daß sie ihn nicht besitzen konnten. Je mehr er darüber nachdachte, um so inbrünstiger hoffte er, niemals zu erfahren, was es hieß, ein echter *mejdoub* zu sein.

Als er am Nachmittag einer Biegung des Flusses folgte, kam er zu einer Stadt. Seine verzweifelte Suche nach etwas Eßbarem führte ihn geradewegs zum Markt. Ohne auf die Blicke der Menschen zu achten, betrat er einen Stand und bestellte eine Schale Suppe. Als er sie aufgegessen und bezahlt hatte, ging er zu einem anderen Stand und verlangte ein Eintopfgericht. An einem dritten Stand verzehrte er Fleischspieße. Schließlich ging er zum Brotmarkt und kaufte zwei Brote. Während er noch zahlte, klopfte ihm ein Polizist auf die Schulter und fragte nach seinen Papieren. Er hatte keine. Es gab nichts zu sagen. Auf dem Kommissariat sperrten sie ihn in einen übelriechenden kleinen Raum im Keller. In dieser Zelle verbrachte er vier Tage und vier Nächte des Schreckens. Als sie ihn dann herausließen und verhörten, brachte er es nicht fertig, ihnen die Wahrheit zu sagen. Statt dessen runzelte er die Stirn und sagte: »Ich bin Sidi Rahal.«

Sie fesselten ihm die Hände und stießen ihn auf die Ladefläche eines Lastwagens. Später, im Krankenhaus, brachten sie ihn zu einem feuchten Gelaß, wo Männer vor sich hinstierten und zitterten und schrien. Er ertrug es eine Woche, dann beschloß er, den Beamten seinen wahren Namen zu verraten. Doch als er bat, ihnen vorgeführt zu werden, lachten die Wärter nur. Manchmal sagten sie: »Nächste Woche«, doch gewöhnlich gaben sie gar keine Antwort.

Die Monate vergingen. Nächte und Tage und Nächte lebte er mit den anderen Verrückten zusammen, und es kam die Zeit, da es ihm kaum noch wichtig war, den Beamten vorgeführt zu werden, um ihnen zu sagen, wer er war. Schließlich hörte er auf, daran zu denken.

Tanger, 1974

Istikhara, Anaya, Medagan
und die Medaganat

In der Sahara, wo die Luft, das Licht und sogar der Himmel den Eindruck eines bisher unbekannten Planeten erwecken, überrascht es nicht, bestimmte Formen menschlichen Gebarens zu finden, die ebenso fremdartig sind. Das Verhalten ist streng geregelt und bietet wenig Raum für individuelle Varianten. Wenn eine Situation die Gelegenheit zu Angriff und Plünderung bietet, werden eben diese Verhaltensweisen erwartet; tatsächlich ist es so, daß die Tradition sie verlangt.

Dies ist allgemein bekannt. Weniger verbreitet dagegen dürfte das Wissen über die beiden Institutionen *istikhara* und *anaya* sein. Bei ersterem handelt es sich um ein Gebet kurz vor dem Schlafengehen, in dem der Gläubige Allah bittet, ihm einen Traum zu schicken, der es ihm ermöglicht, seine Probleme zu lösen. Das Gebet muß viermal hintereinander in vollem Umfang gesprochen werden, ehe die Bitte um bestimmte, erleuchtende Einzelheiten folgt, die das Verhalten des Schläfers nach dem Erwachen bestimmen sollen. Dieses Gebet kann erhört oder nicht erhört werden. Es liegt beim Bittsteller zu entscheiden, ob sein Traum die Folge von *istikhara* ist oder nicht, und, wenn er zu einem positiven Ergebnis kommt, den Traum richtig zu interpretieren. Diese Praxis scheint durchaus gedeihlich: Sie geht nicht nur davon aus, daß Träume therapeutischen Nutzen haben können, sondern offeriert dem Moslem zugleich eine brauchbare Technik, solche Träume zu erzeugen.

Anaya dagegen ist ein außer in feudalen Gesellschaften gänzlich sinnloser Brauch. Es ist der letzte schwache Strohhalm, der einem Krieger bleibt, wenn er die Schlacht verloren hat. Sollte es ihm gelingen, zu einem seiner Feinde zu kriechen und seinen Kopf vollkommen unter dessen Burnusfalten zu verbergen, wird ihm automatisch das Leben geschenkt. Seine Rettung jedoch verbindet ihn für den Rest seines Lebens mit dem Träger des Burnus, zumindest jedoch, bis dieser stirbt. Er wird zum dauerhaften Eigentum seines Feindes und untersteht dessen Verantwortung. Zum Zeitpunkt der hier erzählten Ereignisse, also vor etwa hundert Jahren, fungierte *anaya* noch als integraler Bestandteil der militärischen Etikette in der Sahara.

Eines Tages erschien in Quargla ein Mann namens Medagan, begleitet von sieben seiner Söhne. Sie saßen bei den Chaamba und erzählten ihnen, daß ihr eigener Stamm, die Kelkhela Tuareg, sie wegen eines geringfügigen Vergehens aus ihrer Heimat im Hoggar vertrieben habe und sie seitdem durch das Land ziehen und großes Leid ertragen müßten. Die Chaamba hörten zu und nahmen sie bei sich auf. Zuerst liehen sie ihnen einige ihrer Kamele, später gaben sie ihnen große Mengen Datteln und Getreide auf Kredit. Dies ermöglichte den Tuareg die Bewegungsfreiheit, die sie offenbar brauchten. Mehrere Monate hielten sie sich in der Nähe von Ouargla auf, jagten und sorgten dafür, daß sie wieder zu Kräften kamen. Dann drangen sie in Quargla ein und raubten den Chaamba zwanzig ihrer besten Kamele, mit denen sie sich anschließend in eine unbewohnte Gegend zurückzogen. Dort, in den tiefen Bergschluchten der menschenleeren Landschaft von Tademait, verbrachten sie die nächsten zwei Jahre oder mehr, und sie verließen ihr Versteck nur, um vorbeiziehende Karawanen anzugreifen. Mit der Zeit hielten sie sich offensichtlich für unverletzlich und wagten sich eines Tages bis an die Tore von El Gola vor, wo sie vor den Augen der Chaamba dreißig ihrer Kamele stahlen.

Zufällig befand sich ein Chaambi aus Ouargla bei den anderen Chaamba, als der Überfall stattfand. Er gehörte zu jenen, die dafür gestimmt hatten, den Medagan Getreide auf Kredit zu geben. Als er den anderen diesen Teil der Geschichte erzählte, beschlossen die Chaamba, den Tuareg nachzusetzen. Wenige Tage später verließen sechzig Männer auf schnellen *mehara* die Stadt.

Als Medagan und seine Söhne zu ihrem Versteck zurückgekehrt waren, ahnten sie, daß man sie verfolgen würde, waren jedoch zuversichtlich, daß die Chaamba sich nicht in das Labyrinth von Schluchten und engen Durchlässen wagten, die dieses Gebiet charakterisieren. Trotzdem betete Medagan, bevor er sich in jener Nacht zur Ruhe begab, um einen Traum, der sein Verhalten leiten sollte, falls es den Chaamba gelänge, sie aufzuspüren. Als er am Morgen aufwachte und voller Schrecken feststellte, daß er keinen Traum gehabt hatte oder zumindest keinen, an den er sich erinnern konnte, beriet er sich mit seinen Söhnen. Sie deuteten es als schlechtes Zeichen und beschlossen, *anaya* zu suchen und sich der Gnade der Chaamba erneut – und diesmal für immer – zu unterwerfen, sollte es zum Kampf kommen. Dann schickte Medagan seinen jüngsten Sohn, der kaum mehr als ein Kind war, mit einigen früher erbeuteten Kamelen nach El Golea, um sie dort zu verkaufen. Da die Gruppe eben erst von dort zurückgekehrt war, scheint dies darauf hinzudeuten, daß Medagan die Möglichkeit einer größeren Auseinandersetzung voraussah und zumindest hoffte, diesen Sohn zu retten. Damit hatte er Erfolg; der Junge erreichte unverletzt und mitsamt den Kamelen die Stadt El Golea.

Die Chaamba spürten die Gruppe unterdessen ohne Schwierigkeiten auf und hörten, wie Medagan rief, Allah habe ihnen aufgetragen, *anaya* zu suchen. Als sie merkten, daß die Tuareg tatsächlich keinen Versuch unternahmen, sich zu verteidigen, erledigten die Chaamba die Angelegenheit, indem sie ihre schwarzen Sklaven gegen sie schickten. Damit war die Möglichkeit von *anaya* ausgeschlossen, denn ein Sklave ist nicht in der Lage, *anaya* zu gewähren. Die Schwarzen schnitten allen Männern die Kehle durch und machten so der Geschichte von Medagan und seinen Söhnen ein Ende.

Dies geschah im Jahre 1863, gerade als die Franzosen große Anstrengungen unternahmen, ihre Hegemonie auf die Wüste im Süden auszuweiten. Es markierte den Beginn einer Periode von zwanzig Jahren exzessiver Gesetzlosigkeit in der gesamten Sahara. Überall entstanden Trupps von Banditen, die Oasen überfielen, vorbeiziehende Karawanen plünderten und Reisende töteten. Einige dieser Aktivitäten waren die legitime Vergeltung französischer Übergriffe, zumeist aber handelte es sich um reine Gesetzlosigkeit, die zweifellos auf den Zusammenbruch aller moralischen Konventionen infolge der andauernden Präsenz der Ungläubigen zurückzuführen war.

Als im selben Gebiet von Tademait, in dem Medagan den Tod gefunden hatte, eine kleine Gruppe des Mekhadema-Stamms angegriffen und ermordet worden war, schrieb der Volksglaube um Ouargla die Tat sofort Medagan und seinen Söhnen zu, die nun bezichtigt wurden, aus dem Grab heraus Rache zu üben, weil die Chaamba ihnen *anaya* verwehrt hatten. Als die Überfälle sich häuften, wurden die Geister der Medaganat für jede neue *razzia* verantwortlich gemacht, und das Wort Medaganat wurde in der Sahara rasch zu einem Synonym für Gesetzlose. Jeder kleine Dieb, Aufrührer, Plünderer, Überläufer oder Wegelagerer galt als Medagani. Nur die leere Hülse des Begriffs blieb übrig, seine ursprüngliche und auch seine übertragene Bedeutung gingen in den allgemeinen Wirren, die das Gebiet heimsuchten, verloren. Schließlich wurden die Überfälle organisiert und nahmen einen offeneren politischen Charakter an. Jetzt waren es die Chaamba selbst, die in großen Massen beschlossen, sich gegen das Gesetz zu erheben; 1871 nahmen sie den Namen Medaganat als ihre offizielle Bezeichnung.

1876 prahlten sie damit, die drei französischen Priester, Pater Paulmier, Menoret und Boujard, getötet zu haben. Die Presse in Frankreich reagierte hysterisch: Die Lage in der Sahara war vollkommen untragbar. Mittlerweile nahmen die Angriffe an Häufigkeit und Brutalität zu. Die Medaganat organisierten Überfälle an der tunesischen Grenze, in Libyen, Marokko und der gesamten algerischen Wüste. Erst mehrere Jahre später, 1883, als sie so leichtsinnig waren, einen Trupp der Reguibat anzugreifen, trafen sie auf einen Feind, der stark genug war, ihnen ein Ende zu machen.

Gleich zu Beginn der Schlacht ergaben sich viele Medaganat den Reguibat, da sie ihre Niederlage voraussahen. Sobald offensichtlich wurde, daß sie auf verlorenem Posten standen, versuchten die übrigen wie ihre Namensvettern, *anaya* zu erlangen. Die Frauen der Reguibat jedoch, die mit im Lager waren, warnten ihre Männer wiederholt davor, den Feinden *anaya* zu gewähren. So waren die Reguibat gezwungen, die Medaganat mit ihren Schwertern zu zerstückeln, um sie daran zu hindern, die Falten ihrer Gewänder zu berühren. Die Frauen bestanden darüber hinaus darauf, auch jene zu töten, die sich zu Anfang ergeben hatten. Dies war ein schwerer Verstoß gegen das Gesetz der Wüste, doch um sie zufriedenzustellen, schlitzten die Reguibat einigen Dutzend Männern die Kehle auf, und schließlich gaben die Frauen Ruhe.

An diesem Beispiel wird deutlich, daß sich weder mit *anaya* noch mit *istikhara* das gewünschte Ergebnis erzielen ließ, und doch waren die Folgen keineswegs dieselben, als wäre beides nicht praktiziert worden. Für einen Moslem wird das Scheitern von Medagans Versuch, *istikhara* zu erbitten, aus den Fakten klar. Der Gläubige mag beten: Wenn er nicht im Stand der Gnade ist, wird das Gebet keinen Erfolg zeitigen. Da Medagan seine Beschützer hintergangen hatte, war er nicht in der Lage, Kontakt mit der Gottheit aufzunehmen. Und als er seine traumlose Nacht als Hinweis auf *anaya* interpretierte und darum bat, ohne jeden Versuch, sich zu verteidigen, half er zweifellos bei seiner eigenen Niederlage mit. Die Chaamba mußten in diesem Verhalten einen Beweis für seine Feigheit sehen. Daß sie ihre Sklaven sandten, um die Feinde zu töten, gab daher ihrer Verweigerung von *anaya* einen verächtlichen Beigeschmack. Offensichtlich befanden sich Medagan und seine Söhne in bezug auf *istikhara* und *anaya* nicht mehr im Bereich des normalen Funktionsrahmens. Für viele der Chaamba-Medaganat dagegen wäre *anaya* eine Rettung gewesen, hätten die Frauen der Reguibat ihre Männer nicht begleitet.

Also gab es weder *istikhara* noch *anaya*; Medagan war kein Medagani, und die Medaganat hatten nie von Medagan gehört.

Tanger, 1975

Als ich ein Junge war, saß Mutter, wenn sie lesen wollte, zumindest wenn sie lange lesen wollte, am liebsten auf einer alten Chaiselongue, die stets an derselben Stelle in einer Ecke des Ostzimmers stand, weit genug von den Wänden entfernt, damit von allen Seiten Licht über ihre Schultern fiel. An der Rückenlehne der Chaiselongue stapelten sich Dutzende von kleinen, mit Daunen gefüllte Kissen. Es war ein bequemes Möbelstück zum Ausruhen. Manchmal stahl ich mich morgens ein paar Minuten hinein, ehe sie auf war. Einmal erwischte sie mich und machte sich darüber lustig.

»Schon so klapprig, und das in deinem Alter!« spottete sie. »Du bist ein heranwachsender Junge. Das ist ein Sessel für einen Erwachsenen.«

An den Sommernachmittagen lag man im Garten. Oben rauschte der Wind in den hohen Eukalyptusbäumen und Zypressen. Schnell dahinziehende Dunstfetzen trieben darüber hinweg, manchmal streiften sie die Wipfel der Bäume und sanken durch die Zweige herab. Während eines Sommers, den ich zu Hause verbrachte – ich ging in England zur Schule –, erledigte ich all meine Studien draußen auf der Erde, hinter Büschen oder Hecken oder überall dort, wo ich vom Haus aus nicht gesehen werden konnte.

Und ich lag mit dem Gesicht nach unten im heißen Garten und spähte durch die geschnittenen Spitzen der Grashalme in den winzigen Wald, wo die Ameisen lebten. Die meisten waren sehr klein und ließen sich durch die Matte, die ich über ihr Reich breitete, nicht stören. Wenn jedoch die großen roten sie entdeckten, was hin und wieder geschah, griffen sie ohne zu zögern an, und es blieb einem nichts anderes übrig, als die Matte woanders hinzutragen.

Es stand außer Frage, daß die Medina verbotenes Terrain war. Mutter wäre sehr böse gewesen, hätte sie gewußt, daß ich je allein dorthin gegangen war. Doch manchmal erledigte ich Botengänge und hatte so Gelegenheit, in die Altstadt zu schlüpfen und mich ein paar Minuten lang im Gewirr der Gassen zu verlieren. Es faszinierte mich, wie sie plötzlich die Richtung wechselten oder sogar unter den Häusern verliefen. Tatsächlich mußte man unter einem Haus durch, um zu der Gasse mit Mama Tiemponadas Bordell zu gelangen. Ihres war nicht das einzige dort, aber es war das größte. Alle Häuser in dieser Gasse waren Bordelle. Die Frauen lehnten in den Türrahmen und sprachen die vorbeigehenden Männer an. Ich fand den Ort rätselhaft und unheimlich. Es schien nur natürlich, daß Mutter mich nicht in die Medina gehen ließ.

Eines Abends, als ich draußen vor Mama Tiemponadas Bordell stand und es beobachtete, öffnete sich die Tür und ein marokkanischer Junge trat heraus. Er blieb einen Augenblick stehen, sah zum Vollmond auf, der genau über der Gasse stand, pfiff ihm zu und ging dann weg. Dies erschien mir seltsam, und ich behielt es im Gedächtnis. Der Pfiff war ungezwungen und vertraulich; er ließ ahnen, daß der Junge und der Mond seit langem Freunde waren. Ein oder zwei Jahre später, als Bouselham kam, um für uns zu arbeiten, glaubte ich, in ihm den Jungen von damals wiederzuerkennen.

Wahrscheinlich hätte es mir geholfen, wenn ich Vater besser kennengelernt hätte, doch das war nicht der Fall. Ich kam nie auf den Gedanken, mich zu fragen, was für ein Mensch er war. Sein fünfzigster Geburtstag lag schon weit zurück, als ich geboren wurde, und in der Zeit interessierte er sich vor allem für Golf. Mich beachtete er gar nicht, und auch meiner Mutter schenkte er nur wenig Aufmerksamkeit. Bei Tagesanbruch stand er auf, nahm ein üppiges Frühstück zu sich und ritt auf seinem Lieblingspferd zum Country Club in Bourbana. Wir sahen ihn erst am Abend wieder. Die Damen sagten zu meiner Mutter: »Colonel Driscoll ist ja so beeindruckend auf seinem Pferd!« Ihre Ehemänner kamen im Auto zum Country Club. Ich war überzeugt, daß sie heimlich über uns lachten, weil mein Vater so sonderbar war.

Als Junge spielte ich manchmal mit Amy, weil sie neben uns wohnte, in derselben Straße. Sie war fünf Jahre älter als ich, ein Wildfang voller sadistischer Triebe, die sie oft an mir ausließ. Als sie zwanzig war, starb ihre Mutter und ließ Amy allein in dem Haus zurück, das viel zu groß für sie war. Damals fing sie an, fast all ihre Zeit mit Mutter zu verbringen.

Es wunderte mich nicht, als Mutter eines Tages beiläufig verkündete: »Amy hat einen Käufer für die Villa Vireval. Sie wird eine Weile zu uns ziehen.«

Bald danach wohnte Amy bei uns. Mit den Jahren hatte sie sich verändert und war jetzt eine introvertierte, nervöse junge Frau mit einem Hang zur Perfektion. Sie hatte einen schrecklichen Tick: Sie räusperte sich unaufhörlich. Anfänglich gab mein Vater sich Mühe, mit ihr zu sprechen, obgleich er vollkommen dagegen war, daß sie bei uns lebte. Sie sei neurotisch, sagte er, morbid und selbstsüchtig; sie verbrauche Mutters ganze Energie.

»Was ist mit diesem Mädchen los? Kann sie dich nicht eine Minute in Ruhe lassen?«

Mutter, die sich wie jeder Mensch gern bewundern ließ, war selbst für Amys Hingabe dankbar.

»Sie ist ein ausgeglichenes Mädchen. Ich verstehe nicht, was du gegen sie hast.«

Wie üblich stimmten an den Gerüchten die reinen Fakten – aber die unterstellten Motive waren falsch. Jedermann glaubte, Vater habe das Haus wegen Bouselham verlassen, dabei war es in Wirklichkeit so, daß er nicht länger mit Amy unter einem Dach leben konnte. Sechs Monate hielt er es mit ihr aus. Als er sah, daß sie keinerlei Anstalten machte, das Haus zu verlassen, und Mutter sich standhaft weigerte, ihr vorzuschlagen, sich nach einem anderen Haus umzuschauen, fuhr er plötzlich nach Italien. Mutter blieb unbeirrt. »Dein Vater braucht Entspannung«, sagte sie zu mir, nachdem er abgereist war. Natürlich rechnete sie damit, daß er zurückkehren würde.

Etwa zu diesem Zeitpunkt trat Bouselham aus seiner unbedeutenden Rolle heraus. Vater hatte ihn ungefähr ein Jahr zuvor, als er sechzehn war, als Gärtnergehilfe eingestellt. Er jätete Unkraut, rechte den Rasen und trug Wasser in den unteren Teil des Gartens; nur selten sah man ihn in der Nähe des Hauses. Doch als Vater fortging, fing er an, in die Küche zu kommen, wo die Mädchen ihm Tee machten. Es dauerte nicht lange, und er aß regelmäßig mit ihnen, statt wie früher seinen von zu Hause mitgebrachten Proviant unter einem Baum zu verzehren.

Wie fing das Verhältnis zwischen Mutter und ihm an? Was war

der Auftakt? Es ist zwecklos, Bouselham darauf anzusprechen, da es nie zur Sprache kam und daher zwischen uns nicht existiert. Doch ich weiß, was immer der Auslöser gewesen sein mag, es war Mutter, die den ersten Schritt tat.

Oft hatte Bouselham nichts anderes zu tun, als in einem Café zu sitzen und Kif zu rauchen, und es war nicht immer sicher, daß sich jemand finden würde, mit dem er Karten spielen konnte. Die meisten Männer arbeiteten tagsüber und kamen erst nach Feierabend ins Café. Bouselham mußte nicht arbeiten. Seit der Colonel fortgegangen war, lebte er mit der Frau des Colonels zusammen. Sie wollte nicht, daß er arbeitete, denn dann hätte er jeden Morgen sehr früh aufstehen müssen, während sie gern lange schlief und ihn bei sich haben wollte. Alle Männer im Café wußten, daß Bouselham eine reiche ungläubige Frau hatte, die ihm alles gab, was er wollte.

Und Amy hielt genau das Mutter schließlich auf die eine oder andere Weise immer wieder vor. Aus ihrer Sicht war es falsch von Mutter, Bouselham bei sich zu haben, nicht nur, weil er einen anderen sozialen Status, eine andere Kultur und eine andere Religion hatte, sondern auch, weil er zu jung war für eine Frau ihres Alters. Gewöhnlich antwortete Mutter höflich, daß sie anderer Meinung sei, hin und wieder aber wurde sie deutlicher. Eines Tages hörte ich sie sagen: »Du versuchst dich in mein Privatleben einzumischen, Amy, und dazu hast du kein Recht.«

Bald darauf beschloß Amy, nach Paris zu fahren, wohin eine Freundin sie eingeladen hatte. Sie packte sehr schnell ihre Sachen und war plötzlich verschwunden. Mutter beschränkte ihren Kommentar auf folgenden Satz: »Amy ist ein sehr liebes Mädchen, aber sie hat noch viel zu lernen, fürchte ich. Und ob ihr das gelingt, wage ich zu bezweifeln.«

Am Tag von Amys Abreise ging ich in ihr Zimmer und sah mich um. Es bedurfte einer gründlichen Reinigung. Ich schob den Sekretär von der Wand und warf einen Blick dahinter. Zwischen einem der Beine und der Wand eingeklemmt lag ein zerknittertes postkartengroßes Hochglanzphoto von Bouselham in Badehosen am Strand von Sidi Qanquoch. Für mich warf dies ein neues Licht auf Amys Streit mit Mutter. Einen Augenblick tat es mir sogar leid, daß sie fort war; es hätte Spaß gemacht zu sehen, was ein paar gezielte Fragen ihren dünnen Lippen entlockt hätten. Hatte sie Bouselham selbst begehrt? Oder hatte Mutter etwas durchkreuzt, was bereits zwischen den beiden im Gange war, als sie Bouselham ins Haus holte und in ihrem Zimmer schlafen ließ?

Monatelang machte das Gerücht in Tanger die Runde. Ich hörte es zum ersten Mal von einer Engländerin; sie war gerade erst angekommen und konnte daher nicht wissen, daß die Heldin ihrer Geschichte meine Mutter war: Die Frau des Colonel war Nacht für Nacht in den dunklen Ecken des Gartens verschwunden, um den Gärtner zu treffen, der nicht viel älter war als ein Junge, ein gewöhnlicher marokkanischer Arbeiter. Und als der Colonel von ihren Dummheiten genug hatte, war er fortgegangen, woraufhin sie den Diener seelenruhig ins Haus gebracht hatte und nun mit ihm zusammenlebte. »Es heißt, sie habe ihm sogar einen Rennwagen geschenkt!« fügte sie hinzu und tat, als ob sie in Gelächter ausbräche.

»Schon möglich«, sagte ich.

Es bestand kein Zweifel daran, daß Mutter sich in mancherlei Hinsicht veränderte, als Bouselham im Haus lebte. Sie kaufte ihm tatsächlich einen gebrauchten Porsche, ein Kabriolett, und das war sicher höchst ungewöhnlich für sie. Ihr Verhalten wurde distanzierter; sie schien sich für nichts mehr aus ihrem früheren Leben zu interessieren. Als ich den Vorschlag machte, auszuziehen und eine Wohnung in der Stadt zu mieten, hob sie nur die Augenbrauen. »Du kommst zweimal in der Woche zum Abendessen«, war alles, was sie sagte.

Was sie schließlich dazu bewog, mit Bouselham zu brechen, war eine lange, komplizierte Geschichte um seine Schwester. Sobald sie sich diskret nach den Einzelheiten erkundigt hatte, stand ihr Entschluß, ihn loszuwerden, fest. Um dies zu bewerkstelligen, unternahm sie einen so drastischen Schritt, daß sie sich geradezu lächerlich machte. Mutter hat viele Jahre in diesem Land gelebt und hätte von Bouselhams Verhalten nicht so erschüttert sein dürfen, vor allem, da es nicht das geringste mit ihr zu tun hatte. Mir erschien das, was er getan hatte, nur natürlich, aber ich bin schließlich hier geboren. Ich hörte es zuerst von Bouselham selbst, kurz nachdem ich ausgezogen war und ein Apartment in der Stadt bezogen hatte.

Ich war zum Abendessen ausgegangen und später zu Fuß nach Hause zurückgekehrt. Von Gibraltar her näherte sich ein Gewitter. Bald prasselte der Hagel gegen die Fenster. Es gab einen sehr hellen Blitz, und dann war der Strom weg. Ich holte eine Taschenlampe, zündete ein paar Kerzen an und stand eine Weile vor dem Kamin. Das Gewitter drehte und kam zurück, und der Regen wurde stärker. Plötzlich klopfte es heftig an der Tür, und als ich öffnete, stand Bouselham vor mir, völlig durchnäßt.

Er wirkte so wild und selbstzufrieden wie immer, ungeachtet des Wassers, das ihm über das Gesicht lief. Als erstes zog er Schuhe und Socken aus und hockte sich vor den Kamin, schien fast hineinkreichen zu wollen, während er sprach. Jeden Tag, so erzählte er, besuche er einen Freund, einen Rechtsanwalt, der ihm behilflich sei.

»Wobei?« fragte ich.

Er wich einer direkten Antwort aus, drehte sich auf den Fersen um, sah mich an und fragte, ob er ihm zehntausend Francs leihen könnte. Der Anwalt benötigte das Geld für Fotokopien und notarielle Beglaubigungen. Sein Honorar hinge dann später vom Erfolg seines Falles ab. Sobald ich mich bereit erklärt hatte, ihm das Geld zu geben, rückte er mit der Geschichte heraus.

Ein gewisser wohlhabender Kaufmann in der Medina, erpicht auf die Genüsse der Dämmerstunde, pflegte jeden Tag in einem Café am Ende der Stadt zu sitzen. Von hier aus konnte er in drei Richtungen sehen; Hunderte von Menschen, die durch die Straßen gingen, konnte er von weitem und aus der Nähe beobachten. Tag für Tag kam hier ein Mädchen in Begleitung einer älteren Frau mit einem Korb am Arm vorbei. Er saß an einem Tisch auf dem Gehsteig, das Gesicht in die Richtung gewandt, aus der das Mädchen gewöhnlich kam, so daß er sie schon von weitem erblicken und dann beobachten konnte, wie sie sich näherte. Jeden Nachmittag sah er, daß ihr Blick unter den Besuchern des Cafés nach ihm suchte, doch wenn sie ihn gefunden hatte, zeigte sie nicht mehr, ob sie seine Anwesenheit zur Kenntnis nahm.

»Wie lange habe ich keine solche Schönheit mehr gesehen?«

seufzte er. Er sah die beiden Frauen in der Ferne unter den Eukalyptusbäumen die Straße heraufkommen, lange bevor sie ihn sehen konnten, denn sie gingen der untergehenden Sonne entgegen. Es kam der Augenblick, da sie ihn sah, und sie senkte den Kopf. Der reiche Kaufmann beobachtete, wie sie näher kam, und er ließ sie nicht aus den Augen. Es kam ihm vor, als tanze sie statt zu gehen, und wenn sie vorbeischritt, häufig so nah, daß er mit ausgestrecktem Arm ihre Dschellaba hätte berühren können, verzweifelte er ob der Unmöglichkeit, mit ihr sprechen zu können.

Vielleicht läßt man sie eines Tages allein heraus, dachte er, und so wartete er.

Schließlich kam der Tag, an dem er sie den Korb tragen sah und niemand bei ihr war. »Ah«, sagte er leise und rieb die Fingerspitzen gegeneinander. Er winkte dem Kellner und zahlte. Dann blieb er ruhig sitzen, bis sie vorbeigegangen war. Als das Mädchen um die Ecke bog, stand er auf und ging ihr nach.

Er erreichte sie erst, als sie schon in eine andere Straße eingebogen war. »Darf ich dich irgendwohin fahren?« fragte er.

»Du kannst mich nach Hause fahren, wenn du willst«, sagte sie.

Das war nicht das, was der reiche Kaufmann zu hören erhofft hatte. Trotzdem führte er sie zu seinem Wagen, der nicht weit entfernt geparkt war.

Ich brachte Bouselham eine Tasse Kaffee. Er nippte daran, noch immer vor dem Kamin sitzend, und schwieg minutenlang. Dann gab er seine Art des Geschichtenerzählens auf und fuhr sachlich fort, als rekapituliere er einen Vorgang, den ich bereits kannte:

»Und ich kam gerade aus einem Bacal dort und sah den Mercedes, der weiter oben parkte. Und nicht einmal mit belgischen Kennzeichen. Es waren marokkanische, das bedeutet Geld. Und während ich noch hinschaute, konnte ich nicht glauben, was ich sah, denn die Tür des Wagens ging auf, und meine Schwester stieg aus und lief zur Ecke hinauf. Ich wußte, daß sie mich gesehen hatte und glaubte, ich hätte sie nicht bemerkt. Das erste, woran ich dachte, war, ihr nachzulaufen und sie zu töten. Während ich noch dastand, fuhr der Wagen davon. Ich hatte weder den Mann gesehen noch mir die Nummer gemerkt.«

»Was hätte es genützt, wenn du sie getötet hättest?« fragte ich, obgleich ich wußte, daß dies für ihn nur wieder eine dieser sinnlosen europäischen Bemerkungen war. Zu meiner Überraschung lachte er und sagte: »So dumm bin ich nicht. Sie tat mir leid; ich begegnete ihr noch am selben Abend und sah, wie ängstlich sie war.

›Ich habe gesehen, wie du aus dem Auto gestiegen bist‹, sagte ich zu ihr. Doch dann setzte ich hinzu: ›Du sagst, er sei jeden Tag im Café Dakhla. Morgen wirst du mir zeigen, wer es ist. Wenn du an ihm vorbeigehst, wirst du husten.‹

So machte sie es, und als der Mann das Café verließ, folgte ich ihm und sah, wie er in den Mercedes stieg. Ich schaute ihm nach, als er davonfuhr, und dachte: Vielleicht. Vielleicht. *Incha' Allah!*«

Nachdem er anhand des Kennzeichens herausgefunden hatte, wer der Mann war, begann er Fragen zu stellen, indem er sich zuerst an den *qahouaji* im Café wandte und dann, als seine Nachforschungen detaillierter wurden, an verschiedene Kaufleute und Bazarhändler der Stadt.

»Ich wußte schließlich mehr über ihn als seine eigene Mutter«, sagte Bouselham. »Er besitzt die halbe Textilfabrik an der Plaza Mozart und ein Mietshaus am Boulevard de Paris. Und drei Bazare. Also ging ich eines Abends, als ich nach Hause kam, mit meiner Schwester aufs Dach, wo wir sprechen konnten, und ich fragte sie: ›Gefällt dir dieser Qasri?‹

Sie fing an, sich zu winden und herauszureden. ›Ich kenne ihn nicht einmal. Wie kann ich sagen, ob er mir gefällt?‹

Das machte mich wütend, und ich packte sie. ›Du weißt nicht, ob er dir gefällt. Aber du steigst in seinen Wagen und sitzt neben ihm. Was hat das zu bedeuten?‹

Sie glaubte, ich würde sie schlagen, hob die Hände vor das Gesicht und wich zurück. Natürlich hatte ich das Recht, sie zu schlagen. Doch ich machte ihr klar, daß ich auf ihrer Seite stand und dem Rest der Familie nichts verraten würde. Am nächsten Morgen kaufte ich ihr sogar neue Kleider, damit der Qasri eine Ahnung davon bekam, wie gut sie aussehen konnte, wenn sie wollte. Und ich beschloß abzuwarten und zu sehen, wie sich die Dinge entwickelten.

Er stellte ihr nach, und sie wies ihn jedesmal ab. Dann mußten mein Vater, meine Mutter und meine ganze Familie einmal für zwei Tage nach Meknes, und sie und ich sollten zu Hause bleiben. Ich dachte: Ich werde die Nacht in Tetuan verbringen und sehen, was passiert. Also erzählte ich ihr, daß ich diese Nacht nicht dasein würde und daß sie im Haus unserer Tante schlafen müßte. Ich bat sie, unseren Eltern nichts von meinem Ausflug nach Tetuan zu erzählen, denn natürlich hätte ich zu Hause bleiben und auf sie aufpassen sollen. Ich dachte: Wenn sich irgend etwas ergeben soll, dann ist heute die richtige Nacht dafür.

Und ich behielt recht. Ich fuhr nach Tetuan, und sie ging mit in sein Haus, und es dauerte nicht lange, bis sie zu mir kam und sagte, sie glaube, sie habe ein Kind im Bauch.

Ich fuhr sofort mit ihr nach Gibraltar, ins größte Krankenhaus. Wir blieben vier Tage dort, und ich bekam die Papiere von allen Tests, und es gab keinen Zweifel, sie sagten, es sei ein Kind in ihr.«

Da er nichts Dringenderes zu tun hatte, ging Bouselham weiterhin jeden Tag zu dem Café am Ende der Stadt. Hier kam er mit dem reichen Kaufmann ins Gespräch und freundete sich schließlich mit ihm an. Selbst nachdem er mit seiner Schwester aus Gibraltar zurückgekehrt und der Anwalt damit beschäftigt war, seine Strategie auszutüfteln, und selbst nachdem der Anwalt den Kaufmann aufgesucht und ihn darauf hingewiesen hatte, daß er einen Skandal nur vermeiden konnte, indem er um das Mädchen anhielt, ehe die Familie die Schwangerschaft entdeckte, saß Bouselham täglich mit ihm im Café und lauschte der Geschichte seiner traurigen Romanze.

»Sie hat einen Bruder«, erzählte ihm der reiche Kaufmann. »Er ist derjenige, der hinter mir her ist. Der Hurensohn hat Wind von der Sache bekommen.«

Dann sagte Bouselham: »Aber warum ist er ein Hurensohn? Er läßt zu, daß du sie heiratest. Wenn er wollte, könnte er dich noch heute ins Gefängnis bringen. Bist du verrückt? Sie war Jungfrau.«

Der reiche Kaufmann sah ein, daß Bouselham recht hatte. Noch vor Ablauf einer Woche bat er bei seinem Vater um die Hand des Mädchens.

Als Bouselham zu reden aufhörte, sah ich auf ihn herunter und versuchte seinen Gesichtsausdruck zu erkennen, doch sein Kopf hob sich dunkel vor den Flammen ab, und der Raum wurde nur von zwei Kerzen erhellt.

»Er wird ziemlich böse sein, wenn er merkt, wer der Bruder ist«, sagte ich.

Er lachte nur. »Eines Tages«, sagte er, »eines Tages.«

Ich legte ein neues Holzscheit ins Feuer, und schließlich erhob er sich.

Bouselham wahrte kein Schweigen über die zweifelhafte Rolle, die er bei der Bewerkstelligung der Hochzeit seiner Schwester gespielt hatte; im Gegenteil, er besprach sie in aller Ausführlichkeit mit seinen marokkanischen Freunden. Für ihn war es eine geschäftliche Angelegenheit, auf deren Erfolg er gehörig stolz war. So kam es, daß mehrere verworrene Versionen der Geschichte in Tanger die Runde machten. Mutter hörte davon, tat sie jedoch als boshafte Denunziationen ab. Erst Monate nachdem Bouselham mich in meiner Wohnung besucht hatte, rang sie sich durch, sie als Tatsache zu akzeptieren. Von diesem Moment an wurde sie unvernünftig.

»Die ganze Sache ist eine Schande!« sagte sie. »Ich habe ihn fortgeschickt.« Seine Entlassung wurde knapp und ohne Erklärung ausgesprochen. Sie gab ihm eine bestimmte Summe Geld und wies ihn an, das Grundstück auf der Stelle zu verlassen. Zwei Tage später war sie auf dem Weg nach Italien. Mir war klar, daß sie halb und halb befürchtete, erpreßt zu werden, sich jedoch schämte, dies zuzugeben. Hätte sie mir von ihrer Angst nur erzählt, dann hätte ich versuchen können, sie zu beruhigen. Ich glaube, ich kenne Bouselham besser als sie.

Bis zu dem Tag, an dem er mir vom Café Raqassa aus zurief, hatte ich ihn mehrere Wochen nicht gesehen. Wir saßen in einer hinteren Ecke, wo es dunkel war und nach feuchtem Zement und Holzkohlenfeuer roch. Bouselham erwähnte Mutter nur kurz und schüttelte traurig den Kopf. Er erwähnte nur, daß er seine Stellung als Gärtner verloren habe, als Madame fortgegangen sei, sonst nichts. Er war sich klar darüber, daß irgend etwas sie gekränkt haben mußte, doch ihr willkürliches Verhalten hatte ihn vor den Kopf gestoßen und verletzt. Seiner Meinung nach war er vollkommen grundlos aus dem Haus gejagt worden. Trotzdem sagte er, als wir uns trennten: »Wenn du an Madame schreibst, sag ihr, daß Bouselham sie grüßen läßt.«

Ich richtete meiner Mutter diesen Gruß nicht aus, ebensowenig irgendwelche folgenden. Sie verkaufte das Haus, ohne nach Tanger zurückzukehren, und mir schien es, als sei ihr Leben mit Vater drüben in Italien erbärmlich genug, auch ohne daß ich ihr Grüße von Bouselham schickte.

Tanger, 1976

Die Post hatte ihr am Morgen einen großen Vorschuß von ihrem
Verleger gebracht. Zumindest erschien er ihr groß hier in der Internationalen Zone, wo das Leben billig war. Sie hatte den Brief
am Tisch des Straßencafés gegenüber vom Spanischen Postamt geöffnet. Durch das Gefühl, das sie beim Anblick der Ziffern auf dem
Scheck überkam, wurde sie unversehens großzügig den Bettlern
gegenüber, die ständig vorbeigingen. Später legte sich die Erregung und wich einer vorübergehenden Niedergeschlagenheit. Die
Straßen und der Himmel wirkten heller und stärker als sie. Durch
die Umstände bedingt hatte sie nur wenige Freunde in der Stadt,
und obgleich sie jeden Tag regelmäßig an ihrem Roman arbeitete,
mußte sie sich eingestehen, daß sie manchmal einsam war. Driss
kam vorbei, eine makellose malvenfarbene Dschellaba um die
Schultern und einen neuen Fez auf dem Kopf.

»*Bonjour, Mademoiselle*«, sagte er und vollführte eine übertriebene Verbeugung. Er widmete ihr seit mehreren Monaten uner-
müdlich seine Aufmerksamkeit, doch bisher war es ihr gelungen,
ihn auf Distanz zu halten, ohne seine Freundschaft zu verlieren; er
war ein angenehmer Begleiter an den Abenden. An diesem Morgen begrüßte sie ihn herzlich, ließ zu, daß er ihre Rechnung be-
glich, und schlenderte mit ihm die Straße hinauf, eingedenk der
Kommentare, die ihre Geste unter den übrigen Arabern im Café
provozierte.

Sie bogen in die Rue du Télégraphe Anglais ein und schritten
langsam den Hügel hinab. Sie hoffte, durch die Bewegung etwas
Appetit für den Lunch zu entwickeln; in der Mittagsglut war es oft
schwierig, Hunger zu haben. Driss war so europäisiert, daß er auf
Apéritifs vor den Mahlzeiten bestand; statt jedoch beispielsweise
zwei Dubonnets zu trinken, bestellte er einen Gentiane, einen
Byrrh, einen Pernod und einen Amer Picon. Danach legte er sich
meistens hin und verschob das Essen auf später. Vor dem Café an
der Marshan Road blieben sie stehen und setzten sich an einen

Tisch neben einer Runde von mehreren Schülern des Lycée Français. Die Jungen tranken Limonade und blätterten in ihren Notizbüchern. Plötzlich wandte Driss sich ihnen zu und begann ein oberflächliches Gespräch. Kurz darauf wechselten sie an den Tisch der Schüler.

Nacheinander wurde sie allen Schülern vorgestellt; sie bezeugten ihr ein feierliches »*enchanté*«, blieben jedoch auf ihren Plätzen sitzen. Nur einer mit Namen Mjid erhob sich kurz von seinem Stuhl und setzte sich mit besorgtem Blick schnell wieder hin. Er war derjenige, der sie sofort interessierte, vielleicht, weil er ernster war, sanftäugig und trotzdem lebhafter und hitziger schien als die anderen. Er sprach sein gekünsteltes Theater-Französisch sehr schnell, mit weniger starkem Akzent als seine Mitschüler, und er begleitete seine Sätze regelmäßig mit einem Anflug von Lächeln statt der korrekten oder zu erwartenden Betonung. Neben ihm saß Ghazi, plump und schwarz.

Sie sah sofort, daß Mjid und Ghazi eng befreundet waren. Sie antworteten wie aus einem Mund auf ihre Fragen oder Schmeicheleien, wobei Ghazi es jedoch vorzog, die wichtigen Sätze Mjid zu überlassen. Er hatte einen Sprachfehler, und er schien langsamer im Denken. Innerhalb weniger Minuten hatte sie herausgefunden, daß die beiden seit zwölf Jahren gemeinsam die Schule besuchten und immer in derselben Klasse gewesen waren. Das erschien ihr seltsam, da Ghazis mangelnde Reife um so deutlicher wurde, je mehr sie ihn beobachtete. Mjid bemerkte ihren überraschten Ausdruck und sagte: »Ghazi ist sehr intelligent, wissen Sie. Sein Vater ist Oberster Richter am Marokkanischen Gericht der Internationalen Zone. Eines Tages werden Sie ihn besuchen und sich mit eigenen Augen überzeugen können.«

»Oh, aber ich glaube Ihnen doch«, sagte sie überlaut und verstand jetzt, warum Ghazi bisher trotz seiner offensichtlichen Einfalt keine Schwierigkeiten im Leben gehabt hatte.

»Ich habe wirklich ein wunderschönes Haus«, setzte Ghazi hinzu. »Würden Sie gerne dort leben? Sie sind herzlich willkommen. Das ist so Brauch bei uns Tanjaoui.«

»Haben Sie vielen Dank. Vielleicht komme ich eines Tages. Jedenfalls danke ich Ihnen für das Angebot. Sie sind sehr nett.«

»Und mein Vater«, fuhr Mjid höflich aber entschieden dazwischen, »der arme Mann, er ist tot. Jetzt ist es mein Bruder, der das Sagen hat.«

»Aber Mjid, dein Bruder hat doch Tuberkulose«, seufzte Ghazi.

Mijd war außer sich. Er begann eine heftige Diskussion auf arabisch mit Ghazi, in dessen Verlauf er seine Limonadenflasche umstieß. Sie rollte auf den Bürgersteig und in den Rinnstein, wo ein kleiner Junge sie aufheben und sich damit aus dem Staub machen wollte, doch ein Kellner hinderte ihn daran. Dieser kam mit der Flasche zurück, wischte sie sorgfältig an seiner Schürze ab und stellte sie auf den Tisch.

»Dreckiger Jude!« schrie der Junge von der Mitte der Straße.

Mjid verstand das Schimpfwort selbst inmitten seines Wortschwalls. Er drehte sich auf seinem Stuhl um und rief dem Jungen zu: »Geh nach Hause. Heute abend beziehst du Prügel.«

»Ist er Ihr Bruder?« fragte sie neugierig.

Da Mjid keine Antwort gab, sie nicht einmal gehört zu haben schien, sah sie wieder zu dem kleinen Jungen hin und bemerkte seine zerlumpte Kleidung. Sie entschuldigte sich.

»Oh, es tut mir leid«, sagte sie. »Ich hatte ihn nicht angesehen. Jetzt merke ich...«

Ohne sie eines Blickes zu würdigen, sagte Mjid: »Sie brauchen diesen Bengel nicht anzusehen, um zu wissen, daß er nicht zu meiner Familie gehört. Sie haben doch gehört, wie er redet...«

»Der Sohn eines Nachbarn. Ein armer kleiner Teufel«, unterbrach Ghazi.

Mjid wirkte einen Augenblick gedankenverloren. Dann wandte er sich zu ihr und erklärte langsam: »Ein Wort, das wir nicht ertragen, ist Tuberkulose. Jedes andere Wort, Syphilis, Lepra, selbst Lungenentzündung können wir hören, nicht aber dieses Wort. Und Ghazi weiß das. Er möchte Sie glauben machen, wir hätten hier Pariser Zustände. Ich weiß, dort wird dieses Wort überall gebraucht, auf den Boulevards, in den Cafés, in Montparnasse, in der Kathedrale –«, seine Erregung wuchs, als er diese Sehenswürdigkeiten aufzählte, »im Moulin Rouge, in Sacre Cœur, im Louvre. Eines Tages werde ich selbst hinfahren. Mein Bruder war da. Und ist dort krank geworden.«

Driss war sich seiner Macht über die amerikanische Frau so sicher, daß er ihre Unterhaltung mit vermeintlichen Schuljungen nicht ernst nahm und hochmütig mit den übrigen Schülern sprach. Alle hatten Pickel und trugen Brillen. Er erzählte ihnen von den Fußballspielen, die er in Málaga gesehen hatte. Sie waren noch nie in Spanien gewesen; sie lauschten, nippten ernst an ihrer Limonade und spuckten auf den Boden wie Spanier.

»Da ich Sie nicht zu mir einladen kann, weil wir die Krankheit im Haus haben, möchte ich, daß Sie mich morgen zu einem Picknick begleiten«, verkündete Mjid. Ghazi protestierte unhörbar leise, doch Mjid brachte ihn mit einem Blick zum Schweigen, worauf dieser beschloß, ein strahlendes Gesicht aufzusetzen und den Plänen begeistert zu lauschen.

»Wir mieten eine Kutsche, kaufen etwas Schinken und fahren zu meinem Landhaus«, fuhr Mjid fort; seine Augen funkelten vor Erregung. Ghazi warf einen besorgten Blick zu den anderen Männern, die auf der Terrasse saßen; dann stand er auf und trat ins Café.

Als er zurückkam, wandte er ein: »Du nimmst nicht die geringste Rücksicht, Mjid. Du redest mit lauter Stimme von ›Schinken‹, obwohl du weißt, daß Freunde meines Vaters hiersein könnten. Es wäre sehr schlecht für mich. Nicht jeder ist so frei wie du.«

Mjid war einen Augenblick zerknirscht. Er streckte sein Bein aus und zog an der seidenen *gandoura*. »Wie gefallen Ihnen meine Strumpfbänder?« fragte er unvermittelt.

Sie war erstaunt. »Sie sind sehr gut«, sagte sie.

»Darf ich Ihre auch sehen?«

Sie blickte an ihrer Hose hinunter. Sie hatte Espadrilles an den Füßen und trug keine Strümpfe. »Tut mir leid«, antwortete sie. »Ich habe keine.«

Mjid wirkte unangenehm berührt, und sie erriet den Grund: Es lag eher daran, daß er einen Makel an ihrer Erscheinung festgestellt, als daß er sie in eine peinliche Situation gebracht hatte. Er warf Ghazi einen beschämten Blick zu, als wollte er sich dafür entschuldigen, eine fremde Frau angesprochen zu haben, die offensichtlich nicht die richtige war. Sie hatte das Gefühl, daß sie etwas von ihr erwarteten. Sie zog mehrere hundert Francs, alles Geld, was sie bei sich hatte, aus der Börse und legte es auf den Tisch, während sie in ihrer Handtasche nach einem Spiegel kramte. Mjids Blick besänftigte sich. Er wandte sich triumphierend zu Ghazi und erlaubte sich eine leichte Geste der Genugtuung, indem er seinem Freund wiederholt die Wange tätschelte.

»Also abgemacht!« rief er. »Morgen mittag treffen wir uns hier vor dem Café du Télégraphe Anglais. Ich werde um halb zwölf am Markt eine Kutsche mieten. Sie, meine liebe *Mademoiselle* –«, und damit wandte er sich an sie, »werden um halb elf zu dem englischen Geschäft gehen und den Proviant besorgen. Bestehen Sie auf Jambon Olida, er ist der beste.«

»Der beste Schinken«, murmelte Ghazi und sah furchtsam die Straße hinauf und hinunter.

»Und kaufen Sie eine Flasche Wein.«

»Mjid, du weißt doch, daß mein Vater davon erfahren könnte«, protestierte Ghazi.

Mjid war die Einwände leid. Er lächelte sie an. »Wenn Sie wollen, *Mademoiselle*, können wir auch allein fahren.«

Sie warf Ghazi einen Blick zu; in seinen Kuhaugen glänzten echte Tränen.

Mjid fuhr fort: »Es wäre wunderbar auf dem Berg, nur wir beide. Wir könnten am Abhang entlang zu den Rosengärten spazieren. Dort oben weht den ganzen Nachmittag eine frische Brise vom Meer. Bei Einbruch der Dämmerung sind wir zurück auf dem Hof. Dort trinken wir Tee und ruhen uns aus.« An dieser Stelle, die er für entscheidend hielt, machte er eine Pause.

Ghazi gab vor, in seinem Lehrbuch für Handelskorrespondenz zu lesen, die *chechia* schräg über den Augenbrauen, wie um sein hoffnungslos trauriges Gesicht zu verbergen. Mjid lächelte zärtlich.

»Wir fahren zu dritt«, sagte er weich.

Ghazi sagte nur: »Mjid ist böse.«

Driss war mittlerweile stockbetrunken. Die anderen Schüler sahen ihn beeindruckt und respektvoll an. Einige der bärtigen Männer im Café musterten den Tisch mit einem Ausdruck unverhohlener Mißbilligung. Sie wußte, daß die Männer sie für den Inbegriff der Korruption hielten. Sie warf einen Blick auf ihre auffällige kleine Emailleuhr, die jeder am Tisch sorgfältig begutachtete, ehe sie Gelegenheit bekam, sie wieder in ihrer Schatulle verschwinden zu lassen, und verkündete, daß sie hungrig sei.

»Essen Sie mit uns?« fragte Ghazi ängstlich. Offensichtlich hatte er gelesen, daß man bei derartigen Gelegenheiten eine Einladung auszusprechen hatte; zugleich merkte man ihm an, daß er entsetzliche Qualen ausstand, sie könnte annehmen.

Sie lehnte ab und stand auf. Das blendende Licht der Straße und der unaufhörliche Strom der Passanten hatten sie ermüdet. Sie verabschiedete sich von allen Schülern, während Driss im Inneren des Cafés war, und ging hinunter zu dem Strandrestaurant, wo sie gewöhnlich ihren Lunch einnahm.

Während sie aß und auf das Meer schaute, dachte sie: »Es war amüsant, aber nun ist es genug« und beschloß, nicht zu dem Picknick zu gehen.

Sie wartete nicht einmal bis zum nächsten Tag, um sich in dem englischen Geschäft mit Proviant einzudecken. Sie kaufte drei Flaschen einfachen Rotwein, zwei Dosen Jambon Olida, mehrere Sorten Huntler and Palmer's Biskuits, ein Glas gefüllte Oliven und ein Pfund Likörpralinen. Die englische Dame verschnürte alles zu einem prächtigen Paket.

Am Mittag des nächsten Tages saß sie vor einem *orgeat* im Café du Télégraphe Anglais. Ein Wagen, der von zwei mit Glocken behängten Pferden gezogen wurde, fuhr vor. Hinter dem Fahrer, durch das sandfarbene Schutzdach des Kutschwagens vor der Sonne geschützt, saßen Ghazi und Mjid. Sie wirkten ernst und zufrieden. Beide sprangen ab, um ihr beim Einsteigen behilflich zu sein. Als sie den Hügel hinauffuhren, betrachtete Mjid das Paket anerkennend und flüsterte: »Der Wein?«

»Alles da«, sagte sie.

Als sie den Stadtrand erreichten, veranstalteten die Zikaden einen Höllenlärm in den staubigen Felsen entlang der Straße. »Unsere Nachtigallen«, lächelte Mjid. »Hier, ein Ring für Sie. Geben Sie mir Ihre Hand.«

Sie war verblüfft und streckte den linken Arm aus.

»Nein, nein! Die rechte!« rief er. Der Ring war aus massivem Silber; er paßte auf ihren Zeigefinger. Sie war hoch erfreut.

»Sie sind zu nett zu mir. Wie kann ich mich revanchieren?« Sie versuchte traurig und hilflos zu wirken.

»Indem Sie mir die Freude machen, eine gute europäische Freundin zu haben«, antwortete Mjid ernst.

»Aber ich bin Amerikanerin«, protestierte sie.

»Um so besser.«

Ghazi beobachtete schweigend die fernen Gipfel des Rif-Gebirges. Wie ein Prophet hob er den Arm mit dem im heißen Wind flatternden seidenen Hemdsärmel und deutete auf die rissigen Lehmfelder.

»Da unten«, erklärte er, »gibt es ein Dorf, in dem alle Menschen verrückt sind. Ich bin einmal mit einem Assistenten meines Vaters dort gewesen. Es ist das Wasser, das sie trinken.«

Der Wagen schwankte. Es ging bergauf. Unter ihnen erstreckte sich das Meer, postkartenblau. Die Gipfel der Berge drüben in Spanien, jenseits des Wassers, ragten aus dem Dunst. Mjid begann zu singen. Ghazi hielt sich mit seinen massigen Händen voller Fettpolster die Ohren zu.

Das Sommerhaus wurde von einer Familie mit vielen Kindern bewohnt. Nachdem er den Kutscher entlohnt und angewiesen hatte, nicht zu warten, da er zu Fuß zurückkehren wollte, zeigte Mjid seinen Gästen das Haus und die Umgebung. Es gab mehrere Brunnen. Sicher hatte Ghazi sie schon unzählige Male gesehen, doch vor jedem blieb er wie staunend stehen und flüsterte, während sie ihn begutachteten: »Nicht zu fassen!«

Auf einem steinigen Vorsprung unweit des Hauses stand ein großer Olivenbaum. Dort breiteten sie das Essen aus und begannen ihr Mahl. Die Berberin, die den Hof bewirtschaftete, hatte ihnen mehrere Fladen selbstgebackenen Brotes, Oliven und Orangen geschenkt. Ghazi wollte, daß Mjid ablehnte.

»Es sollte ein echt europäisches Picknick sein.«

Doch sie bestand darauf, die Orangen zu nehmen.

Das Öffnen der Dosen wurde unter andächtigem Schweigen zelebriert. In kürzester Zeit waren beide leer. Dann machten sie sich über den Wein her.

»Wenn mein Vater uns sehen könnte«, sagte Ghazi und leerte seine Blechtasse. »Schinken und Wein!«

Mjid trank eine Tasse und verzog das Gesicht. Er legte sich zurück, die Arme unter dem Kopf verschränkt. »Jetzt, da ich fertig bin, kann ich es Ihnen sagen: Ich mag keinen Wein, und jeder weiß, daß Schinken unrein ist. Aber ich hasse unsere strengen Sitten.«

Sie hatte den Verdacht, daß er die kleine Rede auswendig gelernt hatte.

Ghazi trank weiter. Er leerte eine ganze Flasche allein und zog dann, indem er sich bei seinen Freunden entschuldigte, die *gandoura* aus. Bald darauf war er eingeschlafen.

»Sehen Sie?« flüsterte Mjid. Er nahm ihre Hand und zog sie hoch. »Jetzt können wir zum Rosengarten gehen.« Er führte sie am Abhang entlang und einen Pfad hinunter, der vom Haus wegführte. Er war sehr schmal; dornige Zweige zerkratzten ihnen die Arme, als sie sich hindurchzwängten.

»Ich will Ihnen von Ghazi erzählen«, sagte Mjid. »Eine der Frauen seines Vaters war eine senegalesische Sklavin, ein armes Ding. Sie schenkte ihrem Mann Ghazi und sechs weitere Söhne, und sie sehen alle aus wie Neger.«

»Halten Sie Neger nicht für genauso gut wie sich selbst?« fragte sie.

»Es ist nicht die Frage, ob sie gut sind – es ist eine Frage der Schönheit«, lautete seine entschiedene Antwort.

Sie waren auf eine Lichtung am Berghang gestoßen. Er blieb stehen und sah sie aufmerksam an. Dann streifte er das Hemd über den Kopf. Sein Körper war weiß.

»Mein Bruder hat blondes Haar«, sagte er stolz. Schließlich zog er verwirrt das Hemd wieder an und legte ihr den Arm um die Schultern. »Sie sind schön, denn sie haben blaue Augen. Aber sogar manche von uns haben blaue Augen. Jedenfalls sind Sie *wunderbar!*« Er ging wieder voraus und sang ein spanisches Lied.

> »Es pa' mi la más bonita
> La mujer que yo más quiero...«

Sie erreichten eine Kaktushecke mit einem kleinen Tor aus verbogenem Stacheldraht. Ein blonder Welpe kam angelaufen und bellte freudig.

»Haben Sie keine Angst«, sagte Mjid, obgleich sie kein Anzeichen der Furcht zu erkennen gegeben hatte. »Sie sind meine Schwester, Angehörige der Familie beißt er nicht.« Sie folgten dem staubigen Pfad zwischen verkümmerten Palmen, die gänzlich vertrocknet und gelb waren, und gelangten plötzlich zu einer primitiven Laube aus Bambusstäben. In der Mitte stand eine kleine Bank an der Rückwand, und an den Seiten wuchsen mehrere verdorrte Rosenbüsche aus der staubigen Erde. Er pflückte zwei leuchtendrote Rosen und steckte ihr eine ins Haar und die andere unter seine *chechia*, so daß sie ihm wie eine Haarlocke in die Stirn fiel. Das dichte Gestrüpp aus dornigen Kletterpflanzen, das sich an den Spalieren emporrankte, tauchte die Bank in Schatten. Eine Zeitlang saßen sie schweigend in der Abgeschiedenheit.

Mjid schien in Gedanken versunken. Schließlich nahm er ihre Hand. »Ich denke nach«, flüsterte er. »Abseits der Stadt, in seinem eigenen Garten, wo es ruhig ist, weitab von jedermann, da denkt man eben nach. Oder man macht Musik«, setzte er hinzu.

Plötzlich wurde ihr die Stille des Nachmittags bewußt. In weiter Ferne hörte sie das verlorene Krähen eines Hahns. Es weckte das Gefühl in ihr, daß bald die Sonne untergehen würde, daß die ganze Schöpfung am Rande eines großen und endgültigen Sonnenuntergangs stand. Sie überließ sich der Traurigkeit, die sie durchschauerte.

Mjid sprang auf. »Wenn Ghazi aufwacht!« rief er. Er zog sie ungeduldig am Arm. »Kommen Sie, wir machen einen Spaziergang.« Sie gingen den Pfad zurück, durch das Tor und über ein nacktes, steiniges Plateau den Berg hinunter.

»Es gibt hier in der Nähe ein Tal, wo der Bruder des Verwalters wohnt. Dort können wir hingehen und etwas Wasser trinken.«

»Ganz dort unten?« fragte sie, obgleich sie die Möglichkeit, dadurch Ghazis Gesellschaft für den Nachmittag zu entgehen, anspornte. Die traurige Stimmung hatte sie nicht verlassen. Sie liefen den Berg hinunter, sprangen von einem Stein zum nächsten. Ihre Rose fiel herunter; sie mußte sie in der Hand tragen.

Der Bruder des Verwalters schielte. Er reichte ihnen einen Tonkrug mit Wasser, das nach Fäulnis roch.

»Ist es aus dem Brunnen?« fragte sie Mjid verstohlen.

Sein Gesicht verdunkelte sich; er war ärgerlich. »Wenn man Ihnen etwas zu trinken anbietet, sollten Sie es annehmen und dem Mann danken, der es Ihnen gibt, selbst wenn es Gift wäre.«

»Aha«, sagte sie. »Es ist also Gift. Das dachte ich mir.«

Mjid griff nach dem Tonkrug, der zwischen ihnen auf der Erde stand, trat damit zum Rand der Schlucht und schleuderte ihn in gespielter Wut hinunter. Der schielende Mann protestierte, und dann lachte er. Mjid sah ihn nicht an, sondern ging ins Haus und begann eine Unterhaltung mit ein paar Berberinnen. Sie blieb mit dem Bauern allein und stammelte ihm die paar arabischen Worte vor, die sie konnte. Die Nachmittagssonne brannte, und sie war vollkommen besessen von der Vorstellung, etwas Wasser zu trinken. Sie setzte sich trotzig mit dem Rücken zur Aussicht, spielte mit Kieselsteinen und kam sich ungeheuer nutzlos und absurd vor. Der schielende Mann fuhr fort, in Abständen zu lachen, als wäre dies ein akzeptabler Ersatz für ein Gespräch.

Als Mjid schließlich herauskam, war seine schlechte Laune verflogen. Er reichte ihr die Hand, um ihr aufzuhelfen, und sagte: »Kommen Sie, wir gehen wieder hinauf zum Hof und trinken Tee. Ich habe dort mein eigenes Zimmer. Ich habe es selbst eingerichtet. Sie werden es sehen und mir dann sagen, ob Sie in Ihrem Haus in Amerika auch so ein schönes Zimmer zum Teetrinken haben.« Sie machten sich auf den Weg bergan.

Die Frau im Haus war sehr devot. Sie fächelte das Kohlefeuer an und holte Wasser vom Brunnen. Die Kinder spielten ein geheimnisvolles, stilles Spiel am anderen Ende der Einfriedung. Mjid führte sie im Haus durch mehrere halbdunkle Räume in ein Zimmer, das ihr das letzte in der Reihe zu sein schien. Er war kühler und ein wenig dunkler als die übrigen.

»Sie werden sehen«, sagte Mjid und klatschte zweimal in die Hände. Nichts geschah. Er rief mißmutig. Plötzlich trat die Frau ins Zimmer. Sie strich die Matratzen auf dem Boden glatt und öffnete den Laden des einzigen kleinen Fensters, das auf das Meer sah. Dann zündete sie mehrere Kerzen an, die sie auf dem Kachelboden festklebte, und ging hinaus.

Sein Gast trat ans Fenster. »Kann man das Meer von hier aus jemals hören?«

»Natürlich nicht, es ist mehr als sechs Kilometer entfernt.«

»Aber es sieht aus, als könnte man einen Stein hineinwerfen«, wandte sie ein und bemerkte den falschen Klang ihrer Stimme. Sie interessierte sich nicht für das Gespräch; sie hatte das Gefühl, alles sei schiefgegangen.

»Was mache ich hier? Was habe ich hier verloren? Ich war doch entschlossen, nicht zu kommen.« Die Vorstellung eines derartigen Picknicks hatte so vollkommen mit einem unbewußten Verlangen übereingestimmt, das sie seit Jahren in sich trug. Frei zu sein, in der Natur, mit einem jungen Mann, den sie nicht kannte – nicht kennen *konnte* –, das war wahrscheinlich der wichtigste Teil des Traums. Denn wenn sie ihn nicht kennen konnte, dann konnte auch er sie nicht kennen. Sie zog den kleinen Fensterladen zu und hakte ihn fest. Im nächsten Moment stieß sie ihn wieder auf und sah auf die weite Fläche des Wassers, das in der Dämmerung zu dunkeln begann.

Mjid beobachtete sie. »Sie sind verrückt«, sagte er schließlich verzweifelt. »Sie sind hier in diesem wunderschönen Zimmer. Sie sind mein Gast. Sie sollten glücklich sein. Ghazi ist bereits in die Stadt zurückgekehrt. Ein Freund kam vorbei, mit einem Pferd, und hat ihn mitgenommen. Sie könnten sich hinlegen, singen, Tee trinken, Sie könnten mit mir glücklich sein . . .« Er hielt inne, und sie erkannte, daß er zutiefst aufgewühlt war.

»Was ist? Was ist denn?« stieß sie hervor.

Er seufzte dramatisch; vielleicht war es ein echtes Seufzen. Sie dachte: »Es ist alles in Ordnung. Ein Mann hätte es sein sollen, kein Junge, das ist alles.« Sie dachte nicht daran, sich zu fragen: »Aber wäre ich gekommen, wenn es ein Mann gewesen wäre?« Sie betrachtete ihn zärtlich und sagte sich, daß sein Gesicht das faszinierendste und schönste war, das sie je gesehen hatte. Sie murmelte ein Wort, ohne genau zu wissen, welches.

»Was?« fragte er.

Sie wiederholte es: »Unglaublich.«

Er lächelte unergründlich.

Sie wurden vom Geräusch bloßer Füße unterbrochen. Die Frau brachte ein riesiges Tablett mit der Teekanne und den dazugehörigen Utensilien herein.

Während er den Tee bereitete, warf Mjid ihr immer wieder einen Blick zu, wie um sich zu versichern, daß sie noch da war. Sie saß vollkommen reglos auf einer der Matratzen und wartete.

»Wissen Sie«, sagte er langsam, »wenn ich irgendwo Geld verdienen könnte, würde ich gleich morgen dorthin aufbrechen. Ich werde ohnehin dieses Jahr mit der Schule fertig, und mein Bruder hat kein Geld, um mich auf eine Medersa in Fez zu schicken. Und selbst wenn er es hätte, würde ich nicht gehen. Ich schwänze andauernd die Schule. Nur wird mein Bruder sehr böse.«

»Was machen Sie statt dessen? Schwimmen gehen?«

Er lachte verächtlich, probierte den Tee, goß ihn in die Kanne zurück und hockte sich mit geradem Oberkörper hin. »Noch eine Minute und er ist fertig. Schwimmen? Ah, meine Freundin, es muß schon etwas Wichtiges sein, wenn ich den Zorn meines Bruders riskiere. Ich verbringe diese Tage mit der Liebe – von morgens bis abends.«

»Wirklich? Von morgens bis abends?« Sie war nachdenklich.

»Den ganzen Tag und die ganze Nacht. Oh, ich kann Ihnen sagen, es ist wunderbar, prachtvoll. Ich habe ein kleines Zimmer«, er kroch zu ihr und legte seine Hand auf ihr Knie, sah mit einem Ausdruck von Eifer, der einem Glauben entsprang, zu ihr auf. »Ein Zimmer, von dem meine Familie nichts weiß, in der Kasbah. Und meine kleine Freundin ist zwölf. Sie ist wie die Sonne, zärtlich, schön, sanft. Hier, nehmen Sie Ihren Tee.« Er schlürfte laut und schmatzte dabei mit den Lippen.

»Den ganzen Tag«, sinnierte sie und lehnte sich in die Kissen.

»O ja. Aber ich will Ihnen ein Geheimnis verraten. Man muß so viel essen wie nur möglich. Obwohl – das ist nicht schwer. Man hat auch mehr Hunger.«

»Ja, sicher«, sagte sie. Eine leichte Brise strich über den Boden, und die Kerzen flackerten.

»Wie gut es tut, Tee zu trinken und sich zu entspannen«, erklärte er, schenkte ihr Tee nach und streckte sich neben ihr aus. Sie machte eine Bewegung, als wollte sie aufspringen, blieb dann jedoch ruhig liegen.

Er sprach weiter. »Merkwürdig, daß ich Ihnen letztes Jahr nie begegnet bin.«

»Ich war nicht oft in der Stadt. Nur am Abend. Und dann war ich am Strand. Ich wohnte auf dem Berg.«

Er setzte sich auf. »Auf diesem Berg? Und ich habe Sie niemals gesehen. Was für ein Pech!«

Sie beschrieb das Haus, und da er darauf bestand, verriet sie ihm, wieviel Miete sie bezahlt hatte. Er war schrecklich aufgebracht. »Für dieses schäbige Haus, das nicht einmal einen ordentlichen Brunnen hat? Sie mußten Ihren Mohammed Wasser holen schicken! Ich kenne das Haus. Man hat Sie bestohlen, meine arme Freundin! Wenn ich dem verfluchten Dieb das nächste Mal begegne, werde ich ihm das Gesicht einschlagen. Ich werde das Geld zurückfordern, das Sie bezahlt haben, und dann verreisen wir zusammen.« Er unterbrach sich. »Ich meine, natürlich werde ich es Ihnen geben, und dann können Sie entscheiden, was Sie damit machen wollen.«

Nach dieser Rede griff er nach ihrer Handtasche, öffnete sie und nahm einen Füllfederhalter heraus. »Ist der schön«, murmelte er. »Haben Sie viele?«

»Das ist der einzige.«

»Wunderbar!« Er warf ihn wieder hinein und legte die Tasche auf den Boden.

Er lehnte sich in die Kissen zurück und dachte laut nach. »Vielleicht komme ich eines Tages nach Amerika, und dann laden Sie mich zum Tee ein. Jedes Jahr kommen wir nach Marokko zurück, besuchen unsere Freunde und bringen Filmstars mit und Geschenke.«

Was er da sagte, erschien ihr so lächerlich, daß sie sich nicht einmal die Mühe machte zu antworten. Sie wollte ihn nach dem zwölfjährigen Mädchen fragen, fand jedoch keinen Vorwand, um darauf zu sprechen zu kommen.

»Sie sind nicht glücklich?« Er drückte ihren Arm.

Sie setzte sich auf, um zu lauschen. Mit dem dahinschwindenden Tag war das Land vollkommen zur Ruhe gekommen. In der Ferne hörte sie eine schwache, aber klare Stimme singen. Sie sah Mjid an.

»Der *muezzin*? Man kann ihn bis hierher hören?«

»Natürlich. Es ist nicht weit bis zur Marshan Road. Wozu ist ein

Landhaus gut, wenn man den *muezzin* nicht hört? Da kann man genausogut in die Sahara ziehen.«

»Sch! Ich will ihn hören!«

»Eine gute Stimme, nicht wahr? Sie haben die kräftigsten Stimmen der Welt.«

»Es macht mich immer traurig.«

»Weil sie nicht dem Glauben angehören.«

Sie dachte einen Augenblick nach und sagte dann: »Ich denke, Sie haben recht.« Sie wollte noch hinzufügen: »Aber Ihr Glaube sagt, Frauen haben keine Seele«, statt dessen erhob sie sich von der Matratze und glättete ihr Haar. Der *muezzin* war verstummt. Sie fröstelte. »Das ist vorbei«, sagte sie sich. Sie stolperte über die dunkle Straße, zurück in die Stadt. Unterwegs sprachen sie kaum ein Wort.

Er brachte sie zu ihrem kleinen Hotel. Das Telegramm, das sie mehr oder weniger seit Wochen erwartete, war eingetroffen. Sie stiegen die Treppe hinauf zu ihrem Zimmer; der Pförtner sah ihnen mißtrauisch nach. Sobald sie im Zimmer waren, öffnete sie den Umschlag. Mjid hatte sich aufs Bett geworfen.

»Ich fahre morgen nach Paris.«

Sein Gesicht verdüsterte sich, und er schloß einen Augenblick die Augen. »Sie müssen fort? Nun gut. Ich gebe Ihnen meine Adresse.« Er zückte seine Brieftasche, suchte nach einem Stück Papier, nahm, da er keins fand, eine Visitenkarte, die ihm jemand gegeben hatte, und schrieb sorgfältig.

»Fuente Nueva«, sagte er langsam, während er die Buchstaben formte. »Mein kleines Zimmer. Ich werde jeden Tag nachsehen, ob ein Brief gekommen ist.«

Einen Moment lang hatte sie eine Vision: Er las am sonnendurchfluteten Fenster, hoch über den Terrassendächern der Stadt, den Brief, und hinter ihm, im Dunkel des Zimmers, wartete ein willfähriges Kind, dessen Gesicht weit über sein Alter hinaus erfahren war.

Er reichte ihr die Karte. Unter die Anschrift hatte er das Wort »Unglaublich« geschrieben, in Anführungszeichen, und zweimal unterstrichen. Sie warf ihm einen raschen Blick zu, doch sein Gesicht verriet nichts.

Unter ihnen war die Stadt blau, die Bucht fast schwarz.

»Der Leuchtturm«, sagte Mjid.

»Er blinkt«, antwortete sie.

Er wandte sich ab und ging zur Tür. »Auf Wiedersehen«, sagte er. »Sie kommen zurück.« Er ließ die Tür offen und stieg die Treppe hinunter. Sie stand reglos da und nickte schließlich ein paar Mal mit dem Kopf, als beantwortete sie nachdenklich eine Frage. Durch das offene Fenster im Korridor hörte sie seine schnellen Schritte auf dem Kies im Garten. Sie verloren sich.

Sie sah auf das Bett; dicht an der Kante, bereit, jeden Augenblick herunterzufallen, lag die weiße Karte, die sie dort hingeworfen hatte. Am liebsten hätte sie sich hingelegt und geruht. Statt dessen ging sie hinunter in den vollgestopften kleinen Salon, setzte sich in eine Ecke und blätterte in alten Ausgaben von *L'Illustration*. Es würde noch eine Stunde dauern, ehe man das Abendessen servierte.

New York, 1939

Paul Bowles im Goldmann Verlag

Weitere Titel in Vorbereitung.